Über dieses Buch Ein bißchen unbeholfen und ein bißchen widerstrebend macht sich Eva Lengeroth auf die Spur eines neuen Skandals, der mit illegalem Waffenhandel und mit unterdrückten Minderheiten zu tun hat; schließlich ist sie Journalistin. Sie tut das nicht nur aus beruflicher Verpflichtung. Sie will es auch der eigenen radikalen Tochter recht machen und ihrem Freund Ben, Südafrikaner im Exil, mit dem sich eine Liebesgeschichte anbahnt. Sie tut es auch, weil sie selbst sich gegen die Rolle als »unterdrückte Minderheit« wehrt, die ihr als Frau eigentlich zugedacht ist.

Unerwartete Bundesgenossen tauchen auf, eine afrikanische Fürstin des vorigen Jahrhunderts, eine mittelalterliche Ärztin mit Berufsverbot, eine von humanistischen Schülern leicht lädierte Göttin. Überraschende Begegnungen und absurde Konfrontationen ergeben sich aus dem Zusammentreffen dieser historischen Figuren mit der Ebene der Gegenwart, mit Evas Familie und Freunden, ihren Arbeitskollegen, ihren politischen Mitstreitern. Mit Vergnügen, auch Komik ist beschrieben, wie die Figuren der Vergangenheit mit den heutigen Merkwürdigkeiten fertig werden. Aber die Summe an Erfahrungen, an Niederlagen und gelegentlich auch an Erfolgen, die diese Figuren in die Gegenwart mitbringen, hilft Eva ein gutes Stück weiter bei ihren Nachforschungen, die krimihafte Ausmaße annehmen, bei ihrer Einmischung in die Zentren der Macht und bei ihrer eigenen Entwicklung.

Die Autorin Anna Dünnebier, geboren 1944, aufgewachsen in Bremen, Studium in Berlin und London. Autorin von Hörspielen und Prosa für diverse Rundfunksender. 1969 erschien ihre Erzählung »Berlinfresser«, 1981 der Roman »Lindhoops Frau« (1986 unter demselben Titel als Fernsehspiel). Kinokurzfilme: »Berlinfresser« (1971), »Schlacht« (1973). Dokumentationen für Radio und Fernsehen, dafür auch Reisen in arabische Länder, nach Afrika und Indien.

Anna Dünnebier

Eva und die Fälscher

Roman

Fischer Taschenbuch Verlag

Die Frau in der Gesellschaft
Lektorat: Ingeborg Mues

Originalausgabe
Veröffentlicht im Fischer Taschenbuch Verlag GmbH,
Frankfurt am Main, Juni 1989

Umschlaggestaltung: Susanne Berner
Gesamtherstellung: Clausen & Bosse, Leck
Printed in Germany
ISBN 3-596-24728-4

Das war keine Dornenkrone, berichtete die Überlebende. Das waren Reißnägel. Sie nagelten ihr das Kopftuch an ihr Haupt. Fatamehs Haupt voll Blut und Wunden. Eine schwarze Locke ragte hervor unter dem schwarzen Tuch, da witterten sie Aufruhr, da schlugen sie blutig zu. Wer sie? Die Männer Gottes. Die Herren auf jeden Fall.

Eva las den Bericht an dem Tag, an dem ihr Sohn sich den Kopf kahlgeschoren hatte, die blonden Locken, die sie mehr liebte als er. An dem ihrer Tochter die zugesagte Zimmermannslehre doch wieder abgesagt wurde. An dem ihr Chefredakteur sie mahnen kam, wann sie endlich ihre Geschichte abliefern würde, schon wieder zwei Tage Recherche für nichts, und er betonte das Schon-Wieder. An dem ihr Kollege ihr Hilfe anbot, er habe Zeit, er habe schon alles fertig für morgen. Er, natürlich. Es klang nicht einmal beleidigend.

Eva wird alt, dachte er, was verzettelt sie sich mit Themen, die nichts einbringen außer Krach, eine Marotte. Eva, die Tage hinter einem Skandal herjagt, der verpufft, ehe sie ihn erreicht hat. Eva, die sich am liebsten in Themen verbeißt, die alle anderen nicht haben wollen. Eva, die schon einen Minister gestürzt hätte, beinahe, wenn der entsprechende Artikel nicht Minuten vor Druckbeginn vom Herausgeber ausgetauscht worden wäre. Eva, bei der man nie so recht weiß, für wen sie das alles macht. Eva, der man helfen muß, auch wenn man nicht weiß, warum.

Warum will er mir helfen, dachte Eva. Dieser fixe junge Mann, der alles schreiben kann, was bestellt wird, immer als erster am Unfallort, immer die erste Frage in der Pressekonferenz, immer als erster da, dem Wahlsieger zu gratulieren, was will er mir beweisen.

Ihr Thema sagte ihm nichts. Illegale Arbeiterinnen; hatten wir das nicht schon mal. Unterbezahlt; immerhin haben sie Arbeit. Unter Sklavinnenbedingungen; Sie übertreiben ja immer ein wenig, Frau Lengeroth. Nicht, daß er sagte:

Das übersteigt Ihre Kräfte. Nicht, daß er sagte: Dazu sind Sie zu langsam. Aber durch eine Wendung im Gespräch brachte er sie wieder auf die Straße, wo sie gesessen hatte, vorgestern, er konnte es gar nicht wissen, keiner der Kollegen wußte, wie lächerlich sie da gesessen und gewartet hatte.

Der Bus war nicht gekommen. Es war überhaupt kein Bus gekommen. Die Straße war so einsam, wie es Vorortstraßen um fünf Uhr früh sind. Eine Straßenbahnhaltestelle, an der niemand stand. Ein Kiosk, der noch geschlossen hatte. Ein abgestellter Campingwagen, hinter dem Eva ihr Auto parkte und sitzen blieb, gut getarnt. Nach zehn Minuten die erste Straßenbahn, aus der vielleicht schon, obwohl es noch früh war, Frauen aussteigen würden, Frauen mit Kopftüchern, Frauen ohne Papiere, die hier zu ihrer Sklavinnenarbeit abgeholt werden sollten. So hatte es jedenfalls ihre Informantin berichtet, Nasrin, die ihren Nachnamen nicht nennen wollte, die mit den anderen hier um sechs Uhr morgens abgeholt werden würde. Mit einem Bus. Es kam kein Bus.

Es kam, nach einer langen Weile, nach mehreren Straßenbahnen, aus denen keine der erwarteten Frauen gestiegen war, ein metallicglänzendes Auto, aus dem der für halb sechs bestellte Fotograf kletterte. Er hatte sich verspätet, es war kurz vor sechs. Seit der Zeit, für die sie ihn erwartet hatte, war mit der Angst, er könne sich verspäten, Evas Angst gewachsen, er könne kommen, ohne daß auch nur eine einzige Frau zu fotografieren wäre. Als ob sie nicht selbst fotografieren könnte. Sie hatte sich einen Zeugen gewünscht. Einen, der aufnimmt, wie Eva am Steuer ihres hinter einem Campingwagen getarnten Autos die Verfolgung aufnimmt. Wie sie vom Fahrersitz springt, kaum daß der Bus angehalten hat. Wie sie da die Fabrik liegen sieht, deren Adresse die Arbeiterinnen nicht kennen. Wie sie mit den Frauen spricht, die auf das barackenhafte Gebäude deuten, anklagend deuten, während sie von Hetze, Druck und schlechtem Lohn reden.

Sie würde diese Geschichte in den Sand setzen. Ihr war

schlecht im Magen, als ob sie nichts gegessen hätte oder zuviel Kaffee getrunken, dabei hatte sie normal gefrühstückt, wenn auch zu unnormaler Zeit. Sie spürte den Schweiß unter ihren Achseln, spürte die Kälte ihrer Fingerspitzen, einen Artikel in den Sand gesetzt, schon wieder, würde es morgen in der Konferenz heißen. Wenn sie nur wüßte, was sie dem Fotografen sagen sollte, der da breitbeinig mitten auf der Straße stand, in der Kamera schon das Teleobjektiv, er war vorbereitet. Er hatte schon gestern die frühe Stunde für eine Zumutung gehalten, und seine Haltung drückte Empörung über diese Zumutung aus.

Wenn sie es fertigbrächte, auf die Straße zu stürzen, wegwerfend zu rufen: Eine halbe Stunde zu spät, das Motiv war nicht so gütig zu warten! Vielleicht noch Konsequenzen anzudrohen, wieder ins Auto zu springen und röhrend davonzufahren. Er hatte sie noch nicht entdeckt. Wie soll man schwitzend mit eiskalten Händen und krampfendem Magen solche Sätze zustande bringen?

Da saß sie. Da stand er. Unentschlossen. Unbeweglich. Sprungbereit. Dann war er es, der sich entschloß. Er fotografierte die leere Straße, die Haltestelle, stieg ein und fuhr ab.

Warum waren Sie nicht da, sagte sie später im Büro zu dem Fotografen und verschwieg, daß auch ihr Thema nicht dagewesen war. Sie haben mir die falsche Zeit angegeben, sagte der Fotograf.

Sie haben mir die falsche Zeit angegeben, sagte sie zu Nasrin, von der sie die Geschichte hatte. Nasrin arbeitete seit zwei Wochen bei der Firma ohne Anschrift, ermüdet von der langen Zeit ohne Arbeit und ohne Hoffnung auf Arbeit, die ihr das Exil beschert hatte. Sie war ins deutsche Exil gekommen, weil sie sich nicht in das große schwarze Tuch wickeln wollte, das bei ihr zu Hause die Männer Gottes den Frauen an die Stirn nagelten, bei denen auch nur eine Locke aufrührerisch hervorragte. Nasrin ohne Tuch war aus dem Krankenhaus geflohen, in dem sie als Assistenzärztin gearbeitet hatte, und ehe die Hinauswerfer statt des Stationszimmers ihr eine Gefängniszelle anbieten konnten, war sie schon auf dem Weg zum Flugplatz. Es erwies sich, daß das Land des Exils ihr zwar Tuchfreiheit, aber keine Arbeit zu bieten hatte, oder als einzige Arbeit diese hier unter Sklavinnenbedingungen. Nasrin akzeptierte die Sklavinnenbedingungen nur, um sich sogleich auf die Suche nach einer Frau zu begeben, die diesen Skandal öffentlich machen würde, und fand Eva.

So kam Eva zu einem ihrer Themen zum Verzetteln, das ihr zwei Tage Recherche für nichts einbrachte, eine Mahnung des Chefredakteurs und die Hilfsbereitschaft ihres jungen Kollegen. Dessen Hilfsbereitschaft suchte Auslaß und setzte sich in einen Gang zur Kaffeemaschine um.

Zwei dampfende Tassen Kaffee, eine Pause, ein Anlaß, über Fatamehs Haupt voll Blut und Wunden zu reden. Der Bericht hatte in einem Konkurrenzblatt gestanden. Der junge Kollege war nicht interessiert. Sein gutes Gedächtnis half ihm, abzuwimmeln. Er erinnerte Eva an die Zeit, da die Schwarzbetuchten und die Männer Gottes noch gemeinsame Sache machten gegen den Tyrannen und seine kopftuchlose Frau und da Eva auf seiten der Männer Gottes war.

Eva erinnerte sich. Sie erinnerte sich, gemeinsam mit schwarzbetuchten Fatamehs und Nasrins im deutschen Exil Flugblätter verteilt zu haben. Mehrere ihrer unbeliebten Artikel verfaßt zu haben, die unter Hinweis auf Anzeigenkunden und Wirtschaftspartner zunächst kritisiert wurden und später, als herauskam, daß sie die in den Artikeln zitierten Flugblätter selbst verteilt hatte, mit Krach verboten. Ihr junger Kollege war damals Praktikant und lernte also, daß man besser Themen vermeidet, die nichts einbringen außer Krach.

Die Fatamehs und Nasrins trugen damals stolz ihre schwarzen Tücher, Bollwerk und Schutz gegen westliche Kultur samt Militärstützpunkten, gegen Raffgier und Terror der kopftuchlosen Frau und ihres Tyrannen, notfalls auch gegen den Fortschritt; auf jeden Fall ließen sich Flugblätter oder auch Bomben gut unter dem riesigen Tuch verbergen. Eva hatte später, als die Frauen, mit denen sie Flugblätter verteilt hatte, aus dem deutschen Exil zurückgegangen waren, von ihnen gelesen. Gelesen, wie der Kampf, den sie gemeinsam mit den Männern Gottes gewonnen hatten, sich in einen Kampf untereinander verwandelte. Und da kam heraus, daß sie unter ihren Tüchern doch keine Bomben hatten. Sie waren nicht vorbereitet. Sie verloren eine Schlacht nach der anderen. Die um das Richteramt, die um die Glaubwürdigkeit als Zeuginnen, die um Plätze im öffentlichen Dienst, die um Bildung in Schule und Studium, die um Recht auf Ausgang, auf Partnerwahl, auf Wahl der Kleidung, auf Arbeit. So waren die ersten wieder da, zurück im deutschen Exil.

Alt werden, sagte Eva, heißt Meinungen revidieren müssen. Die Fronten verlaufen nie dort, wo sie eben noch waren. Die Helden von gestern sind die Schurken von heute, vielleicht die Leichen von morgen oder auch die Präsidenten. Heute altert man schnell.

Alt werden, sagte tröstend ihr junger Kollege, heißt Meinungen nicht mehr revidieren können. Unbeirrt kühn nach vorn blicken, kampfesbereit, während der Feind sich von hinten heranpirscht.

Und Eva fragte sich, wieso er, jung und in Stromlinie, in Begriffen wie *Krieg* sprach.

Eva war fünf, und der Krieg war fünf Jahre vorbei, als sie entdeckte, daß immer noch Krieg war. Krieg, das hatte sie von der Mutter gehört, war der Zustand, in dem Leute einander totschlugen, ohne einen Grund dafür zu haben. Sie war dank einer Grundausbildung in Märchen durchaus mit Totschlagen vertraut. Mit Totschlagen mit Grund. Mal wurde ein Drache oder ein Riese erschlagen, weil er eine Prinzessin bedrohte, mal eine Hexe verbrannt, bevor sie zwei Kinder verspeisen konnte. Mit Grund war damals auch der Schlachter erschlagen worden, der Totschläger hatte alles Fleisch und Wurst gestohlen. Aber dann hatte plötzlich Herr Hüsker, der sonst so ruhige Nachbar Hüsker, seine Frau erschlagen. Totgeschlagen ohne Grund, denn keiner konnte Eva erklären, warum.

Schlagartig begriff Eva Unbegreifliches. Zwei Jungen hatten sie auf der Straße überfallen, bedroht, sie hatte sich gewehrt, hatte, da sie unterlegen war, ihnen ihre Bonbontüte und den Teddy ausgeliefert, aber die hatten beides hohnlachend von sich geworfen. Wo war der Grund? Ihr Großvater rettete sie, der zufällig des Weges kam. Als sie fünf war und der Krieg fünf Jahre vorbei und Herr Hüsker seine Frau erschlagen hatte, begriff sie, daß das Krieg war.

Auch die Mutter hatte ihren Krieg gehabt und hatte ihn verloren, ohne überhaupt gekämpft zu haben. In Evas frühester Erinnerung verließ die Mutter in schweren Stiefeln das Haus, fluchend und lachend und eine Schaufel schwingend, kam abends zurück mit frischem Brot und füllte laut redend die Wohnung, die tagsüber, wenn Eva und der Großvater allein waren, zu groß war.

Aber dann kam der Krieg ins Haus, ein Soldat stand vor der Tür, abgerissen zwar, aber in Uniform, und damit hatte er schon gewonnen. Er zwang Mutter, die Stiefel auszuziehen, ihm die Schaufel abzutreten, und ging nun jeden Tag an ihrer Stelle aus der Wohnung, die still und zu groß war, obwohl außer Eva und Großvater nun auch die Mutter da war.

Mutter hatte mit den Arbeitsstiefeln auch ihre Flüche, ihr lautes Lachen, sogar ihre Sprache abgegeben. Die fremde Besatzung, der Mensch, den Eva nie zuvor gesehen hatte, hatte die Befehlsgewalt übernommen. Mutter versuchte, sich gut mit ihm zu stellen. Der Rest der Stimme, der ihr geblieben war, war hoch und dünn, ihr Lachen war ein albernes Piepsen, wenn sie mit ihm sprach, und demütig schmeichelnd nannte sie ihn Papi. Eva biß auf die Lippen und schwieg. Kein Indianer hätte, und sei es um den Preis des Marterpfahls, Unterwerfungsworte geäußert.

Sie war Indianer, sooft sie der stillen Wohnung entkommen konnte. Ihre Prärien waren weite Straßen und kahle Plätze, ihre Rocky Mountains die Trümmergebirge, die Straßen und Plätze säumten. Als die laute, herzliche und unordentliche Mutter still wurde, wurde sie auch sauber und gepflegt. Während Eva versuchte, auf wackligen Trümmersteinen zu balancieren und sich dabei von der Lassofessel um die Beine zu befreien, versuchte die Mutter, auf spitzen und hohen schuhähnlichen Geräten zu balancieren, zusätzlich behindert durch die Beinfessel eines hautengen Rockes. Während Eva sich bunte Streifen übers Gesicht malte oder Totem-Muster, malte die Mutter immer dieselben Striche und Punkte, rot am Mund, rot an der Backe, schwarz an den Augen. Sie wünschte sich auch Eva sauber und gepflegt, obwohl doch jede Sehende erkennen mußte, daß hellblaue gebügelte Röcke oder weiße Schleifen nicht in dieses Trümmerfeld paßten, das ihre Straße war, in diese schwärzlich ragenden Ruinen mit riesigen Fenstermündern, vor denen Berge erbrochener Steine sich häuften; verbeulte Rohre durchzogen als sinnloses Netz die ehemaligen Wohnungen, die jetzt Heimat für Indianer waren. Die weiße Schleife eignete sich notfalls als Knebel oder zum Federfestbinden.

Für die Zukunft gab es wenig Hoffnung. Bagger und Kräne fuhren auf, um aus den heimeligen Steinbruch-Reservaten ordentliche frischgeweißte Häuserzeilen zu machen. Kaputtes wurde nicht geduldet. Obwohl doch immer noch Krieg war. Obwohl Ausgangssperre war: Die Mutter verbot dem jungen Mädchen, abends allein auf die Straße zu gehen. Obwohl Feindkontakt unerwünscht war: Die Mutter verbot dem jungen Mädchen, mit fremden Männern zu sprechen. Seit sie still geworden war, hatte sie auch Angst.

Eva rauchte, weil davon die Stimme tief wird. Sie haßte hohes und dünnes Piepsen. Sie schrie in den letzten noch nicht bereinigten Trümmern gegen die Stille an. Sie versuchte, die süßen Mädchen und roten Lippen und schönen Beine der Schlager zu überhören, mit denen die Mutter ihre Stille füllte. Ein Indianer gibt nicht auf.

Sie suchte in Büchern, fragte in der Schule. Die Geschichtsbücher gaben nicht viel her, sie bestanden aus Helden, meist mit Bart, oft mit Helm und immer mit Schwert, Kanone oder Panzer. Sehr selten kam der kühne Gegenheld aus dem Volke vor, der mit Sense und Steinen gegen Kanonen und Schwerter kämpfte. Obwohl die Lehrer viel vom Frieden sprachen und davon, daß der Krieg vorbei sei, schienen die Schulbücher es besser zu wissen. Insofern mußte Eva ihnen glauben. Der Eindruck, den sie vermittelten, war entmutigend: Offenbar war die andere Seite gut gerüstet. Immer.

Auch die Zeitungen boten wenig. Herren mit grauen Anzügen und grauen Krawatten, die vermutlich auch in der Natur nicht farbiger aussahen als der Schwarzweißdruck, schüttelten sich die Hände. Gelegentlich standen sie vor Mikrophonen. Frauen kamen mehr im Anzeigenteil vor, oft in Badeanzügen, stets so, daß Eva ihre piepsig hohe Stimme zu hören meinte.

In der Schule wurde Eva nahegelegt, Ideale zu haben. Als Ideale wurden beispielsweise angeboten: Sokrates, Schiller, Gandhi. Vielleicht hätten sie Eva verlockt, wenn nicht Krieg gewesen wäre. Trotz mancher Vorzüge standen die drei auf der anderen Seite. Daß zwei der drei ermordet worden waren, sprach allenfalls für sie. Auch die Mutter gab kein Ideal ab. Auf der Wahl zwischen Sokrates oder Mutter fiel Evas Blick auf eine Merkwürdigkeit, die sie bisher nicht beachtet hatte. Ein Ideal. Sie hatte es bisher nicht beachtet, weil es zum Inventar ihrer Schule gehörte, so wie die gelben Bänke und die Kunstdrucke an den Wänden.

Athene wirkte von weitem wie eine Marmorstatue. Daß sie aus Gips war und nur mit cremeschimmernder Farbe getüncht, sah man am deutlichsten an ihrem Armstumpf. Spielende oder mutwillige Schüler hatten ihr eine Hand abgebrochen; offenbar wurde der Kunstgegenstand nicht so hoch geschätzt, daß er repariert worden wäre; an der Bruchstelle stach weiß der Gips ins Auge. Athene, für Weisheit zuständig. Athene, die bei aller Weisheit vorsichtshalber einen Schild vor ihrem Leib und einen Helm auf ihrem Kopf trug. Damit sie nicht nur in der Defensive bliebe, auch noch einen Speer dazu. Athene, die sich nicht wie die anderen Göttinnen einem Ehemann oder Liebhaber oder beidem zuordnen ließ, auch nicht wie Maria oder Niobe einem Kind.

Mit Athene an ihrer Seite sah Eva zuversichtlich auf die kommenden Jahre, sah sie gelassener auf rote Lippen, enge Röcke und auf die emsigen Baustellen, denen die letzten Reservate zum Opfer fielen. Mit Athene an ihrer Seite traute sie sich laut zu sagen, daß sie nicht Krankenschwester oder Lehrerin oder Mutter werden wollte, sondern Indianer.

Ein Indianer gibt nicht auf. Evas junger erfolgsgewohnter Kollege, mit dem sie das Zimmer teilte, hatte versucht, ihr die Geschichte auszureden. Fürsorglich. Mit einem weiteren Kaffee. Da war sie gegangen und hatte sich in ein riesiges schwarzes Tuch gewickelt, das Nasrin für diesen Zweck ausdrücklich gebilligt hatte.

Sie fand sich ein zweites Mal dort ein, wo sie vergeblich gewartet hatte, noch früher diesmal, der Bus fuhr manchmal vor fünf, manchmal erst gegen sechs, den Frauen wurde es genauer nicht mitgeteilt. Sie standen da, wie für ein Foto hingestellt, große schwarze Tücher um den Kopf oder kleinere bunte, unter denen Locken hervorragten. Sie redeten leise und schnell in verschiedenen Sprachen. Sie starrten auf Eva, auf ihr großes schwarzes Tuch, das Stirn, Haare, Schultern bedeckte, das sie mit einer Hand vor den Mund preßte, und ihre schwarzgetuschten Augen, für die sie die Kosmetikabteilung eines Kaufhauses aufgesucht hatte. Sie kicherten. Sie prusteten. Es war zu albern, wie diese Maske nicht paßte. Eva ging um so zögernder, je ungenierter das Kichern wurde, konnte das Tuch nicht mehr abreißen, konnte nicht mehr umkehren, war zu Hause schon verhöhnt worden. War schon um vier Uhr früh, als sie das Haus verlassen wollte, auf ihren Sohn gestoßen, der es betrat, in schlechter Maske auch er, wie sie fand, mit dem frisch geschorenen Schädel und mit schwarzer Lederjacke. Sie äußerte Zorn wegen der Zeit und wegen seiner Verkleidung. Er äußerte Hohn wegen der Zeit und wegen ihrer Verkleidung. Für ein Gespräch war sie zu eilig, sein Lachen verfolgte sie. Bös.

Das Lachen der Frauen klang freundlich. Ein Lachen unter Verbündeten. Nasrin hatte ihnen Eva angekündigt, trat jetzt als erste aus der Gruppe auf sie zu und richtete lachend ihr Tuch. Andere Frauen halfen, banden ab, banden neu. Eine zog ein Puderdöschen heraus, als hätte es noch des zusätzlichen Rosa für Evas verlegenrot gefärbte Wangen bedurft. Wimperntusche, Lippenstifte wurden aus Handtaschen gekramt. Da es an Eva bald nichts mehr zu drapieren und zu schminken gab, drapierten und schminkten sie sich gegenseitig. Als ob es ein Fest wäre, zu dem der Busfahrer sie brachte, und nicht eine ausbeuterische Arbeit.

Schlimmer als hier ist es nur noch in meinem Land, hatte Nasrin gesagt, wo eine Frau entlassen wird, weil sie nach Parfüm riecht, weil sie einem Kollegen die Hand gibt, weil ein Mann ihre klappernden Absätze gehört hat, solche Gründe sind ausreichend. Hier gab es, und die anderen bestätigten flüsternd, was Eva von Nasrin schon wußte, überhaupt keine Gründe, weder für Entlassungen noch für Lohnabstriche von einem Lohn, der ohnehin einem Taschengeld mehr ähnelte als einer Bezahlung für Arbeit, noch für die Tatsache, daß die Fabrik die Ausweise der Arbeiterinnen einbehielt. Es sei denn, man hätte für einen Grund gehalten, daß die Frauen, die hier zur Arbeit gekarrt wurden, so wenig von der Sprache verstanden, daß sie auch einen Grund nicht verstanden hätten.

Was ist heute los, rief der Busfahrer und drehte sein Radio lauter, um die Unruhe zu übertönen, es gingen immer noch Spiegel von Hand zu Hand, Tücher wurden getauscht, es wurde getuschelt und gekichert. Lieber als in diesem wimmelnden Bus wäre Eva in ihrem eigenen Auto hinter dem Bus hergefahren, hätte in ein Diktiergerät die Wegstrecke beschrieben, die sie jetzt, abgelenkt vom Gespräch ihrer Nachbarin, auf einen Block notierte, und wäre am entscheidenden Ort, der fast so aussah, wie sie ihn sich vorgestellt hatte, an dem barackenhaften Gebäude lieber zurückgeblieben, anstatt sich inmitten der anderen, von Nasrin untergehakt, durch das Tor zu schieben. Sie versuchte, sich nicht auszumalen, was ihr bei Entdeckung drohte, versuchte, Gedanken an zerbrochene Rippen oder einen eingeschlagenen Schädel möglichst vage zu lassen; klar war jedenfalls, daß sie Harmloses wie Anzeige oder Polizei sich nicht auszumalen brauchte.

Ihre Angst ließ erst nach, als sie schon einige Stunden am

Band saß, ein Kopftuch neben anderen, und wie die anderen mit immer weniger zitternden Fingern emsig ihre Handgriffe tat. Sie schraubten Spulen, löteten Drähte, stülpten Plastikgehäuse und verpackten am Schluß Radios und Fernsehapparate. Ohne Markennamen.

Ohne Markennamen, das ist machbar, sagte der Chefredakteur, der die Sorge seines Herausgebers um Anzeigenkunden kannte. Im Gegenteil, da würden die seriösen Hersteller ihm dankbar sein. Evas Geschichte paßte ins Geschäft, und staunend nahm der erfolgsgewohnte junge Kollege Evas Erfolg wahr. Das lokale Radio griff die Geschichte auf, der Stadtrat, die Ausländerbehörde mischten sich ein, dann brachte das Fernsehen einen kurzen Bericht, in dem auch Eva einen Satz von 28 Sekunden Länge sagen durfte. Die Sklavinnenfabrik mußte schließen. Von viel Presse begleitet, stellte der örtliche Markenproduzent einige der dadurch arbeitslos gewordenen Frauen zu anständigen Bedingungen, wie auch Eva in einem Artikel schrieb, bei sich ein. Kollegen und Chef gratulierten Eva zu ihrem Erfolg, den nur sie selbst nicht recht genießen konnte, denn sie war in Sorge um das Schicksal der Mehrzahl der Frauen, von denen sich herausgestellt hatte, daß sie weder eine amtliche Genehmigung zum Arbeiten noch überhaupt zum Hiersein hatten. Nur wegen des derzeitigen Wohlwollens ihres Chefs durfte sie mit deren ungewisser Zukunft die Öffentlichkeit belästigen.

Athene rechnete es sich als ihr Verdienst an. Bescheidenheit lag ihr nicht. Die Idee, sich unter der Tuch-Tarnung einzuschleichen, hatte sie von Zeus abgeguckt, der sich als Regen, Schwan oder Stier Zutritt verschafft hatte, wo man ihn sonst nicht vorlassen wollte.

Sosehr sie Zeus sonst mißachtete. Plumpe Fälschung, urteilte sie abfällig über ihren angeblichen Vater, der sie angeblich aus seinem Kopf geboren hatte. Athene, Amazone vom Tritonsee in Libyen, von lederbekleideten Frauen auf schnellen Pferden verehrt, Athene, Schlangengöttin auf Kreta, Herrin der eleganten Damen, welche die Insel regierten, Athene, der auch die Griechen nicht gewagt hatten, den Speer und den schlangenumzüngelten Brustschild mit dem Medusenhaupt zu nehmen, Athene sagte abfällig: Ich aus Zeus' Kopf geboren und Eva aus Adams Rippe. Eure Welt steht kopf. In meiner Welt gebiert die Frau den Mann, gebiert die Göttin die Welt.

Athene erklärte sich diese Fälschung damit, daß sie Evas Welt ohnehin für falsch eingerichtet hielt. Eine Welt, die widersinnig in oben und unten einteilt, in jeder Familie, jedem Land, zwischen den Völkern.

Eva widersprach, das war ihr zu platt, das mochte vielleicht zu Athenes Zeit so gegolten haben. Gab es nicht mittlerweile zwischen den Geschlechtern wie zwischen den Völkern die Gleichheit, die Freiheit, und da stolperte sie schon, die Brüderlichkeit. Sicher, die Schwestern. Wer sie vergessen hatte, als alle Menschen Brüder wurden, was hatte der sonst vergessen? Wer ab und zu ein Machtwort zu seiner Frau spricht, wir denken noch nicht an Schläge, wird der für die Abrüstung sprechen? Wer antwortet, wenn seine Frau gefragt ist, wer sich letzten Endes doch kompetenter fühlt als die im Prinzip tüchtige Kollegin, ist der auch überzeugt, daß sein Volk mehr weiß und mehr Ansprüche hat als, sagen wir, die Bantu? Wer gewohnt ist, daß zu Hause jemand umsonst arbeitet, immer verfügbar, ohne Tarif, freien Tag oder Feierabend, während er selbst nach vierzig Stunden fertig ist für ordentliche Bezahlung, findet der normal, daß ihm andere Völker ihre Schätze für fast kein Geld ins Haus liefern? Daß auf deren Feldern Exportkiwis und Exportkaffee wachsen statt Reis? Oder daß sie als Flüchtlinge hier zweckmäßig eingesetzt werden für unangenehme und schlechtbezahlte Arbeiten?

Wie gut, daß du immer weißt, wie die Welt eingeteilt ist, rief Evas Sohn Tom, daß du immer weißt, wer der Schurke ist und wer der Held, und gleich wird also die Heldin auf dem Bildschirm erscheinen und zum Volk sprechen.

Im Fernsehen lief schon die zweite Sendung über die Sklavinnenfabrik, diesmal im Wochenmagazin. Eva saß und schaute; ihr Satz von 28 Sekunden Länge sollte wiederholt werden. Sie hätte lieber allein geschaut. Oder gar nicht. Es war bisher nichts Neues gekommen; ihren Satz kannte sie auswendig. Sie stellte ab.

Bist du nicht stolz, fragte Tom in versöhnlichem Ton. Stellte wieder an.

Hör nicht auf ihn, sagte Clara, die Tochter, und ließ sich neben Eva aufs Sofa fallen. Wie der schon aussieht!

Tom hatte offenbar vor, seine Verkleidung länger beizubehalten als Eva ihr schwarzes Tuch. Zu der Lederjacke, die mit viel Metall beschlagen war, trug er eine Art ledernes Unterhemd, auch schwarz, und schwarze Jeans mit Lederbesatz, die aus klobigen militärhaften Stiefeln ragten. Als müsse er ein für allemal all die Seidenhemden wiedergutmachen, die Eva ihm gekauft hatte, all die selbstgestrickten Pullover, die weichen Cordhosen, die blonden Locken, die doch von selbst wuchsen, ohne Evas Zutun.

Schade, daß du nicht in Maske aufgetreten bist, sagte er und deutete auf den Bildschirm, wo Eva zu sehen war, dieser schwarze Fetzen von neulich morgens, das hätte es gebracht.

Jetzt hab ich kein Wort verstanden, murrte Clara, und schon war Eva vom Bildschirm wieder verschwunden. Dafür sprach Eva vom Sofa. Sie sagen mit keinem Wort, was aus den Frauen geworden ist.

Weißt du es denn, fragte Clara.

Eva wußte es nur von einigen. Die wenigen, die inzwischen beim Markenhersteller Arbeit zu ordentlichen Bedingungen hatten, die hatte sie abgehakt. Aber Nasrin zum Beispiel hatte noch nichts gefunden. Die Frauen ohne Papiere waren schlicht verschwunden, unauffindbar, bis auf eine, deren sie nach langem Suchen und Telefonieren mit Ausländeramt, Einwohnermeldeamt, Arbeitsamt, Wohnungsamt, Sozialamt und noch mehr Ämtern, einschließlich Amtsgericht, habhaft geworden war. All diese Ämter waren entschlossen, die Papierlose des Landes zu verweisen, und es war durchaus ungewiß, ob Evas erneute Anrufe oder der eine weitere Artikel, der ihr zugebilligt worden war, daran etwas ändern würden. Sie hätte sich gewünscht, daß in der Sendung etwas in diesem Sinne gesagt worden wäre.

Mit anderen Worten, sagte Tom, du hast mit deiner mutigen Aktion ein paar Dutzend Frauen ins Unglück gestürzt.

Sie haben mich gerufen, Nasrin hatte es mit den Frauen so besprochen, sagte Eva erregt. Sie wußte, daß das nicht stimmte. Nasrin konnte sich diese Folgen nicht ausgemalt haben, konnte sie nicht mit den Frauen besprochen haben.

Sie hatte sich selbst schon oft gesagt, was Tom ihr jetzt vorhielt, sie hatte es ihm fast in den Mund gelegt. Trotzdem freute sie sich, daß Clara ihr beisprang, herablassend zu Tom sagte: Ich weiß schon, am besten tut man gar nichts. Sie kannte seine Angriffsflächen.

Der Rest der Sendung wurde von einem Grundsatzstreit zwischen Tom und Clara übertönt. Natürlich hätten sie auch schweigend akzeptieren können, daß Clara sich politisch einmischte, wo immer möglich, und Tom nicht. Eva hielt es für einen Beweis an Zuneigung, daß sie sich jedesmal erneut und mit immer frischem Zorn Rechenschaft gaben. Sie selbst hatte auch noch nie einen Streit verweigert, wenn Tom ihre eigenen wunden Punkte anpeilte; heute hatte sie zum ersten Mal Lust, mit Schweigen zu reagieren auf seine Bemerkung: Es sind ja nur Frauen betroffen, die werden schon irgendeinen Mann auftun, der sie nicht verhungern läßt.

Eva schwieg. Clara auch. Tom probierte weitere Reflexzonen. Obwohl es nicht recht zu dem paßte, was er eben gesagt hatte, sagte er nun: 'ne Bombe in all diese Ämter, und die Sache ist gelaufen.

Evas Lust zu schweigen wuchs, sie starrte auf den Bildschirm, wo sich inzwischen die Mitglieder einer Familienserie versammelt hatten. Sie überließ es Clara, sich mit Tom über Bomben zu streiten. Die Mitglieder der Serie schienen ähnlichen Gesprächsstoff zu haben. Familienserie Lengeroth, Folge drei, nach der Trennung. Folge eins hatte kühn begonnen. Zwei Menschen, Eva und Franz mit Namen, hatten sich zusammengetan und hatten Frieden erklärt. Sie hatten sich nichts von dem versprochen, für das kein Mensch ein Leben lang garantieren kann, keine Liebe, keine Treue. Sie hatten sich geschworen, die gegenseitige Unversehrtheit zu achten, keine Übergriffe, keine Drohgebärden, keine Waffenarsenale, keine Annektierung.

Frieden war unmöglich zu leben. Während es für Treue nur des eigenen Entschlusses und der eigenen Standhaftigkeit bedurft hätte, war der Friede jeden Tag von außen bedroht. Eva war darauf vorbereitet gewesen. Aber Franz traf es unvorbereitet.

Eva hatte mit Athenes Hilfe begriffen, daß täglich neu jedes Stück von dem Territorium erkämpft oder verteidigt werden mußte, das einst Hildegard von Bingen, Brunhild oder den Amazonen gehört hatte. Lächerlicherweise gehörte zu den umkämpften Gebieten sogar die Teilnahme am Werkunterricht, mit dem Grundgesetz unterm Arm und Athene im Rücken mußte sie sich die Handhabung von Hammer und Säge erstreiten. Alle Lehrstätten, die etwas anderes vermittelten, als eine Krankenschwester oder Mutter braucht, wurden von den Besatzern zäh verteidigt. Der Kampf ging um jedes Buch. Nur nach erbittertem Waffengang ließen sich Professoren Referatsthemen abringen. Historikerin, Politikerin, warum wollte sie nicht Lehrerin werden. Sie brauchte nur nachts bei Sperrstunde nach draußen zu gehen, um zu merken, daß ihre Straße nach wie vor in Feindeshand war. Auch die Stätten des Vergnügens waren okkupiert, wie Kinos, in deren Dunkel gierige Besatzerhände nach ihr grapschten, wie Tanzkeller, in denen erwartet wurde, daß sie unter den abschätzenden Blicken der Besatzer stillstand, bis einer sie ansprach und ihr damit das Tanzen erlaubte. Alles, was Lärm machte, war Besatzern vorbehalten, fluchen, schreien, auf der Straße singen. Auch wenn sich äußerlich allmählich vieles änderte, auch wenn statt roter Kußmäuler und hoher Hacken Jeans und wehende Haare getragen werden durften, auch wenn es für Besatzer und Besetzte keine getrennten Schulen mehr gab, so genügte ein Blick in die Hallen der großen Hotels oder die Erster-Klasse-Abteile der Eisenbahn. Die Besatzer in ihren grauen Uniformen blieben unter sich. Das einfache Volk durfte bedienen. Eva war durchaus mit Krieg vertraut, als sie Franz den Frieden erklärte. Er nicht.

Und er hatte jeden Tag Feindkontakt. Jeden Tag im Büro saß er mit Besatzern zusammen. Uniform trug man nicht, man gab vor, in einer Organisation der Unterdrückten tätig zu sein. Wo zum Beispiel begründet wurde, warum Besatzern bessere Lohngruppen zustehen als dem einfachen Volk. Wo das Einkommen des einfachen Volkes, falls es eines bezog, »doppelt« genannt wurde, weil ihm ja von Rechts wegen gar keines zustand. Wo der Wunsch, Konferenzen vor Ladenschluß zu beenden, auf höhnische Ablehnung stieß, dafür habe ein verheirateter Mann doch Personal. Wo auf ein immer noch gültiges Gesetz verwiesen wurde, nach dem Besatzern die gut bezahlten Berufe und einfachem Volk die schlecht oder gar nicht bezahlten Serviceleistungen zugeteilt wurden.

Nicht, daß Franz das so wollte. Nicht, daß Eva mit ihm darum kämpfen mußte. Aber er hatte jeden Tag einen Kampf zu bestehen, seinen Kollegen zu erklären, warum er zum Beispiel Plakatwerbung für besseren Arbeitsschutz, auf der eine mit einem Helm und nur mit diesem Helm bekleidete Frau zu sehen war, für ein grobes Hantieren mit Besatzermentalität hielt. Klar, daß er in diesem Kampf jeden

Tag unterlag und daß auch in seinem Namen die Entblößte als Werberin der Arbeiterorganisation auftrat. Klar auch, daß wegen seiner abweichenden Meinung seine Kollegen ihn für einen Verräter hielten.

Bei ihrer Friedenserklärung hatte Eva eher Angst vor der eigenen Schwäche gehabt. Athene hatte ihr Mut gemacht. Du hast mit Titanen gekämpft und Ungeheuer besiegt, antwortete Eva, du hast bewiesen, daß deine Kraft auch für den Frieden reicht, du hast leicht eulenäugig und weise sein. Und sie tat sich zu dem Foto von Franz, das sie hinter das durchsichtige Plastik der linken Portemonnaiehälfte gesteckt hatte, ein Bild aus einem Museumskatalog, das schlecht fotografiert und grau in grau einen flachen verzierten Giebel zeigte, auf dem sich steinerne Kämpfer ineinander verbissen hatten, in der Mitte ihr tapferes Vorbild mit Schild, Helm und Speer. Und schwor sich Tapferkeit und Weisheit.

Das hatte sie offensichtlich nicht davon abgehalten, in fast alle Fußangeln zu treten, die da so ausgelegt waren. Die Fußangeln der Generation ihrer Mutter hatte sie leicht vermieden; die waren enttarnt und von fern zu erkennen. Aber wer hätte rechtzeitig wissen sollen, daß seidene Hemden und blonde Sohneslocken auch nur Tarnung für eine Fußangel waren? Ganz zu schweigen vom Wunsch der Tochter, eine Zimmermannslehre zu machen, in Zeiten, wo Besseres leicht zu haben war.

Hat nicht Athene diese Handwerkssparte erfunden, fragte Clara.

Eva hatte ihr nicht zugeredet. War sich aber bewußt, nicht frei von Schuld zu sein. Was sollte eine Tochter von einer Mutter erwarten, die Indianer hatte werden wollen?

Indianer war kein Berufsbild für Mädchen, es kam bei der Berufsberatung nicht vor. Es kamen vor Krankenschwester, Lehrerin, Mutter. Den ausgefallenen Wunsch erklärte sich der Berater mit der Unreife der Kandidatin, die auch aus ihrer Kleidung und Aufmachung sprach: keine getuschten Wimpern, keine klappernden Hacken, kein durch zahlreiche Unterröcke fast waagerecht abstehender Rock, überhaupt kein Rock und erst recht kein durch Übersetzung ins Amerikanische modisch gemachter Unterrock. Evas Mutter, die sie begleitete, trug Petticoats, schämte sich der Cordhosen ihrer Tochter und noch mehr ihres Berufswunsches wegen. Der Berater empfahl eine Hauswirtschaftslehre.

Athene empfahl eine Zimmermannslehre. Und ein Studium. Auf jeden Fall Übung im Umgang mit Speeren und anderen Waffen. Eva verbarg ihre Unlust an Holzarbeiten hinter der Vermutung, das sei nicht durchführbar. Schon die Sprache schloß ja die »Zimmerfrau« aus, bot allenfalls das Zimmermädchen, womit die Sprache aber etwas anderes meinte als Athene. Auch Waffendienst lag nicht im Bereich des Möglichen, allenfalls Studium. Zum Gegenbeweis nahm Athene sie mit auf eine Baustelle.

Wer waren diese Frauen, die da in aller Frühe Steine schleppten und mauerten, Balken schleppten, sägten und hämmerten, in langen Gewändern von einer Aufwendigkeit und Unhandlichkeit, daß ein Petticoat dagegen wie ein Arbeitsanzug gewirkt hätte, ein weiter langer Rock, noch eine Art Überwurf, Kleider mit langen bauschigen Ärmeln, auf dem Kopf eine Mischung zwischen Tuch und Mützchen. Eine ebenso unpraktisch gekleidete Frau, ausgerüstet mit einer Meßlatte, mit armgroßem Winkel und Zirkel, gab Anweisungen. Eva vermißte Kran und Lastwagen. Obwohl durch das schmale Gäßchen ein Lastwagen nur schwerlich gepaßt hätte. Und ein Kran auf lächerliche Weise die eher kleinen, ein- oder zweistöckigen Häuser überragt hätte. Es war auch, obwohl sie mitten in Kölns Altstadt waren, kein Dom zu sehen, mehrere eher bescheidene Kirchtürme, kein Dom.

So früh schon, fragte Eva. Wie sie in der Schule erfahren hatte, war der Dom in einem Jahr begonnen worden, dessen Jahreszahl am Anfang eine Zwölf hatte.

Ein vielhundertjähriges Recht immerhin, sagte Athene, sei mit deinen Wünschen nicht zu bescheiden.

Die Frau, die Steine schleppte, stieß einen Fluch aus, wischte sich den Schweiß ab, der trotz des kühlen Morgens auf ihrer Stirn stand, und schlug eine Pause vor. Der lang wallende Rock minderte nicht die Ähnlichkeit mit Evas Mutter aus der Zeit der Stiefel und Schaufel. Auf diese Zeit angesprochen, sprach die Mutter später von elender Plackerei und daß zum Glück den Frauen solche Schinderei nicht mehr zugemutet werde.

Mit Maschinen müßte es ganz angenehm sein, sagte Athene, Lastwagen und Kran und so weiter. Die Frau mit Zirkel hörte mit Interesse von Kränen. Eva erklärte, eine Art automatischer Flaschenzug. Aber wie funktionierte die Automatik? Eva wußte nicht weiter. Die Frau mit Zirkel musterte Eva verächtlich, konnte sich so wenig Neugier nur mit Dummheit erklären, wie könnte eine Frau sonst vor automatischen Kränen stehen oder gar selbst mit automatischen Wagen fahren und deren Geheimnis nicht wissen wollen. Sie akzeptierte Evas Gestammel über Otto und Diesel, Benzin und Kolben und schließlich sogar James Watt und die Dampfmaschine nicht. Fragte aber noch wohlwollend, was die Bauarbeiterinnen und Zimmerfrauen und Architektinnen aus Evas Umgebung mit der so gewonnenen Energie und Zeit machen würden.

Eva gestand, keine derartige Frau zu kennen. Sie hatte sich mit dem Mangel an solchen Frauen schon Mißlichkeiten der elterlichen Wohnung erklärt, wie das winzige Loch, das als Kinderzimmer vorgesehen und deshalb ihr zugewiesen war, wie das für Kinder unerreichbar hohe Waschbekken im Bad und wiederum das für Mutter zu niedrige

Waschbecken in der Küche, an dem sie in demütig gebückter Haltung abzuwaschen gezwungen war.

Athene triumphierte. Verbarg ihren Triumph hinter dem eilfertigen Angebot, Eva mit Frauen anderer Berufe bekannt zu machen, und schlug eine Wohngemeinschaft von berufstätigen Frauen vor.

Eva versuchte, die Worte Wohngemeinschaft und berufstätig mit dieser Epoche passend zu machen. Die Sonne stand höher, die Zeit verging, schon wurde ein paar hundert Meter weit weg, oberhalb des Rheinbogens, eine großflächige Baustelle angelegt. Nach der Menge der auf ihr wimmelnden Steinsetzer und Steinmetze, Bauherren und Bauarbeiter, Priester und Bischöfe mußte das die Dombaustelle werden.

Die Zeit, in der der Dom begonnen wurde, war nach Evas bisheriger Kenntnis frauenlos. Bis auf ein paar edle Damen, die von Minnesängern angedichtet wurden. Von Heinrich und Friedrich, von Kreuzzügen und Eroberungen hatte sie gehört, von Helden und allenfalls von ein paar fleißigen Handwerksmeistern. Die Wahrscheinlichkeit sprach in der Tat dafür, daß es auch Frauen gegeben haben mußte. Aber waren sie sichtbar gewesen? Meisterin, nicht Meistersfrau? Gesellin, nicht Verlobte eines Gesellen? Goldschmiedin, Metzgerin, Dichterin, Bürgerin, Steuerzahlerin? All das selbst, und nicht Frau – des?

Athene führte es auf das Fehlen einiger wichtiger Berufe zurück, daß all diese Frauen im Lauf der Jahrhunderte unsichtbar geworden waren, Berufe wie: Politikerin. Historikerin. Geschichte wird von den Siegern geschrieben. Sie packte mit der Linken, der unbeschädigten Hand, energisch ihren Speer.

Waffen sind hier verboten, sagte die freundliche Frau im lang wallenden blauen Gewand, die ihnen geöffnet hatte.

Der Ausdruck passive Bewaffnung war ihr unbekannt, Athenes Schild und Helm durften passieren, der Speer blieb an der Eingangstür stehen. Die Frau, die sich als Greda vorstellte, führte sie durch das Haus hindurch in einen Hof, der groß genug war für Kräuter- und Gemüsebeete, Hühnerställe, Fässer und aufgestapelte Ballen, der erfüllt war vom Rattern von Webstühlen, vom Kreischen einer Getreidemühle, vom Klappern von Schüsseln und Blechen, von Frauenstimmen aus den umliegenden Gebäuden. An einem offenen Fenster stand eine Frau am Pult, inmitten all der Geräusche vertieft in ihre stille Schreibarbeit. Auch sie trug ein blaues Gewand, und das gleiche trug eine andere, die jetzt mit einem Krug herauskam. Die Mode ihrer Zeit hatte den Beginen als erkennbares Einheitsgewand eher »lang und dunkel« als »lila Latzhose« nahegelegt.

Eva brachte die Sache mit der Politik zur Sprache, als erstes. Warum saßen keine Bürgerinnen, keine Meisterinnen, keine Beginen im Rat der Stadt? Sie überschlug schnell im Kopf die Anzahl der Frauen im Bundestag: ein knappes Zehntel. Im Landtag: ein knapperes Zehntel. Im Stadtrat: ihr fielen ein oder zwei Namen ein. Egal, das reichte für Überlegenheit.

Wir haben den Rat in der Hand, müssen wir auch noch mitquatschen bei deren Mackerpolitik, sagte mit mehr Überlegenheit die Frau mit dem Krug und schenkte ihnen Bier ein.

Sie schulden uns Geld, erklärte Greda, wir haben der Stadt Geld geborgt, größere Summen. Andere Beginengruppen auch.

Alles zu einer Zeit, die Eva bisher als frauenlos kannte. Diese Frauen waren im Gegenteil männerlos und schienen nicht das Bewußtsein einer dadurch klaffenden Lücke zu haben. Wenn eine heiraten will, muß sie hier ausziehen, Männer sind bei uns genauso verboten wie Waffen, sagte Greda und fügte hinzu: Es empfiehlt sich nicht; verheiratete Frauen haben weniger Rechte.

Die Ehefrau muß ihren Mann um Erlaubnis fragen, wenn sie berufstätig werden will. Der Ehemann ist Familienoberhaupt. Mehr aus Versehen hatte der Berufsberater Eva solche Sätze aus einem gültigen Gesetzestext zitiert.

Athene trank ihren Becher leer, lobte das Bier, und brachte die Frage auf, wann der Rat anfangen würde, die Frauen wegen des geschuldeten Geldes zu hassen.

Greda führte als weitere Sicherheit den Inhalt des Kruges ins Feld, aus dem sie nachschenkte: Unser Bier ist das beste. Und zeigte in eine Ecke des Hofes, wo eine stämmige ältere Frau zwischen den Kräutern hantierte: Und unsere Ärztin ist die beliebteste im ganzen Viertel.

Eva kannte die wenigsten der Kräuter, die hier wuchsen, aber auch zu den bekannten hatte Anna, wie sich die Ärztin vorstellte, fremdartige Erklärungen, etwa zu Thymian: Verhütungsmittel, eine Handvoll in Wein gekocht; zu Petersilie: anregend und harntreibend; zu einem goldgelben Farn: gut gegen Würmer. Ich arbeite viel nach Hildegard, sagte Anna, und fügte auf Evas fragenden Blick hinzu: Hildegard von Bingen, sie macht nicht nur Verse und Musik, sie ist unsere Kapazität. Außer den Griechen natürlich, sagte sie noch, als ob das selbstverständlich wäre, und zupfte schon wieder im Beet. Gundermann, nannte sie eine blaue Kriechblume, gut gegen Asthma. Dann kam: Eisenkraut, zur Geburtshilfe, bei Wehenschwäche, in stärkerer Dosierung auch für Abtreibung, dann: Eisenhut, bei Nervenschmerzen und Fieber.

Als Tee oder als Salbe auf die Haut aufgetragen, fragte Athene, und Anna stutzte, warf ihr einen merkwürdigen Blick zu. Ich sehe auch Tollkirsche, fuhr Athene fort, und wenn mich nicht alles täuscht, steht dort am Zaun Bilsenkraut.

Du kennst dich aus mit – mit diesen Mitteln, sagte Anna, immer noch zögernd, und Athene verwies darauf, daß Bilsenkraut in ihrer Heimat Pythonion heiße, nach der Pythia vom Delphischen Orakel, die sich mit Hilfe dieses Pflänzchens auf ihre visionären Trips begeben habe.

Bei uns heißt es auch Todesblumenkraut, sagte Anna gedankenvoll, weil der Schritt von richtiger Dosis und gutem Trip zur Überdosis und zur goldenen Reise, von der du nicht wiederkommst, zu klein ist.

Eva, die der Unterhaltung nicht folgen konnte, wollte Penicillin erwähnen, verkniff sich dies aber in Erinnerung an den Kran, denn sie war sicher, daß auch Anna sich nicht mit einem Wort zufriedengeben würde. Sie kam sich plötzlich arm vor, hatte bisher in dem Bewußtsein gelebt, daß die Weisheit ihrer Epoche auch ihre eigene Weisheit war, daß auch sie auf Düsenflugzeug, Telefon oder Radio stolz sein durfte, wenn sie wollte, und fühlte sich nun dieses selbstverständlichen Besitzes beraubt. Möglicherweise war durch Studium all dies zurückzuerobern.

Hast du studiert, wollte sie von Anna wissen. Statt einer Antwort deutete Athene zum Himmel. Bedenke die Zeit, sagte sie, die Sonne steht im Mittag, gerade erst hat der Rat der Stadt die Gründung einer weltlichen Universität beschlossen; es gibt noch keine.

Und doch ist es hell, sagte Eva, der Geist von Reformation und Aufklärung strahlt noch nicht, und doch sehe ich helles Licht im finsteren Mittelalter. Was wird erst der Rest des Tages bringen!

Worauf Athene still und ihre Miene finster wurde. Sie hatte es plötzlich eilig, zerrte Eva durch die Stadt Richtung Südtor, ließ sie kaum an der Poststelle verweilen, wo Eva sich mit der Inhaberin in ein Gespräch über soziale Absicherung im öffentlichen Dienst vertiefen wollte, die Frau war Angestellte der Stadt. Ließ sie kaum bei einer Marktschreierin verweilen, die auf einem kleinen Podest, umringt von Menschen, Texte sang oder rief, die Eva erst im nachhinein als die neuesten Nachrichten erkannte.

Athene wollte zum Südtor, ehe es zu spät war. Solange man noch die Frauen antreffen konnte, die dort auf Wache standen, gewappnet und gerüstet. Die Sicherheit jedes Tores, jedes Stücks der Stadtmauer war in den Händen je einer Zunft, und das Severinstor im Süden war den Seidenweberinnen anvertraut.

Wenn man Köln angreifen will, dann im Süden, da kommt man mit ein paar Küssen durch, sagte der Mann, der auf Wache stand, das gibt's nicht mehr, das war einmal. Und er musterte mißtrauisch Athenes Helm, Schild und Speer, mit denen sie martialischer aussah als er in seinem Lederwams. Seine Lanze lehnte wohl im Wachhäuschen.

Zu Athenes großer Enttäuschung kam heraus, daß schon seit geraumer Zeit die Seidenweberinnen eine Sondersteuer zahlten, aus der die Torsoldaten bezahlt wurden, keiner konnte sich erinnern, wann wirklich eine Frau hier auf Wache gestanden oder gekämpft hatte.

Wären wir lieber nach Libyen gefahren, zu den Amazonen, sagte Athene mürrisch und schien das Interesse am weiteren Rundgang verloren zu haben. Langsam und mißmutig trottete sie in der tiefer sinkenden Nachmittagssonne hinter Eva her zum Stadtzentrum zurück, in Richtung auf den hochaufstrebenden Neubau, den Dom, der noch ohne Turm höher als alle turmtragenden Kirchen den Weg wies. Ließ zu, daß Eva bei einer Goldschmiedin Begehren zeigte. Bei einer Zinsverleiherin, von der sie entsprechende Mittel erhoffte, als unmündig wieder weggeschickt wurde. Ließ zu, daß Eva lange bei der Zeitungsfrau stehenblieb und Nachrichten über einen Krieg der Bauern gegen die Herren von Kirche und Adel anhörte, und wurde erst wieder lebendiger, als die Frau Nachrichten von der Böckingerin sang, der Bäuerin, die den Sturm auf Heilbronn und die Eroberung des Schlosses anführte. Schlug daraufhin vor, noch bei einer Seidenweberin vorbeizuschauen.

Die Meisterin war aufwendig gekleidet, viel Samt und Pelz und Stickerei und natürlich das eigene edle Produkt. Auch schien sie gute Kundin bei der Goldschmiedin zu sein. Sie musterte mit mehr Belustigung als Mißbilligung Evas Cordhose und Athenes behelmte und bewehrte Aufmachung. War auch belustigt bei der Idee, man könne ihr Wachestehen zumuten. Nicht, solange sie Geld hatte und jemanden bezahlen konnte.

Lioba, so hieß sie, plauderte weltläufig von Brabanter Abnehmern und Rohseideimporten aus der Türkei und den unsicheren Handelswegen und von Konkurrenz in London und Lyon. Sie blieb bei der Konkurrenz, während sie in bunten geschliffenen Glasgefäßen ein dunkel schäumendes, heißes Getränk servierte, das ihren Worten nach gerade in Mode gekommen und sündhaft teuer war, ein Import aus der Neuen Welt, und von dort kam auch die Konkurrenz, von der sie sprach, nämlich die Rohstoffe aus der Neuen Welt, durch die Spanien und Portugal sich einen immensen händlerischen Vorteil verschafft hätten. Sie blieb bei der Konkurrenz, während Eva das kostbare Getränk probierte und enttäuscht: Kakao, murmelte, diesmal die Konkurrenz aus der eigenen Stadt, die aber zu ihrer Zufriedenheit vom Rat schon eingedämmt war. Der Rat hatte nämlich denjenigen Frauen, die nicht zur Zunft gehörten, das Weben, außer für den Eigenbedarf, verboten.

Die Beginen, sagte Eva erschrocken.

Lioba mußte der Ton in Evas Stimme entgangen sein, denn mit gesenkter Stimme erzählte sie, und die Lehrmädchen an den Webstühlen kicherten dazu, wie die Seidenweberinnen der Zunft, hihi, und auch die Leineweberinnen hätten sich beteiligt, haha, einen Schlägertrupp organisiert hätten, hihihi, um den Beginen ihre vielen Webstühle zu zerschlagen, ha!

Wir sind zu spät, murmelte Athene, während Eva etwas von: zusammenhalten, und von: Frauen untereinander, sagte. Lioba schien dieser Gedanke fremd zu sein. Die Konkurrenz, sagte sie, wir haben genug mit den Gesellen zu tun, die uns unsere Meisterinnen-Titel neiden.

Wir sind zu spät, sagte Athene, als sie wieder auf der Straße waren, als im Westen hinter den Häusern in einem violetten Schimmer die Sonne unterging.

Was wird aus all diesen, fragte Eva, wo bleibt das Licht der Aufklärung, welches das finstere Mittelalter verdrängt?

Es wird dunkel, sagte Athene, dunkler.

In den Gassen gab es keine Straßenlampen, ein schwaches Talglicht hier und dort hinter den Fenstern, und die schmale Mondsichel reichte kaum aus, die mächtigen Umrisse des Domschiffs sichtbar zu machen.

Das Licht der Aufklärung, sagte Athene, wird von den Universitäten kommen, studierte Männer werden kommen und die Lehrerinnen und Ärztinnen und Schreiberinnen vertreiben.

Was wird aus all diesen, fragte Eva.

Jetzt durchbrachen ferne schwache Lichter die Finsternis, rötlich-blau, anders als das Violett der untergehenden Sonne. Eva wandte sich zu diesen Lichtern.

Geh nicht weiter, sagte Athene.

Die Lichter wurden stärker, tiefer rot, wilder. Flammen füllten den Horizont. Keiner rettete. Keiner löschte. Keine. Gelähmt war die Stadt im Angesicht der Flammen. Flammen zuckten, tanzten, brüllten. Was brüllte in den Flammen? Wer?

Das ist das Licht der Aufklärung, sagte Athene grimmig und zeigte auf den brennenden Himmel, auf die Scheiterhaufen, die entzündet waren im Krieg gegen Greda, Lioba und ihresgleichen. Schwarz ragte der Dom vor dem Feuerhorizont, vor den unlöschbaren Flammen, die rasen würden die kommenden zweihundert Jahre lang.

Eva erinnerte sich, daß durch die Bekanntschaft mit Greda und den anderen sich ihr Berufswunsch Indianer präzisiert hatte, präzisiert zu: Historikerin, Politikerin, Autoschlosserin, Pharmazeutin. Was ihre Mutter nicht weniger beunruhigte.

Nun beunruhigte Eva der Berufswunsch ihrer Tochter Clara, dem jeder Größenwahn fehlte, obwohl Clara späteres Studium und noch späteres Häuser- und Städteplanen nicht ausschloß. Nicht beunruhigte sie hingegen die Absage der ursprünglich zugesagten Stelle, nachdem sie den von Clara vermuteten Grund gehört hatte. Es ging um eine Stelle in dem Projekt »Frauen in Männerberufe«, und die Absage hing vermutlich mit der Forderung Claras zusammen, das Projekt umzubenennen, da Zimmerfrau historisch gesehen ein bisexueller Beruf sei, möglicherweise ein rein weiblicher, da von einer weiblichen Göttin erfunden, Material in der Anlage, Kopien alter Zeichnungen und Stiche, Abschriften von Mythen und Steuerlisten der Städte Athen und Köln, oder wolle das fortschrittliche Land Nordrhein-Westfalen, das dieses Projekt fördere, sich als legitimer Erbe der Hexenverbrenner fühlen, welche die Zimmerfrauen aus der Geschichte vertrieben hätten, mit freundlichen Grüßen, Clara Lengeroth.

Eva nahm mit Glücksgefühl wahr – und hielt es nicht für den Erfolg hervorragender Erziehung, sondern eher für eine Art günstiges Geschick –, daß Clara in vielem ihre Meinung teilte, über vieles mit ihr redete, viele Kleidungsstücke von ihr trug. Auf Demonstrationen mit ihr auf der Straße war. Mit ihr in die Schrebergärten ging, als die Planierraupen kamen.

Die Schrebergärten waren ein Thema, das Eva zweimal in der Zeitung behandelt hatte und das damit ihr Chefredakteur für abgehandelt erklärt hatte. Das sie trotzdem nicht beiseite schieben konnte, für das sie immer neue Unterlagen und immer neue Namen und Telefonnummern sammelte. Für das sie schon Dutzende von Gesprächen mit der Firma Birexco geführt hatte, deren Erweiterung und Anbau die Schrebergärten weichen sollten. Für das ebensooft Vertreter der Firma Birexco ihren Chefredakteur angerufen hatten. Für das der Chefredakteur ebensooft sie angerufen oder in der Konferenz angesprochen hatte mit dem Hinweis, das Thema Schrebergärten gegen Birexco sei abgehandelt. Eva war auf seiten der Schrebergärten, der Herausgeber auf seiten von Birexco, des expandierenden Betriebs, Fahrzeuge aller Art, unter denen auch Panzer waren, was die Parteigänger der Schrebergärten besonders erbitterte, unter denen aber auch Lastwagen waren, was Evas Herausgeber besonders für Birexco einnahm, denn für Lastwagen wurde in Anzeigen geworben.

Das Merkwürdige war, daß die einzigen Schrebergartenpächter, die Eva wirklich gut kannte, mit denen sie befreundet war, Ulla und Hermann Henseler, nicht auf seiten der Schrebergärten waren. Hermann war Betriebsrat bei Birexco, hatte im Schatten des Betriebs, den er in Mißachtung der ihm durchaus bekannten Eigentumsverhältnisse stets als »seinen« Betrieb bezeichnete, seine Erdbeeren und Tomaten angebaut. Und hatte bei der Aussicht, daß sein Betrieb erweitern wollte, seine Erdbeeren und Tomaten den Interessen von zusätzlich einzustellenden Birexco-Arbeitern untergeordnet.

Hermann war denn auch der erste, auf den Eva und Clara stießen, als sie auf dem gefährdeten Gelände erschienen, entschlossen, sich gemeinsam vor die Planierraupen zu werfen, die mehrere andere Schrebergartenpächter ihnen für heute angekündigt hatten. Hermann war hauptsächlich da, ihnen diese Entschlossenheit auszureden. Ulla Henseler, Hermanns Frau, hatte schon im Büro versucht, Eva von ihrem Ausflug abzubringen; Ulla arbeitete als Sekretärin in eben der Zeitung, die Eva gelegentlich in Mißachtung der Eigentumsverhältnisse als »ihre« bezeichnete.

Ihre Zeitung hatte Eva keineswegs geschickt. Birexco war Thema gewesen und damit kein Thema mehr. Wenn Eva etwas haßte an ihrem Beruf, dann waren es diese unerlösten Themen, diese Menschen oder Ereignisse, über die sie einmal berichtet hatte, und die dann ihre komplizierte und langwierige weitere Entwicklung nahmen, zu unbedeutend, als daß die Redaktion ihr dafür Platz eingeräumt hätte wie für die Reisen des Außenministers oder die Gedanken des Bundeskanzlers, aber zu bedeutend, als daß sie sie schlicht hätte vergessen können. Nie blieb ihr wirklich Zeit, sich darum zu kümmern, der Beruf verlangte jeden Tag neue Themen, die sie in die Öffentlichkeit reißen würde und die dann jahrelang weiter unerlöst mit ihr leben würden.

Was war zum Beispiel aus den befreiten Sklavinnen geworden? Die meisten waren unauffindbar. Nasrin hatte immer noch keine Arbeit gefunden. Eva hatte ihretwegen schon Hermann um Hilfe gebeten, Hermann, der außer im Betriebsrat auch im Stadtrat war, und dieses zweimalige Rat im Titel bedeutete dank Einfluß und Beziehungen auf handfeste Weise wirklich Rat, einen Rat, den Eva in letzter Zeit nicht mehr in Anspruch zu nehmen gewagt hatte, seit trotz Freundschaft das politische Einverständnis sich über den bedrohten Erdbeeren und Tomaten gespalten hatte.

Hermann hatte, wie sie sah, seine Erdbeeren bereits ausgegraben, seinen Apfelbaum umgehauen, seine Holzhütte Balken für Balken abgetragen. Keine Sommerabende mehr, an denen sie mit Ulla und Hermann hier sitzen würde und Menüs von der Art verspeisen, wie sie ein Garten liefert, Bohnengemüse mit Tomatensalat. Kein Kompott mehr vom umgehauenen Apfelbaum, der da lag als Zurschaustellung einer Überzeugung. Einige Gärten sahen genauso aus, andere zeigten durch eher übertriebene Pflege an, durch frisch gemähten Rasen, frisch nachgeschnittene Rosen, durch Tomatenstöcke, an denen jedes welke Blatt gezupft war und fett und rot die Früchte leuchteten, daß sie weder Lastwagen noch Panzern zu weichen gewillt waren.

Einige Pächter solch gepflegter Gärten hatten schon mit Unwillen bemerkt, daß Eva auf der anderen Seite, auf Hermanns gestapelten Balken saß. Daß sie ihr Ohr der anderen Seite lieh, sich von Hermann auseinandersetzen ließ, was die Stadt in zähem Ringen, wie er es nannte, als Gegengabe dafür erhalten würde, daß sie in einer Zeit geschärften Umweltbewußtseins diese Oase zwischen Fabriken und Wohnblocks als Industriegelände an Birexco weggeben würde. Die Gegengabe war geeignet, Eva auf den Balken der falschen Seite festzuhalten. Es handelte sich, kurz gesagt, darum, daß Birexco keine Panzer mehr, nur noch Lastwagen produzieren würde. Ausführlicher gesagt, klang es nicht mehr ganz so verlockend. Es gab eine Umstellungsfrist von zehn Jahren, und natürlich betraf die Abmachung nur dieses Werk. Birexco im übrigen Bundesgebiet war keineswegs gehindert, weiter Nachschub für die Kriege der Welt zu produzieren.

Hermann, der sich in erster Linie dort zuständig fühlte, wo ihn sein doppelter Rat verpflichtete, war zufrieden. Er mochte nicht, wie die meisten Kollegen, die Verantwortung für alles, was hier aus den Hallen auf die Schlachtfelder rollte, weit weg von sich suchen, etwa in Bonn beim Parlament oder in Brüssel im Nato-Hauptquartier, irgendwo dort, wo entschieden wurde, daß dieses Land Teil eines Bündnisses war, dessen Existenz darin bestand, bis an die Zähne bewaffnet mit einem anderen Bündnis, ebenfalls bis an die Zähne bewaffnet, einen Wettlauf in zusätzlicher Bewaffnung zu bestreiten. Diese Kollegen hatten heute morgen ohne Überraschung und schon gar nicht mit der Freude, die Hermann empfand, von dem Pakt zwischen ihrem Betrieb und der Stadt gehört. Eva hörte mit Überraschung und Freude. Die Überzeugungstat, der gefällte Baum lag da plötzlich zu gutem Zweck.

Auch wenn Clara und die Pächter der immer noch gepflegten Gärten das anders sahen. Auch wenn diese einem vagen Versprechen eines Rüstungsbetriebs, das dieser sicher nicht halten würde, den greifbar vorhandenen Wert von Apfelbäumen und Tomaten vorzogen. Clara stand ganz vorn in der Reihe der Baumfreunde, die sich in Hermanns ehemaligem Garten sammelten, in einer alten Cordhose von Eva und guckte vorwurfsvoll auf ihre Mutter. Guckte an ihr vorbei ein bißchen unbestimmt ins Weite. Kriegte plötzlich

Schärfe in den Blick, ein Ziel, vergewisserte sich, zeigte und rief: Sie kommen!

Alle fuhren zusammen, auch Eva, die aufsprang und mit allen in die Richtung blickte, in die Clara gezeigt hatte. Dann rannten alle los. Eva nicht. Sogar Hermann rannte mit, stand dann etwas hilflos da, mochte nicht umkehren, mochte sich aber auch nicht beteiligen daran, daß sich nun die Gärtner als schützende Hand vor ihre Pflanzen setzten. Die Planierraupen räumten langsam und sorgfältig Büsche, Bäume, Hütten, Blumen und deren Heger beiseite. Keine Verletzungen, kein Blut. Behutsame Zerstörung. Eva hatte sich vom Holzhaufen wegbewegt, hatte ihren Apparat vom Hals genommen, um ihrer Reporterinnenpflicht zu genügen, noch ungewiß, was sie schreiben würde, und nur bemüht, ihre Tochter Clara nicht auf den Aufnahmen zu haben.

Die allmorgendliche Maskerade brachte erstaunlicherweise, obwohl sie seit so vielen Jahren an jedem Morgen eines jeden Arbeitstages stattfand, immer Überraschungen. Der einzige, der seit geraumer Zeit in immer derselben Aufmachung erschien, war der Chefredakteur. Seit er Goethe für sich entdeckt hatte, mochte er sich nicht mehr von ihm trennen, diese Mischung von wild-ungebundenem Künstler und gesetzes- und ordnungstreuem mächtigen Staatsbeamten entsprach genau, so mochte er wohl meinen, der widersprüchlichen Person eines Zeitungsmachers. Jedenfalls wurden seine weißen Haare immer länger und wilder, das Jackett hingegen feiner, dezenter, teurer. Ob es eine neue Reise des Außenministers, eine neue Rede des Parteivorsitzenden, ob es der tägliche Unfall oder Einbruch im Lokalteil war, er hing gern eine Sentenz wie »Am Anfang war die Tat« oder »Wer befehlen soll, muß im Befehlen Seligkeit empfinden« an die nüchterne Verabredung, wer wann was machen sollte.

Er hätte gern den ersten Politikredakteur zu seinem Ekkermann gemacht, hätte gern seine Betrachtungen aus dessen Mund wiederholt und bestätigt gehört, aber der war zu sehr auf Abwechslung aus, als daß er jeden Tag in derselben Maske erschienen wäre. Der erschien etwa in wallenden Tüchern und mit Lorbeerkranz als Cäsar, oder mit Lederwams und Flügelhörnern als Hermann der Cherusker, oder mit Goldmaske vor dem Gesicht, einer Art goldener Schlange auf dem Kopf und eng in kostbare Tücher bandagiert als Ramses, den er nur als Mumie abgebildet gesehen hatte. Dagegen wirkte er heute eher bescheiden, er war in einem Cut mit Bowlerhut und Regenschirm erschienen, passend zum heutigen Thema, Industrie-Ansiedlung, Ressort Wirtschaft.

Evas junger Kollege hatte sich auf seine Art zum Thema passend zurechtgemacht. Er saß da im verwegenen Streifenhemd, mit Augenklappe, ein schwarzes Tuch um die Stirn gewickelt, ein Messer ragte aus dem Stiefelschaft und aus der Hosentasche eine Rumflasche; mit einem Seemannslied auf den Lippen hatte er den Konferenzraum betreten. Eva fand angenehm, daß er nicht im Seidenanzug oder Tundrafuchspelz erschienen war, um seine Stromlinienkarriere durch die Aufmachung zu unterstreichen. Zu seiner Karriere paßte, daß er es war und nicht der englische Banker, der abgestellt war, die heute besonders zahlreichen Telefongespräche entgegenzunehmen, fast alles Anfragen oder Meinungen zu Birexco. Um Birexco drehte sich auch das Gespräch der Anwesenden. Der Chefredakteur war bester Stimmung, erhoffte sich vermutlich mit steigender Lastwagenproduktion auch ein steigendes Anzeigenaufkommen.

Freese vom Feuilleton äußerte Kritisches, erinnerte an den Geist der Indianer, die auch in Bäumen und Tomaten Brüder und Schwestern sahen, denen man mit Güte begegnen müsse so wie anderen Geschwistern auch. Seine Aufmachung unterstrich, was er sagte, die Pelzstreifen und bunten Federn, die auf ein rockartiges Ledergewand aufgenäht waren, die qualmende Pfeife, an der er sog, sein langes Haar, das bis zur Schulter fiel. Eva sah ihn nachdenklich an, freundlich, obwohl seine Kritik ihrem Artikel galt. Freese seinerseits blickte nicht zu Eva, sondern zu Ulla Henseler, die in goldglitzernden paillettenbestickten Pluderhosen samt einem winzigen Oberteil, mit rosa gepuderten Backen und tiefschwarz glühenden Augen hereingekommen war und von einem Tablett Kaffee verteilte. Flirrend schön, vielumschwärmt, verlockend, machte sie durch ein witziges Wort oder eine treffende Entgegnung allen verlockten Schwärmern klar, daß sie Geist genug hatte, um notfalls tausendundeine Konferenz lang sich Zudringliche vom Leib zu halten.

Angesichts dieses glitzernden Wesens fragte sich Eva, was die anderen wohl in ihr sähen. Amazone hatte sie einmal einer genannt, obwohl sie überall dort rund war, wo Amazonen schmal und hart zu sein haben. Athene hatte noch keiner gesagt, obwohl vieles nur so zu erklären war. Heute kam sie sich freilich eher vor wie eine von diesen Turnerinnen oder Schwimmerinnen, die auf der obersten Stufe des dreiteiligen Podests stehen, von einem Lautsprecher scheppernd mit der Nationalhymne beschallt, die Fäuste um die Medaille geschlossen. Ihre Fäuste lagen auf dem Artikel über Birexco und die Gärten, und der Beifall galt nicht nur dem Hit, daß sie die Geschichte als einzige hatten, das Konkurrenzblatt hatte erst heute morgen auf der Pressekonferenz oder bei Lektüre von Evas Artikel davon erfahren, sondern er galt auch der Seite, auf die Eva sich gestellt hatte, und das war wegen der Lastwagen, die nun statt Panzern rollen würden, die Seite von Birexco, nicht die der Gärtner und der Bäume, nicht die Claras.

Ich denke, dieses gute Ergebnis, das die Stadt bei Birexco herausholen konnte, sagte der Chefredakteur, verdankt sie auch unserer kritischen Berichterstattung, Ihren beiden sehr engagierten Artikeln, Frau Lengeroth, und er schloß diese Bemerkung, durchaus wohlwollend gemeint, mit dem Zitat: Wer immer strebend.

Der englische Banker zog vor Hochachtung den Bowlerhut, der Pirat guckte eher verblüfft als begeistert. Seine etwas schusselige ältere Kollegin Eva, für die er oft mal schnell ein Telefonat erledigte, weil er wußte, bei ihr würde es Viertel- bis halbe Stunden dauern, hatte schon zum zweitenmal innerhalb kurzer Zeit eine große Geschichte gelandet. Noch dazu mit einem ihrer unbeliebten Themen. Und er beglückwünschte sich heimlich zu den Telefongesprächen, die er ihr geführt hatte, zu dem Kaffee, den er ihr geholt hatte, möglicherweise war es gut, auf Eva gesetzt zu haben.

Verärgert waren nur die beiden Lokalredakteure, denn diese Geschichte hätten natürlich sie haben müssen, sie gehörte deutlich ins Lokale, und obwohl keiner etwas Derartiges sagte, wußten sie, daß alle derartiges dachten. Sie waren auch so unauffällig wie möglich erschienen, in natoolivfarbener Tarnuniform mit braunen laub-artigen Flekken, die sie einerseits möglichst unsichtbar machte, die aber andererseits so gedeutet werden konnte, daß ihnen kein

Gelände zu schwierig, keine Gegend zu entlegen wäre. Sie dachten daran, und alle anderen dachten es auch, und nur die schöne Odaliske mit dem Kaffeetablett hatte den Mut, das laut zu sagen, daß gestern zur selben Stunde in der Konferenz alle, sie selbst eingeschlossen, dagegen waren, daß Eva zu dem schon abgehandelten unergiebigen Thema gehen sollte, so daß, wäre nicht Evas Beharrlichkeit gewesen, die große Geschichte geplatzt wäre.

Der Indianer vom Feuilleton warf der Odaliske einen bewundernden Blick zu, alle anderen sahen betreten in verschiedene Richtungen, nur Eva strahlte unverhohlen, weil ihr klar war, daß sie sich mit dieser Geschichte für einige Wochen oder gar Monate das ungeduldige: Schon wieder zwei Tage Recherche für nichts, mit Betonung auf: schon wieder, ersparen würde.

Die Medaille, die Eva mit ihren Fäusten umfaßte, die scheppernde Nationalhymne, der Beifall waren nicht solide genug, um Eva bis nach Hause zu begleiten. Dem Anblick von Clara, die im Garten einem dunkelbärtigen jungen Mann mit allerlei Werkzeug an einem großen, halb in die Erde versenkten Kessel assistierte, hielten sie nicht stand. Clara sah Eva wortlos an, sie hatte den Artikel gelesen, sie strahlte stummen Vorwurf aus. Ihre Mutter war von Natur und Umwelt zur Großindustrie übergelaufen, was ihre Mutter zu ihrer Verteidigung hätte sagen können, war ihr bereits bekannt und wurde nicht akzeptiert. Die Nähe, die Eva gestern noch mit so jäher Freude empfunden hatte, war dahin.

Nur wenige Tage, nachdem die Nähe zu Tom gestört war. Es hatte sich eigentlich nichts ereignet. Er trug eine neue Mode, er kam spät nach Hause. Er war weniger zugänglich. Was war schon dabei, ein halberwachsener Junge ist viel unterwegs und redet wenig über seine Probleme. Bedrohlich breitete sich eine Stille aus, wie die Stille, die bei Evas Eltern einzog, nachdem ihr fremder Vater in Uniform zurückgekommen war. Clara machte ihr keinen Vorwurf. Tom hatte wenig zu berichten. Die Familie stritt sich nicht. Die Familie glich sich den Nachbarn an; in dieser Vorortstraße mit den alten dunklen Kastanien und den hellgrünen Akazien, durch die das Sonnenlicht Flecke auf das Pflaster warf, war es still. Wenn etwas in dieser Straße nicht so war, wie die Anwohner es sich wünschten, dann war es bisher immer Evas Haus oder Evas Garten gewesen.

Aus Evas Haus tönte Streit. Aus Evas Haus tönte Lachen. Laut, lauter als die Akazienstille. In Evas Garten wucherten Brennesseln, mannshohe Büsche, wiesenhohes Gras, mit allerlei Blumen durchsetzt, welche die Nachbarn Unkraut nannten. Jahrelang flatterten ihr höfliche Briefe, minder höfliche Briefe, Gutachten über Samenflug und Unkraut ins Haus. Dann änderte der Garten sein Aussehen, nicht wegen der Briefe, sondern wegen des dunkelbärtigen jungen Mannes, der als Untermieter einzog. Er hatte innerhalb eines Monats gerodet, gegraben und gepflanzt, innerhalb eines Jahres erntete er die ersten Kartoffeln und Bohnen, sammelte Eier im neu angelegten Hühnerstall, verfütterte das Kartoffelkraut an die Kaninchen und provozierte damit, nach einer kurzen Pause verblüffter Stille, neue Briefe, Gutachten, Auszüge aus Bauordnung und Planungsvorschriften. Und damit war Lutz, so hieß er, erst am Anfang, und Clara hatte sich von seinem Forschergeist inspirieren lassen. Zu zweit überzogen sie das mit rheinischen Schindeln grau gedeckte Dach mit einem in Spiralen gewundenen Plastikschlauch, der an den Wasserhahn angeschlossen war. So konnte bei Sonnenschein bis tief in den Herbst oder sogar Winter hinein ohne Stromverbrauch heiß gebadet werden.

Eva waren zwar der Unkrautgarten und das graue Schindeldach lieber gewesen, aber auch so war es ihr recht. Wenn nur nichts nach adrettem und sauberem Vorstadt-Einfamilienhaus aussah. Sie selbst hatte zur Gartengestaltung eine Kostbarkeit beigesteuert, die ihr mit Mühe zu erwerben gelungen war. Sie war zu ihrer alten Schule gegangen, hatte mit einem fremden Hausmeister und einem fremden Direktor gesprochen, sich auf die Tatsache bezogen, daß sie in der örtlichen Presse tätig war, daß sie eine Ehemalige dieser Schule war, und war auf Wohlwollen, aber Unverständnis gestoßen. Keiner wußte, wovon sie sprach, keiner hatte etwas Derartiges in dieser Schule je gesehen. Bis dann die portugiesische Putzfrau sie durch wohlbekannte Gänge bis in den Fahrradkeller führte. Da stand die Statue, die Cremefarbe abgeblättert, Spinnen hatten Netze zwischen Speer und Arm gezogen, Athene. Die Schule wäre froh gewesen, sie loszuwerden. Daß es dennoch zwei Jahre dauerte, bis Eva sie heimführen konnte, lag daran, daß in keiner Schulverordnung vorgesehen war, daß Gipsstandbilder aus öffentlichem Besitz an Liebhaberinnen verkauft oder verschenkt werden.

Nun bekam der Gips einen neuen, wetterfesten Marmoranstrich und einen schattigen Standort unter einer Birke mit Blick zunächst auf wucherndes Unkraut, dann auf sauber gezogene Kartoffelfurchen, neuerdings auf den großen, halb in die Erde gesenkten Kessel einer Biogas-Anlage. Diese jüngste Neuerung, die bisher einen dünnen Gashauch produzierte, der ein mageres Flämmchen nährte, sollte später einmal einen Durchlauferhitzer für Badewasser betreiben, denn die gewundenen Plastikschläuche hatten auf Verlangen der Baupolizei wieder abgenommen werden müssen. Der Nachbar im dritten Haus zur Rechten, der die Baupolizei auf den Plan gerufen hatte, hatte sich vielmals entschuldigt, höflich und adrett war man in dieser Gegend: Aber Ihnen, Frau Lengeroth, ist es sicher auch lieber, wir lassen die rechtliche Lage klären, als daß am Ende noch Streit unter Nachbarn entsteht, nicht wahr.

Kein Streit zwischen den stillen Villen. Kein Streit mit Clara, kein Streit mit Tom, kein Streit mit Athene, die unter ihrer Birke als klassisches Standbild einen Garten zierte. Als Franz, der ungewöhnliche, der liebenswerte, von ihr ging, als eine zehnjährige und fast glückliche Ehe zu Ende war, da hatte auch ihr Streit sich aufgebraucht. Es ging fast unhörbar vor sich. Sie hatte noch die Fanfaren im Ohr, mit deren Geschmetter ihr gemeinsames Leben begonnen hatte. Übermütig waren sie gewesen, hatten gewagt, gemeinsam der vaterlosen Welt zu trotzen und Kinder in die Welt zu setzen, die anders als alle anderen Kinder dieses Landes einen Vater haben würden. Einen Vater, der sie wie die Mutter versorgen, lieben, unausstehlich finden würde. Der ihretwegen oft auf Kino oder Kneipe am Abend verzichten würde. Der ihretwegen oft auf das Fortbildungsseminar am Wochenende und auf die mehrtägige Dienstreise verzichten würde und damit endlich auch auf die Karriere, auf die Zugehörigkeit zu jener Schicht, die Kinder nur als drollige Haustiere in der Obhut einer zuständigen Mutter kennt. Spätestens dieser Entschluß machte Franz bei seinen Kollegen endgültig zum Außenseiter. Das war Hochverrat.

Noch kämpfte Franz. Daß seine Kräfte langsam nachließen, gab er weder sich noch Eva zu. Er war laut, er war energisch. Aus ihrem Haus tönte Lachen. Aus ihrem Haus tönte Streit. In ihrem Garten wucherte Unkraut, und die Kinder lernten, zwischen Brennesseln vorsichtig zu sein. Die Tatsache, daß sie anders als alle anderen Kinder dieses Landes sowohl einen Vater wie eine Mutter hatten, hatte aus ihnen keine immerlächelnden Engel gemacht. Natürlich waren sie zornig, quengelig, unausstehlich, unzugänglich. Aber das waren sie keineswegs immer, und es war nicht das, was Franz zu schaffen machte. Kreischende Kinder sind eine Kleinigkeit, verglichen mit der kreischenden Kriegshetze, der er täglich im Büro ausgesetzt war. Eva schlug vor, er möge den Ort der Gefährdung meiden, ganz für die Kinder leben und das tägliche Geldverdienen ihr überlassen. Entweder. Oder sie bliebe zu Hause und würde so die Angriffsfläche verringern.

Eine Entscheidung war nötig geworden, weil Eva den Kampf um Bücher und Referate erfolgreich bestanden hatte und als Doktorin der Geschichte und Politikwissenschaft ihre Laufbahn zu beginnen wünschte. Für eine Laufbahn als Historikerin stand eine Assistenzstelle an der Universität in Aussicht, für eine Laufbahn als Politikerin hatte sie die ersten Schritte schon getan, war nämlich in den Ortsvereinsvorstand ihrer Partei gewählt worden, und gerade hatte man ihr den Vorsitz der Jugendorganisation angetragen. Solche Tätigkeiten waren unbezahlt, daher leichter zu haben als die Stelle an der Universität, und hatten abends stattzufinden.

Eva ließ Franz die Wahl. Franz war nicht entmutigt genug, um das Leichtere zu wählen. Oder er hielt irrtümlich für das Leichtere, zu Hause zu bleiben und sich damit der täglichen Kriegshetze zu entziehen. Ihm war nicht klar, was er sich statt dessen eingehandelt hatte. Ihm war nicht klar, wie vernichtend die Blicke des Briefträgers sein können, dem auf sein Klingeln ein Mann öffnet, umkreischt von zwei halbangezogenen Kindern. Wie lächerlich der Streit mit der Krankenkasse sein kann, die nicht glauben will, daß der Ehemann ein per Familienzugehörigkeit Mitversicherter ist, mit dem Finanzamt, das den Beruf Hausmann nicht zu kennen vorgibt. Wie leer ein Tag sein kann, an dem Gesprächsversuche nur mit »baba« und »momo« beantwortet werden, an dem das wichtigste Ereignis ein zerbrochenes Holzpferd und die bedeutendste künstlerische Errungenschaft ein gelallter Abzählreim ist. Wie demütigend die Notwendigkeit, Geld anzunehmen für Arbeiten und Verrichtungen, die aus Liebe getan wurden.

Er suchte Verbündete, ließ sich von Büchern oder Zeitungen nicht irremachen, die Männer nur kannten mit Waffen oder Staatsschatullen in Händen, Männer, die von der Jugend sprachen, von den folgenden Generationen, aber nie Männer mit Kindern, es sei denn, die Kinder wären männlich und halberwachsen und im Begriff, eine Krone oder eine Präsidentschaft zu erben. Verbündete waren nicht die Frauen im Supermarkt und auf dem Spielplatz, von denen er es am ehesten erwartet hatte, die sich aber rasch zu einer kichernden Front zusammenschlossen, wenn es darum ging, Entrüstung gegen diesen frechen Verletzer der Ordnung zu zeigen.

Verbündete ergaben sich unverhofft in Gestalt von bärtigen Vätern, die ebenfalls zur Eroberung von Spielpätzen und Straßen ansetzten. Die ebenfalls der vaterlosen Welt trotzen wollten. Die sich in Kinderläden als Horten des Aufruhrs zusammenfanden, von wo aus sie den Frieden in die Welt tragen wollten. Ohne Waffen, Staatsschatullen und Kronen.

Ihr solltet jetzt sofort tanzen, sagte Athene. Der Höhepunkt ist immer am Anfang.

Eva und Franz waren noch nie auf einen Ball gegangen, auf Parties, in matt erleuchtete Keller zum Tanzen, aber Athene hatte auf einem Ball bestanden. Mit Orchester. Mit großer Garderobe. Er fand in einem der kleineren Theater statt. Das hatte alles an Dekoration aufgeboten, was im Magazin zu finden war, hatte mit Pappe, Gips und Nessel, mit Leim und Farbe die perfekte Illusion von südlichem Luxus erzeugt. Marmorsäulen umstanden den Raum, üppig von Blumen umrankt, die Zuschauerbänke waren beiseite geschoben bis in den beblühten Säulenumgang, waren mit Seiden- und Brokat-Überwürfen in elegante Sitzmöbel verwandelt. Seitlich vor der Bühne plätscherte ein Springbrunnen, in dem Sektflaschen kühlten. Fresken zierten die Wände, ein Mosaik mit flötendem Faun und tanzenden Mänaden den Fußboden. Die Musik klang, als ob der Faun beteiligt wäre, man hörte Flöten und Schalmeien, eine Harfe, sirrende, sinnliche Klänge.

Kommt, sagte Athene, tanzt, solange die Fackeln brennen, der Tag ist ein Zwerg. In der Tat kam das rötlichwarme Licht, mit dem der Saal erhellt war, von einer Unzahl von Fackeln, die bündelweise die Wand entlang befestigt waren.

Obwohl Eva das Aufwendigste anhatte, was sie besaß, etwas schwarzlila Langes, wirkte sie fast unauffällig gegenüber den meisten Ballbesuchern. Eine war ähnlich angezogen wie Athene, ein gerafftes Faltengewand, Sandalen an den Füßen, kein Helm oder Speer, aber kräftige Hände und kühne Augen, als könne sie mit solchem Gerät durchaus umgehen. Sie schien Athene zu kennen, die beiden grüßten sich, sprachen zusammen, lachten, dann fiel beider Blick auf etwas Merkwürdiges, das die Frau bei sich trug, eine Art Schaffell, aber goldfarbig, golden-lockige Wolle, und Athenes Stimme wurde vorwurfsvoll. Die Frau wandte sich rasch ab und einem ebenfalls griechisch gekleideten Mann zu. Der nahm ihr das Goldfell aus der Hand, das im Fackellicht blitzte und funkelte, hängte es sich um, und die beiden mischten sich unter die Paare, die nach den fremdartigen und aufreizenden Rhythmen der Flöte und Schalmei tanzten. Das Orchester, das auf der Bühne spielte, tanzte und sang, bestand aus Frauen, ebenso griechisch gewandet und sandalt.

Aber Athene hatte nicht nur Zeitgenossen eingeladen. Der Saal wimmelte von Kostümen aus allen Epochen, steifen Krinolinen und fließenden Gewändern, gepolsterten Pos, elisabethanischen Puffärmeln und mittelalterlichen Schleppen, Bratenröcken und barocken Spitzenjabots, Uniformen, Rüstungen, als wäre der ganze Theaterfundus hier auf den Beinen. Da war ein älterer Herr mit weißgepuderten Locken, langer Samtjacke, bestickter Weste und einem Hemd, das Spitzen an Ärmeln und Kragen sehen ließ, drunter samtene Kniehosen und weiße Strümpfe. Er verbeugte sich höflich vor Eva, fast gespreizt, steuerte dann an ihr vorbei auf ein noch kindhaftes Mädchen zu, verbeugte sich noch etwas gespreizter und trug ihr Arm und Geleit, wie er es nannte, an. Die Kleine mit ihren langen Zöpfen wirkte eingeschüchtert.

Ein anderes Paar sah aus wie einer mittelalterlichen Liederhandschrift entstiegen. Die Frau trug ein enges, langes braunes Samtkleid und einen weiten Umhang, der mit Hermelin und Zobel gefüttert war, der Mann ging in Violett, auch lang, mit einem gold- und perlenbestickten Umhang, und beide trugen auf den Haaren einen goldenen Reif, ihrer mit Saphiren eingelegt, seiner mit Topas und Rubinen. Sie stachen an Pracht und Aufwand alle aus und auch an Innigkeit, mit der ihre Blicke sich ineinander versenkten.

Obwohl es auch die anderen nicht an Innigkeit fehlen ließen. Da war ein Paar, das engverschlungen miteinander tanzte, ein Seemann mit Stulpenstiefeln und Wetterhut und eine Frau mit holländischem Häubchen und Halskrause, die ihn anstarrte und ungläubig flüsterte:

Was ich erblicke, ist es Wahn?

Selbst der ältere Herr flüsterte jetzt dem bezopften Kind törichte Albernheiten ins Ohr, wie: Du holdes Himmelsangesicht! Süß Liebchen! Die Kleine, immer noch mehr erschreckt als entzückt, entzog ihm hastig ihre Hand, an der er mit den Lippen klebte: Wie könnt Ihr sie nur küssen! Sie ist so garstig, ist so rauh! hörte Eva im Vorübertanzen und fragte sich, wessen Hand wohl garstiger und rauher war, die des alten Herrn oder die des hübschen Kindes.

Da war noch ein Kind, fast noch jünger, aber eleganter mit Puffärmeln und Wespentaille, und souveräner. Sie tanzte mit einem Jüngling, der an ihren Lippen hing, Schwüre zu murmeln versuchte, die sie mit einer ganz unkindlichen Entschlossenheit unterbrach: Meine Zärtlichkeit ist so grenzenlos wie das Meer und meine Liebe so tief, je mehr ich dir gebe, desto mehr habe ich, denn beide sind unendlich. Die letzten Worte wurden von der Musik weggefegt, die lauter und wilder geworden war, Zimbeln und Tamburin waren eingefallen, die griechische Frauenband spielte, tanzte, sprang ekstatisch auf der Bühne, und die Bewegung setzte sich fort in den Saal. Der Degen des Jünglings verfing sich in dem weiten steifen Rock des Kindes mit den erhabenen Worten, das Paar stolperte, wurde von den vorbeirasenden Tänzern aufgefangen, die es mitrissen. Mit Tamburinklirren fegte eine schwarzgelockte Zigeunerin vorbei, mit wehendem, stufig gerüschtem Rock, lachte, tanzte um einen unbeholfenen Mann in abgerissener Uniform, der dem Tempo nur schwer folgen konnte, der ihr keuchend seine Liebe schwor. Die Liebe ist ein rebellischer Vogel, den niemand festhalten kann, lachte sie und schüttelte das Tamburin. Von der Bühne antworteten rasselnd die Zimbeln. Sektkorken knallten in das Rattern der Zimbeln, das Gellen des Tamburins.

Was haltet ihr von den Großen Liebenden, fragte Athene und holte frischen Sekt aus dem kühlen Brunnen.

Jedenfalls ist es ein schönes Fest, sagte Franz zögernd, und Eva sah sich um nach den beiden Innigen mit der kostbaren Kleidung, aber die tanzten nicht mehr miteinander, die Frau ging am Arm eines anderen und warf dem Mann verstohlen sehnsuchtsvolle Blicke zu. Auch der Mann mit dem Goldfell tanzte mit einer anderen, entgeistert bestarrt von der Frau, der er das Fell verdankte. Sie fielen nicht sehr auf unter den vielen von Liebe berauschten Paaren.

Du tanzt niemals? fragte Eva zurück.

Athene wollte hier nicht tanzen. Und schlug vor, bald zu gehen.

Am Sektbrunnen erschien ein junger Mann mit weißer Puderfrisur und holte Nachschub. Er brachte die Flasche einem Mädchen, einfach gekleidet wie das bezopfte Kind, schlichter Rock und Umschlagtuch, die blaß auf einer der Bänke im Säulenumgang saß. Besorgt betrachtete er sie, bot zögernd Sekt an, bemerkte: Du bist blaß.

Es ist nichts, nichts. Sie stand auf, zog ihn in die rasende Jagd der Tanzenden, ihr Gesicht rötete sich, ihre Augen leuchteten: Du bist da. Es ist vorüber.

Alle Augen brannten ekstatischer, alle Füße rasten wilder. Laut, schrill, hinreißend spielten, schrien, heulten die Frauen, gaben mit waghalsigen Sprüngen ein Tempo vor, das eher Aufruhr als Tanz war.

Alle hielten mit, auch Eva und Franz, die Schritte und Sprünge, Drehungen und Wirbel machten, von denen sie vorher nicht geahnt hatten, daß sie dazu in der Lage waren. Nur wenige saßen noch im Säulengang, zwei Mädchen, die an dem Sektbrunnen ihre Füße kühlten, die Frau, die das Goldfell besessen hatte, die mit stieren Augen zusah, wie ihr Partner immer noch mit der anderen tanzte, dann eine junge Frau mit weitem reifverstärktem Rock und gerafftem Überwurf, der ihr mürrischer Vater den Blick auf die Tanzenden zu verstellen suchte, vor allem den Blick auf einen mit viel Stickerei und Spitze teuer gekleideten Herrn, der von der gegenüberliegenden Seite begierige Blicke auf sie warf. Alle anderen hatten sich in wilde Bacchanten verwandelt, liebesentrückt, musikverzaubert, im zuckenden rotgelben Licht der Fackeln, die eine lastende Hitze erzeugten. Ein aufdringlicher Geruch füllte die Luft, süßlich-schwer, als ob die Dekorationsblumen Duft verströmten. Eva brach

Schweiß aus. Sie fühlte sich beklommen. Dann sah sie die Blutspur.

Eine feine Blutspur zog sich quer durch den Saal, hin zu der Bühne. Die beiden Mädchen, die am Brunnen ihre Füße gekühlt hatten, hielten Messer in der Hand, mit denen sie stöhnend in ihren blutigen Füßen herumschnitten. Sie reichten sich einen Schuh hin und zurück, versuchten, die blutigen Füße in den Schuh zu quetschen, und noch war der eine Fuß an der Ferse zu groß, der andere am Zeh. Ein junger Mann, in Weiß und Gold wie ein Märchenprinz, sah ihnen lächelnd zu. Wer von euch ist die Braut, wer paßt in den Schuh, fragte er, und die beiden stöhnten auf und schnitten energischer in die blutigen Stummel. Die Tänzer traten die Blutspur durch den Saal, blutige Flecken überall, zu viel Blut für zwei Füße. Da lag mitten im Saal die lachende Zigeunerin in ihrem Blut, der Soldat hatte den rebellischen Vogel erstochen, der nicht bei ihm im Käfig sitzen wollte.

Man muß am Anfang tanzen, sagte Athene, ich hatte nicht so lange bleiben wollen.

Auch andere schienen zu finden, daß jetzt Zeit wäre, aufzubrechen. Tanzen konnte man auf dem feuchten glitschigen Boden ohnehin nicht mehr. So gingen sie einer nach dem anderen, leise vor sich hin schimpfend, daß diese blutenden und blutdurstigen Frauen die ganze Stimmung verdarben, man war schließlich auf einem Ball. Der Alte mit den weißgepuderten Locken ging mißmutig, während das bezopfte Kind enthauptet wurde. Der mürrische Vater ging, nachdem er seine Tochter vorbeugend erstochen hatte, damit der feine Herr sie nicht verführen könnte. Dem Freund der Blassen schien es, nachdem er sie vergiftet hatte, auch nicht mehr zu gefallen. Der Seemann ging, nachdem die Holländerin sich treu bis in den Tod im Sektbrunnen ersäuft hatte. Die Frau ohne Goldfell ging, nachdem sie die Tänzerin des Mannes, der es nun besaß, ermordet hatte.

Von allen Seiten rieselten Rinnsale, überall standen Blutlachen, unaufhaltsam wie im Wattenmeer, wenn die Flut kommt, wenn in wenigen Sekunden dort, wo eben noch sicherer Grund war, ein bodenloser Strudel tost, stieg die Blutflut an im Saal, gespeist von den Liebesmorden der Jahrhunderte. Die Fackeln warfen gelbe Lichtreflexe auf das dunkel glänzende Rot. Der Geruch nach faulen Blüten verstärkte sich.

Manche starben paarweise in der leise schwappenden Flut. Das Kind mit den erhabenen Worten erstach sich auf der Leiche ihres vergifteten Freundes. Der Freund der Blassen trank den Giftbecher leer, mit dem er sie ermordet hatte. Die beiden Innigen mit ihrem goldenen Haarreif brauchten nicht einmal Messer oder Gift.

Inzwischen hatte die Musik aufgehört, Harfe und Schalmei wurden weggeräumt, erschöpft setzten sich die Musikerinnen auf Stühle oder auf den Fußboden. In der Stille hörte man Stimmen, die nicht aus dem toten Saal kommen konnten und auch nicht von der Bühne mit den atemlosen Musikerinnen, Stimmen wie aus dem Himmel, laut, zufrieden, ein Lachen zwischendrin. Eva und Franz waren langsam zum Ausgang gewatet, Athene machte ihnen ein Zeichen, sie sahen sich um.

Die meisten Fackeln waren abgebrannt, die Zimbelspielerin knipste im Saal das Licht an. Da sah man die Bronzestatuen oben auf den Säulen, die Skulpturen der Poeten, manche mit Lorbeerkranz, manche mit Jakobinermütze, manche mit der Aura der Aufklärung, manche patriarchalisch thronend. Man sah jetzt im Licht die feinen Fäden glitzern, an denen sie ihre Figuren im Saal gehalten hatten. Zufrieden plaudernd rollten sie die Fäden auf, legten sie weg. Heiter, fast beschwingt blickten Aufrüher wie Laureaten von ihren Säulen auf die Bluternte hinunter, erstaunt allenfalls wegen Eva oder Athene: War das vorstellbar, daß da fadenlose Frauen im Saal waren. Als könnte sie es sich auch kaum vorstellen, tastete Eva ihre Gelenke ab, ob da doch irgendeine Verbindung zu den Drahtziehern auf den Marmorsäulen war, ein kleiner Spinnwebfaden, der, einmal nicht beachtet, sich zu einem handfesten Seil auswachsen könnte.

Ein Zelt störte die Akazienstille in Evas Straße, ein Zelt, das nicht dem Zweck diente, dem Zelte in dieser Straße allenfalls hätten dienen dürfen, nämlich lampionbehängt das Buffet für eine Sommerparty zu überdachen oder mit Leder- und Federschmuck ein Ort für Kinderspiele zu sein. Dieses Zelt war groß, praktisch und bewohnt. Es stand in Evas Garten, wo sonst, diente ursprünglich als Campingzelt von Lutz dem Zweck, den die Anwohner der Akazienstraße ihm auch zugebilligt hätten, auf Urlaubsreisen auf dafür vorgesehenen Zeltplätzen bewohnt zu werden, und auch dort hätte man eingedenk der dünnen Tuchwände leise sein müssen.

Nasrin, die Zeltbewohnerin, redete, lachte und stritt gern bis in die Nächte, froh, endlich dem Alleinsein in einem kahl möblierten Zimmer entkommen zu sein. Eigentlich hätte sie erst einziehen sollen, wenn Clara den Dachboden fertig ausgebaut hätte, denn da gerade ein weiteres Zimmer untervermietet worden war, war Evas Haus voll. Der Sommer war heiß, so tat es inzwischen das Zelt. Das Zelt wurde zum Mittelpunkt des sommerlichen Lebens, wo sich abends die Familie um Nasrins messingfunkelnden persischen Samowar versammelte, den sie bei einem deutschen Antiquitätenhändler erworben hatte, um die knisternde Holzkohle und das summend siedende Wasser. Daß Nasrin sich diese teure Nostalgie hatte leisten können, verdankte sie Hermann Henseler, der sie mit einer gutbezahlten Arbeit bei Birexco versorgt hatte, mit dem Platz, den der Betriebsarzt für eine ungewisse Zahl von Monaten verlassen hatte, da er sich, womöglich beim Ausüben seiner Arbeit, mit einer schweren Hepatitis infiziert hatte.

Hermann hatte Nasrin im Zelt kennengelernt. Seit er selbst keine mehr hatte, hatte er Evas Garten zu seiner Parzelle gemacht, anfangs mißtrauisch empfangen von Clara, die für ihre Pflanzen keine Pflege durch einen Apfelbaummörder wünschte. Er hatte sie durch die kundige Art überzeugt, mit der er Tomaten und Kaninchen anfaßte, mit der er den Dünger aus der Biogasanlage im rechten Verhältnis in den Garten verteilte. Schließlich war er der einzige, der Kaninchen auch zu schlachten verstand, die Großstadtbauern wünschten sich diese Tiere zwar auf ihren Tellern, aber keiner von ihnen traute sich zu, den entscheidenden Schnitt zu tun, der aus einem kuscheligen Haustier einen appetitlichen Braten macht. Genießerisch kauten die gefühlvollen Nichtschlächter das Kaninchen, das Nasrin mit duftenden persischen Gewürzen zubereitet und auf einem Grill vor ihrem Zelt geröstet hatte, und Clara hatte Gelegenheit, mit vollem Mund versöhnliche Worte zu Hermann zu sprechen.

Eva hörte diese Worte mit einem kleinen Schmerz, Schmerz darüber, daß Clara die abgeholzten Apfelbäume und die Parteinahme auf der falschen Seite zwar Hermann offenbar verziehen hatte, nicht aber ihr. Zwischen Clara und ihr blieb Abstand, auch wenn Clara nicht wie Tom die gemeinsamen Abende mied.

Tom war der einzige aus dem Haus, der nicht mitaß, und das weniger wegen des Kaninchens als wegen der von Nasrin darauf verstreuten Gewürze. Überhaupt reagierte er gereizt auf Nasrin, hatte ihren Einzug begleitet mit Bemerkungen wie: Noch mehr Weiber im Haus, oder zu Eva: Ist das hier eine Asylanten-Sammelstelle? Das bezog sich auf den neuen Untermieter, Ben, der im Exil aus seiner Heimat Südafrika hier war. Tom weigerte sich auch, Clara beim Umbau des Dachbodens zu helfen.

Clara zimmerte und hämmerte mit fast professionellem Geschick, und tatsächlich war diese Art Tätigkeit inzwischen ihre Profession. Hermann der Apfelbaummörder hatte eine Lehrstelle aufgetan bei just der Baufirma, die auf dem Gelände der ermordeten Apfelbäume Werkhallen für Birexco errichten würde, und Clara wollte nicht zum zweitenmal die Chance auf eine Lehre an ihren Prinzipien scheitern lassen.

Birexco wurde also fast der Haus-Arbeitgeber, denn er gab auch Eva weiterhin Recherchenarbeit für neue Artikel, und Birexco war jedenfalls der Haus-Streitstoff. Trotz Nasrins duftendem Essen und brodelndem Samowar bereute Hermann schon, sie je bei Birexco untergebracht zu haben, denn sie war es, die Eva mit verdächtigen Hinweisen versorgte. Mit spärlichen Hinweisen. Mit nichts, was einen Artikel rechtfertigen würde. Mit genug, um Mißtrauen zu haben. Sie hatte bei einem Besuch bei der Direktions-Sekretärin Schriftstücke in Farsi, in Persisch, auf dem Schreibtisch liegen sehen, hatte sich erstaunt bei der Sekretärin erkundigt, für die diese Schriftstücke nichts als schöne Grafik waren, sie konnte die Buchstaben nicht lesen. Hatte sich die Klagen der Sekretärin angehört, die schon den ganzen Vormittag vergeblich nach einer Person zum Übersetzen dieser eiligen Schriftstücke telefoniert hatte, und das bei Kopfweh und Hitzewellen, die offenbar eine Sommergrippe ankündigten. Nasrin hatte der Sekretärin Grippemittel überlassen und die Nachricht, sie sei Iranerin, man könne sie getrost mit Übersetzungen aus ihrer oder in ihre Muttersprache betrauen. Als sie Tage später nach Farsi-Übersetzungen fragte, hatte es nie Briefe aus dem Iran gegeben.

Mehr war es nicht. Außer daß klar war, daß von irgendwo aus der Welt ihre zur Zeit verhaßte Heimat Nachschub für ihren doppelten Krieg bekommen mußte, den im Lande und den gegen den Nachbarstaat.

Hermann, der bedächtig eine Kaninchenkeule abnagte, gab zu bedenken, ob sie, die zweifach Exilierte, vielleicht übermißtrauisch sei. Und versicherte, daß sein Betrieb, und er sagte sein, als wäre er der Verantwortliche, dessen Wort man in diesem Fall glauben muß, daß sein Betrieb keinerlei Waffen in Kriegsgebiete exportiere, nichts Ungesetzliches.

Vielleicht bist du übervertrauensvoll, sagte Clara, mit den Lastwagen statt Panzern, da werden sie euch auch noch reinlegen.

Ein paar Panzer mehr in Hessen, ein paar Lastwagen mehr bei uns, insgesamt kein Unterschied, sagte Lutz.

Eva verschwieg, weil der Abend mild war und das Kaninchen duftete und der Samowar summte, daß ihr sogar die

Lastwagen verdächtig waren. Verdächtig gemacht worden waren von ihrem neuen Untermieter Ben, der meist auf Vortragsreisen unterwegs war, um auch anderen mitzuteilen, was er Eva mitgeteilt hatte, etwa den Verdacht, daß ein großer Teil der Birexco-Lastwagen als Militärlastwagen in seine Heimat exportiert würde, daß aus Birexco-Fahrzeugen auf demonstrierende schwarze Jugendliche, auf streikende schwarze Arbeiter geschossen würde. Eva dachte, daß sie doch Hermann würde fragen müssen, denn er als Betriebsrat konnte leicht feststellen, ob die Lastwagen, die nach Südafrika gingen, im Fahrerhaus eine Schießluke oder eine Lüfterklappe hatten, ob sie mit Tarnfarbe oder normalem Autolack gespritzt wurden, ob sie Allradantrieb und Tarnbeleuchtung hatten, was Ben aus Südafrika ihr als Unterscheidungsmerkmale genannt hatte. Hermann konnte, aber Hermann wollte nicht. Er fegte den Unterschied zwischen Lüfterklappe und Schießluke als unerheblich beiseite, wollte auch nichts davon wissen, daß Allradantrieb schon auf Ungesetzliches hinweise.

Nasrin, die das Gefühl hatte, Hermann habe mit der Debatte über die Farsi-Briefe heute abend genug für seine Firma getan, wollte das Gespräch von Birexco wegbringen. Aber nun hakte Clara nach, die auf Bens Schreibtisch einen südafrikanischen Reklameprospekt hatte liegen sehen. Ben hatte ihn bereits Eva gezeigt, hatte sie besonders auf die Seite hingewiesen, auf der in Farbglanzdruck ein dreckbespritzter Lastwagen voll Soldaten abgebildet war, der durch unwegsames Gelände schaukelte, unter den Dreckspritzern ragte halb der Name Birexco hervor.

Hermann drohte Nasrin und Clara Entlassung an, lachend, und für Eva Nachrichtensperre, und Eva lachte mit, weil sie wußte, daß er sich nun doch erkundigen würde, und Clara schlug als Vergeltungsmaßnahme die Aussperrung von Hermann aus dem Garten vor. Dann sagte Ulla etwas, und obwohl sie alle sich mit Hermann gestritten hatten, kam Eva Ullas Satz als der häßlichste vor: Laßt Hermann, er hat viel zu wenig Phantasie, um sich vorzustellen, daß seine Firma Illegales tun könnte.

Es war eine Ausnahme, daß Ulla in der Zelt- und Samowarrunde saß, und erst heute, da sie gekommen war, fiel auf, an wie vielen Abenden der vergangenen Wochen Hermann allein erschienen war. Eva hatte es zwar bemerkt, hatte aber vermieden, darüber nachzudenken, weil sie ahnte, daß sie am Ende des Nachdenkens auf Ullas Odaliskengewand und auf Freese, den pfeiferauchenden Indianer vom Feuilleton, stoßen würde. Und Ullas Satz über die Phantasie übersetzte sich für Eva etwa folgendermaßen: Laßt Hermann, er hat viel zu wenig Phantasie, um sich an seiner Frau ein Odaliskengewand vorzustellen. Eva war nicht klar, ob Hermann das so verstand.

Solide Kenntnisse, Ulla, sagte er zu seiner Frau, sind der Phantasie vorzuziehen.

Übersetzung, erster Halbsatz: Ein Mensch, den man kennt; zweiter Halbsatz: Ein Mensch, den die Phantasie mangels Kenntnis noch idealisiert.

Kenntnisse, sagte Ulla, es gibt viel, was dir nicht bekannt ist, auch wenn du es dir einbildest, Herr Betriebsrat.

Übersetzung: Gut, du weißt von Freese, aber warum Freese, das willst du nicht wissen, es könnte deine Routine stören, du mit deinem langweiligen Beruf, genauso langweilig wie dein Leben.

Ja wenn die Menschen nicht ehrlich sind, sagte Hermann, und am Grillfeuer erhob sich Gelächter, denn dieser Satz ohne Übersetzung, von einem Betriebsrat auf seine Firma bezogen, war auf Lachen angelegt. Nur Eva lachte nicht mit. Sie litt unter dieser Feindlichkeit. Sie hatte so lange nicht zur Kenntnis nehmen wollen, was offensichtlich war, weil sie befürchtet hatte, ein Zurkenntnisnehmen würde bedeuten, auch Partei ergreifen zu müssen. Sie ergriff Hermanns Partei, jedenfalls vorübergehend, solange Ullas Attacke währte. Und verteidigte also, da sich der Streit ja um Birexco und nicht um Freese drehte, die zivile Harmlosigkeit von Lastwagen und die mangelnde Beweiskraft von in Farsi abgefaßten Briefen.

Nasrin staunte. Clara schlug sich auf Ullas Seite, mit demselben häßlichen Ton Eva gegenüber, den Ulla gegen

Hermann hatte. Der Kämpferin für die gerechte Sache wird die gerechte Sache wohl zu heiß, sagte sie; das ferne Persien greift sich eben leichter an als die Industrie, die man vor der Nase hat und die beim eigenen Chef inseriert.

Eva war sich nicht klar über die Übersetzung. Du hast unsere Sache verraten, gerade du, der ich vertraut habe, so etwa?

Und du, Clara, wollte sie antworten, und deine verratenen Prinzipien, kein Grund, daß zwei Menschen sich entzweien, kein Grund, daß du seit Wochen auf Abstand von mir lebst.

Sie sagte den Satz so, wie sie ihn gedacht hatte, ohne Übersetzung, und es war plötzlich still um das Feuer, als ob sie in einer fremden Sprache gesprochen hätte und alle über den Sinn rätselten. In das Schweigen hörte man laut Toms Stimme quer durch den Garten. Mal wieder nichts zu fressen in der Küche, rief er, kam zum Feuer und sorgte für Ablenkung, so daß Clara nicht zu antworten brauchte, ließ sich unter Ausrufen des Ekels kalte Reste vom Grillkaninchen reichen, verließ die Gruppe wieder mit der Frage, wann denn endlich mal wieder ordentlich gekocht würde.

Koch selber, sagte Lutz, und da war Tom schon weg und Clara ging hinter ihm her ins Haus. Die Runde ums Feuer löste sich auf, Nasrin verschwand in ihrem Zelt, Lutz im Haus, Ulla, die angedeutet hatte, sie wolle mit Eva noch reden, ging nun doch, als sie sah, daß auch Hermann bleiben wollte. Denn der wollte auch mit Eva noch reden.

Eva wunderte sich, wieso sie als Ratgeberin in Ehefragen kompetent sein sollte. Vielleicht weil ihre Ehe, solange sie ging, anders ging als andere. Vielleicht weil sie auseinandergegangen waren, ohne sich in Haß zu zerfleischen. Vielleicht zählte das schon. Ullas Haß machte sie ratlos. Freese, das verstand sie, Freese mit Friedenspfeife und Indianerweisheit. Was sie nicht verstand, war, wieso ein Gefühl für einen solchen Menschen Platz für so billigen Haß ließ.

Sie hatte Freeses Platz in Ullas Leben bisher so wenig zur Kenntnis genommen wie die vielen Männer davor. Ulla sammelte Männer, auf eine heitere und beinahe nebensächliche Weise. Früher hatte sie auch Kinder gesammelt, von den verschiedenen Männern. Eines von Henselers drei kleinen Kindern war von Hermann, und Eva hatte mit atemloser Bewunderung beobachtet, wie Hermann sie alle liebte, alle drei, und am liebsten noch einen Haufen Freunde dazu. Hermann schien auch an Ullas erotischen Abenteuern wenig zu finden, half ihr im Gegenteil, solche Ausflüge vor ihren Müttern zu vertuschen, seiner und ihrer, die beide mit ihnen im Haus lebten und die Familienzahl auf sieben brachten.

Was ich nicht verstehe, sagte Hermann, ist der Haß. Das ist neu.

Der einzige Grund für Haß, der Eva plausibel schien, war ein schlechtes Gewissen. Warum hast du nicht auch mal Abenteuer mit dieser oder jener, fragte sie.

Hermann sah sie überrascht an. Das sagt Ulla auch, sagte er, so als sähe er einen exotischen und besonders bunten Vogel nun schon zum zweitenmal in seiner Birke sitzen.

Sag du mir, was Clara so gehässig macht, sagte Eva.

Und obwohl sie keinerlei Rat für ihn hatte, ihm nur von ihrer eigenen Ratlosigkeit sprach, sagte er, als er ging: Danke, Eva, du hast mir geholfen.

Es war kein Scheiterhaufen. Es waren Hütten, die brannten. Es war auch keine Hexe im Feuer. Es waren Frauen und Männer, die sich weigerten, ihre Hütten zu verlassen, die die Lastwagen umsonst warten ließen, auf denen sie umgesiedelt werden sollten. Das Feuer hatte sich in dem schwarzen Wohnviertel mit seinen leichten Gebäuden rasch verbreitet. Gab die Polizei bekannt. Nachdem wir die Gebäude in Brand geschossen hatten. Gab sie nicht bekannt. Nachdem die Polizei die Gebäude in Brand geschossen hatte. Dachte der Korrespondent von Evas Zeitung. Fragte aber nicht.

Was haben die Männer gedacht, die die Scheiterhaufen aufstapelten, haben sie im Kopf schon die Liste überschlagen, was aus dem Vermögen der bald Verbrannten zu holen wäre? An wen die Ziege käme, an wen die Hühner? Ihr Häuschen würde sicher der Landesherr selbst reklamieren, oder der Abt, der ja die Hauptmühe hatte mit Verhör und Folter. Aber ihren Platz in der Zunft, wer würde ihren Platz als Schreinermeisterin bekommen? Welche Gesellen erhoben schon Anspruch? Oder für welche Gesellin mit Recht und Anspruch mußte ein neuer Scheiterhaufen gestapelt werden, damit der Weg endgültig frei war?

Das Vermögen der Hüttenbewohner war nicht mehr als ein Kofferradio, ein paar Töpfe, eine Decke, bestickt in den verbotenen Nationalfarben Grün, Gold und Schwarz. Woran hätte die Polizei denken sollen? Es gab nichts zu verteilen. Woran dachten die Auftraggeber, die die Polizei geschickt hatten? An Sklaven, die das Gold für den Krügerrand und die blitzenden Diamanten aus den Bergen holen sollten und die duftenden Cape-Trauben ernten. Oder, wenn die Sklavenarbeit wirklich vorbei war, an Arbeiter ohne Bürgerrecht, ausgebürgert und umgesiedelt in Lager mit dem schönen Titel »Heimatland«. Rechtlose sind billig zu haben, beliebig zu verwenden, bei Widerspruch beliebig abzuschieben. Es gibt auch wieder einen Abt, der dazu nickt, denn Gott selbst hat ja die Rechtlosen durch ihre schwarze Hautfarbe gekennzeichnet.

Woran dachte der Korrespondent? An billiges Gold, billige Trauben?

Anderswo, dachte Eva, anderswo. Anderswo bedeutete Schutz vor den wartenden Lastwagen, vor dem Feuer auf dem Hüttendach. So wie die zweihundert Jahre Abstand von den Scheiterhaufen Schutz davor waren, verbrannt zu werden wegen eines frechen Wortes, wegen der drei Hühner, wegen des Arbeitsplatzes, wegen der Lebenslust.

Anderswo, wußte Eva, ist sehr weit allerdings nicht. Sie hatte in den Artikel des Korrespondenten den Namen der Lastwagenhersteller eingefügt, um Anderswo nahezubringen, und ihr mahnender Blick hielt ihren jungen Kollegen davon ab, genußvoll seine Cape-Trauben zu verspeisen. Der hatte nicht gewagt, Eva zu warnen, ihre Erfolgsserie war noch zu verblüffend in Erinnerung. Ihr Kommentar, ausführlich in der Wochenendbeilage, machte alles nur schlimmer. Sie hatte die Geschichte von Anderswo erklärt, hatte die Verbindung hergestellt aus der Zeit, wo die Scheiterhaufenstapler die späteren Unterentwickelten bekriegten und dann besiegten, um billig an Gold und Elfenbein, Tee, Reis und Zucker oder Plantagenland zu kommen. Und die Scheiterhaufenstapler konnten sich leisten, mit den Reichtümern, die sie den unterworfenen Unterentwickelten entrissen, reich, frei und sogar zivilisiert zu werden. Dank der Schätze, die sie in den drei Kontinenten zusammenrafften, konnten sie leichteren Herzens unterlassen, Frauen des eigenen Landes zu verbrennen wegen einiger Hühner, eines Häuschens, eines Arbeitsplatzes. Das Scheiterhaufenholz wurde für Lagerschuppen, Schränke, Truhen, Tresore gebraucht, in denen sie Tee und Seide aus Indien, Holz und Elfenbein aus Afrika, Silber und Kupfer aus Südamerika stapelten. Sklaven aus Afrika machten die schwere und lästige Arbeit, die Frauenarbeit, bis die ehemaligen Scheiterhaufenstapler genug Maschinen erfunden hatten. Neue, bessere Maschinen lösten die alten unbeholfeneren ab, und die nach wie vor eintreffenden Ströme von billigem Tee, Kupfer, Öl und dergleichen ermöglichten sogar, ältere und ausgediente Modelle für geringes Geld an die Unterentwikkelten wegzugeben, damit diese schneller ihre Schätze aus dem Boden kratzen und an die Nachfolger der Scheiterhaufenstapler liefern konnten. Wer gelernt hatte, schneller zu kratzen und freiwillig zu liefern, wurde als entwickelt und als Partner bezeichnet. Für die wenigen anderen erinnerten sich die ehemaligen Scheiterhaufenstapler an ihre alten Künste, benutzten im Zuge der neuen Zeit Gewehre, Panzer und Lastwagen statt Holz und Feuer.

Damit endete der Kommentar. Es kamen mehrere Leserbriefe wegen Geschichtsverfälschung. Der Chefredakteur hatte Eva zu sich bestellt. Die Beschwerde von Birexco stand noch aus. Ihr junger Kollege bot ihr Weintrauben ohne Herkunftsbezeichnung an. Mehr als das drohende Zerwürfnis mit dem Chefredakteur beunruhigte Eva die Tatsache, daß ihr die Trauben schmeckten, daß ihr goldener Ring nicht an ihrem Finger brannte wie heiße Asche. Daß sie der Krieg im Süden Afrikas erst beunruhigte, seit Ben bei ihr wohnte.

Eva war 41 und der Krieg war 41 Jahre vorbei, als sie entdeckte, daß immer Krieg gewesen war. Ich bin im letzten Kriegsjahr geboren. Wer kann das mit 41 schon sagen.

Ich bin im letzten Kriegsjahr geboren, sagt ein 23jähriger Franzose. Sagt jedenfalls ein Algerier über ihn.

Ich bin im letzten Kriegsjahr geboren, sagt ein 13jähriges Mädchen aus Israel.

Ich bin im letzten Kriegsjahr geboren, sagt eine 21jährige Inderin, ein 21jähriger Pakistani.

Ich bin im letzten Kriegsjahr geboren, sagt ein 38jähriger Niederländer. Wenn er Indonesien nicht vergessen hat.

Meine elfjährige Tochter ist im letzten Kriegsjahr geboren, sagt eine Portugiesin. Sagt auch eine amerikanische Mutter. Oder sagt das nur eine Mutter aus Mozambique, aus Vietnam? Und denkt eine Mutter aus Grenada, aus Libyen, das Kind der Amerikanerin kann doch so alt noch nicht sein?

Mein Kind ist im letzten Kriegsjahr geboren, sagt die englische Mutter über ihr winziges Baby.

Ich will jetzt kein Kind, es soll nicht mitten im Krieg geboren werden. Sagen die Menschen in Evas friedlicher Akazienstraße. Sagt Ben. Sagt Nasrin.

Als ob das vorstellbar wäre. Unter den Akazien, im Garten mit den Tomaten, der Biogasanlage und dem Samowar vorm Zelt versuchte sich Eva den Krieg vorzustellen. Als ob, sagte Athene, du mußt dich verhalten, als ob. Als ob die Scheiterhaufenstapler ihre Kriege verloren hätten. Als ob die Herrschaft in der Welt umgekehrt errichtet worden wäre. Als ob die trostlose kahle Barackensiedlung in Kölns Norden, die deutsche Vorstadt, sich bis Leverkusen mit seinen Fabriken hinüberzieht. Stacheldrahtverhau umgibt die Siedlung; die Grenze zu den angenehmen baumbegrünten Vororten, in denen die Besatzer leben, ist außerdem mit Polizeiposten besetzt. Auf der Straße sind fast nur Männer, hier wohnt nur, wer Arbeitserlaubnis in Köln hat, und Köln braucht hauptsächlich Männer für die Fabriken.

Eva beobachtete eine junge Frau, seltsam ohnehin in dieser Männergegend, seltsam auch, weil sie zwischen diesen armseligen Baracken auf den Sandwegen einen eleganten Kinderwagen mit Spitzendeckchen schob, in dem ein Besatzerkind lag.

Wenn seine Mutter erfährt, daß ich hier bin, fliege ich, sagte die. Sagte es mit einer Gleichgültigkeit, aus der man hören konnte, daß ihr im Leben schon mehr genommen worden war als eine Stelle. Und fügte mit einem Blick auf eine entfernt vorbeifahrende Polizeistreife hinzu: Wenn die nach meinem Passierschein fragen, dann bin ich dran.

Eva vermutete, in dieser Situation würde sie auf die Polizei schimpfen oder auf die Passierscheingesetze, die zu einem gefährlichen, illegalen, in Deutschland jedenfalls für Deutsche streng verbotenen Unternehmen machten, was die junge Frau vorhatte: Sie wollte ihren Ehemann besuchen.

Er lebt hier, sagte sie, aber ich habe keinen Passierschein für Köln. Ich wohne in Bonn, ich bin Dienstmädchen bei denen, und sie zeigte auf den Kinderwagen mit dem runden, lächelnden Gesicht, ich wohne mit der Köchin in einer Hütte in deren Garten. Wieso lebst du hier?

Ich bin Journalistin, sagte Eva. Und wunderte sich in dem Augenblick, in dem sie das sagte. Wieso hatte sie Journalistin werden können? Vielleicht weil sie soviel älter war als diese junge Frau, vielleicht weil es zu der Zeit, als sie zur Schule ging, noch keine getrennte Ausbildung für Besatzer und Einheimische gab, weil sie eine der letzten Deutschen war, die in diesem Land noch eine gute Schulbildung erhalten hatten, Abitur gemacht hatten, sogar einige Semester studiert. Wieso hatte sie Journalistin bleiben können? Was hatte sie geschrieben all die Jahre, oder vielmehr, was hatte sie verschwiegen, daß sie noch nicht Arbeitsverbot hatte oder verbannt war oder unter Hausarrest oder im Gefängnis?

Was schreibst du denn so, wollte die junge Frau wissen.

Meine Verbannung ist gerade abgelaufen, antwortete Eva, denn sie vermutete, daß es nicht anders hätte sein können. Selbst wenn sie sich Mühe gegeben hätte, vorsichtig zu sein.

Sie sah den Ort ihrer Verbannung vor sich, eine Art Massenlager in der Lüneburger Heide, genannt »Heimatland Niedersachsen«, wo in budenartigen Häusern ganze Familien wohnten, einen unfruchtbaren Garten vor dem Haus, in dem kaum Kartoffeln gedeihen konnten, oder eine Ziege, die dürre Heidepflanzen knabberte, deren trockenes Euter kaum Milch gab. Keine Betriebe, keine Fabriken, keine Arbeitsplätze. Und keine jungen Männer. Die arbeiteten und lebten irgendwo in den Städten der Besatzer oder auf deren Farmen, und das ganze »Heimatland Niedersachsen« mußte von ihren mageren Löhnen leben. Um die Lagerinsassen vollends zu verhöhnen, hatte die Regierung das Lager zum unabhängigen Staat erklärt und den Insassen die deutschen Ausweise entzogen. Eva fragte sich, wieso sie entkommen war. Ein Großvater stammte aus Hannover, das hätte genügt, sie auch zur »Niedersächsin« zu erklären und dort einzuweisen.

Uns haben sie zu Eifelländern gemacht, sagte die Frau, wenn sie mich hier erwischen, werde ich in die Eifel abgeschoben. Wieder dieser gleichgültige Ton, als könne auch diese Aussicht sie nicht mehr schrecken. Meine Mutter lebt schon dort, sagte sie weiter, und mit traurigem Blick auf das fremde Kind im Wagen: Und auch mein Baby. Es hat keinen Passierschein für Bonn.

Bist du aus der Eifel?

Ich bin aus Bonn, sagte die Frau. Meine Eltern hatten sich ein Häuschen zusammengespart, in Poppelsdorf. Ich sollte es mal erben. Poppelsdorf, du weißt ja.

Das schöne Poppelsdorf, vermutete Eva, könnte nur Besatzerviertel sein. Du weißt ja, könnte dann nur bedeuten: Das Viertel war von Deutschen gesäubert worden, alle Einheimischen dort waren enteignet worden, alle deutschen Häuser in Poppelsdorf verbrannt, die Abgebrannten hatten zur Entschädigung ein Stück unfruchtbaren Boden erhalten, dort, wo sie das Pech hatten, mal einen Ahnen gehabt zu haben.

Sie hatten zu lange gestanden und geredet, die Polizeistreife näherte sich. Hast du einen gültigen Passierschein, fragte die junge Frau, und als Eva nickte: Dann lenke sie ab, bis ich weg bin.

Eva tat das Auffälligste, was ihr einfiel, sie zog ihre Kamera aus der Tasche und machte Fotos. Straßenfotos. Barackenfotos. Die Streife kam auf sie zu. Mit aufgepflanztem Maschinengewehr. In einem Birexco-Auto.

Als ob das vorstellbar wäre. Eva saß an ihrem Schreibtisch in der akazienbestandenen Straße, wo eben noch die Barackensiedlung sich hingezogen hatte, und hörte das Feuer auf dem Dach gefährlich nahe prasseln. Ihr war klar, daß sie hier auf der anderen Seite war. Auf der Mörderseite. Auch wenn sie keine Mörderin war. Nur eine Journalistin, die einen Brief an ihre Bank verfaßte, ihr Konto zu kündigen, weil auch mit ihren Einlagen Großkredite an einen Mörderstaat im Süden Afrikas gegeben würden. Der beim Schreiben ihr Ring am Finger brannte wie heiße Asche.

Der Krach mit der Zeitung kam anders, als erwartet. Der Chefredakteur erwähnte nicht, daß sie den Namen Birexco erwähnt hatte, lobte ihre Recherche, zwar weiß ich viel, doch möcht ich alles, strich eine Strähne aus der Stirn, sagte: Aber wohnt nicht Herr Dlamini in Ihrem Haus, Frau Lengeroth, der aus Südafrika ausgewiesen wurde, wir wollen nicht den Eindruck erwecken, daß unsere Journalisten pro domo schreiben.

Offenbar gab es einen Informationsdienst, der schneller funktionierte als journalistische Recherche. Und offenbar war an Bens Information sehr viel dran, wenn eine solche Reaktion kam. Ein Krach in der Konferenz, verschrecken Sie doch nicht unsere Anzeigenkunden, eine Kollegenrunde, die teils nickt, teils voll und ganz in ausgebreitete Papiere vertieft ist oder starr aus dem Fenster sieht, von denen einer vielleicht einen schüchternen Widerspruch wagt, das wäre normal gewesen. Ein Gespräch unter vier Augen, bei dem es nur um Ben ging, war nicht normal.

Südafrika, sagte sie, ich dachte, mein Untermieter stammt aus Kenia, und an diese Formulierung ließ sich elegant die Frage anknüpfen: Wie kommen Sie auf Südafrika?

Aber ihr Chef wich genauso elegant aus, entließ sie mit der scherzhaften Bemerkung, sie möge sich Artikel im Interesse von Familie, Freunden, Geliebten oder Untermietern verkneifen.

Es war eher umgekehrt. Ihr wurden unversehens Artikel zu Freunden oder Untermietern. Nasrin. Auch auf Ben war sie erst bei der Birexco-Recherche gestoßen. Sogar Lutz war ursprünglich mal ein Artikel über die Wohnungsnot von Studenten gewesen. Sollte Sie doch freuen, wenn ich meine Arbeit liebe und sie in meinen Alltag einbeziehe, sagte sie, auch in dem vorgegebenen scherzhaften Ton.

Sie tröstete sich damit, daß sie im Augenblick sowieso kein weiteres veröffentlichungsreifes Material hatte, und bis sie genug zusammen hätte, würde die Ermahnung vergessen sein. Das größere Problem war zur Zeit, dieses Material zu bekommen. Und Verbündete beim Suchen.

Historikerin. Politikerin. Sie entsann sich ihres zweiten Berufs. Sie war längst über den Ortsvereinsvorstand ihrer Partei hinaus. Bis zu einer gewissen Grenze wurden Posten großzügig vergeben. Die Grenze war dort, wo die ehrenamtliche Zusatzarbeit aufhörte und die bezahlte Berufsarbeit anfing. Eva war im Landesvorstand kurz vor dieser Grenze. Aber es war schwer, für ihr Thema Interesse zu finden. Die Partei war Birexco-erschöpft. In ihrem Ortsverein, in den diversen Landes-, Kreis- und Bezirksvorständen waren im vergangenen Jahr hauptsächlich Birexco-Kämpfe ausgefochten worden. Für eine intakte Umwelt und für die Tomaten. Für mehr Arbeitsplätze und für Birexco gegen die Tomaten. Für weniger Subventionen und gegen Birexco. Für mehr staatliche Mitsprache, wenn schon Subvention gegeben würde. Für mehr Lastwagen. Für weniger Panzer. Die verschiedenen Vorstände, Stadträte, Kreistage und Landesminister hatten sich über Jahre hin damit beschäftigt. Mit dem Kompromiß waren fast alle zufrieden. Eva machte sich auf die Suche nach den wenigen Unzufriedenen. Es mußte Verbündete geben.

Verbündete gab es in der nächsten Redaktionskonferenz. Freese lobte begeistert ihren Artikel, forderte, Eva mit weiteren Recherchen zu betrauen, hätte sich am liebsten selbst auf seine Mokassins gemacht und mit Adleraugen und Indianerwitterung die Spur der Bösewichte aufgenommen. Da der Chefredakteur nicht gleich antwortete, ließen die beiden vom Lokalen ihre Tarnanzüge fallen und bezogen Stellung. Bezogen, auf Evas Glückssträhne vertrauend, Stellung in dem Sinne, hier müsse ein Finger auf Wunden gelegt werden; einem Unternehmen, welches der Stadt künftige Friedfertigkeit in der Produktion zugesichert habe und nun Lastwagen zu unfriedlichen Zwecken in Krisengebiete liefere, dem gehöre die Maske vom Gesicht gerissen. Aber nun äußerte sich Goethe im entgegengesetzten Sinne, ein Eckermann sekundierte, und alle anderen, die sich eben noch zu Wort gemeldet hatten, waren nun voll und ganz in ausgebreitete Papiere vertieft oder sahen starr aus dem Fenster. Eva tastete nach dem Medusenhaupt auf ihrem Ziegenlederpanzer und sagte, eine Zeitung sei bekanntlich da, Wahrheiten ans Licht zu bringen, und so gab es trotz der Blicke in Papiere oder aus dem Fenster noch etwas Tumult. Letztlich blieb nur Freese auf ihrer Seite, wehrte Dank ab, als sie nach der Konferenz in sein Zimmer kam, und lächelte Ulla zu, die da schon saß und mit Befriedigung zu Eva sagte: Da wirst du es dem Hermann aber geben!

Eva fragte sich, ob sie bei Hermann oder bei Südafrika bleiben sollte, kam mit Südafrika nicht recht weiter, denn eine Besprechung von Miriam Tlalis Roman gegen die Apartheid, den sie Freese geliehen und den er sogar gelesen hatte, lehnte dieser ab, weil er ihn stilistisch nicht innovativ genug, wenn auch politisch interessant fand, und so blieb sie bei Hermann. Hermann hatte ihr angedeutet, seine Nachforschungen würden zu Ergebnissen führen, die über Tarnfarbe und Allradantrieb hinausgingen.

Henseler ist zu bieder für Werkspionage, sagte Freese.

Das Wort bieder fiel auch, als Eva auf dem Heimweg mit Ulla über Hermann sprach. Kleinbürger und Gartenlaubenideal, fiel Ulla noch ein, als sie Hermanns Liebe zur Familie beschrieb, drei Kinder, zwei Großmütter und ein Schrebergarten. Abgesehen davon, daß es zur Zeit keinen Schrebergarten gab, hatte Eva immer angenommen, diese Familie sei auch für Ulla das Nest, von dem aus sie ab und zu fröhliche Flüge unternähme. Aber Freese war wohl zu weltläufig für Nester gleich welcher Beschaffenheit.

Jedenfalls redet Freese auch über anderes als über den ersten Zahn oder Mumps oder Masern, sagte Ulla. Mit verletzendem Ton.

Daß es unmöglich ist, Vater zu sein und unversehrt zu bleiben, sagte Franz. Franz der Hausmann, der die Kraft hatte, diese Rolle zu wählen, aber kaum noch Kraft, den Angriffen zu trotzen, die diese Rolle auf sich zog. Franz, der exotisch wirkte selbst im verbündeten Kreis der bärtigen Väter, die Matratzen in Kinderläden schleppten und aus Kisten Möbel zimmerten. Nicht weil er den Kindern seinen Beruf geopfert hatte; hier waren viele Väter ohne Beruf, irgendwie in einem Zwischenstadium zwischen Universität und Büro steckengeblieben. Unter diesen war er exotisch, weil der Kinderladen und die Veränderung der Welt für ihn das einzige Mittel waren, mit Eva und den Kindern in Frieden zu leben. Für die anderen waren die Kinder und der Laden Mittel zur Veränderung der Welt.

Das hat für euch nichts leichter gemacht, sagte Eva zu ihrer Tochter. Sie hatte Clara zur Vertrauten gewählt, trotz ihrer stummen Feindseligkeit, um mit ihr über Toms stumme Feindseligkeit zu sprechen. Mit wem denn sonst.

Kindereien, sagte Clara über Tom. Kindereien der kahle Kopf, das schwarze Leder, die Stiefel. Kindereien die neuerliche Mitgliedschaft in einem Fußball-Fanclub, der weniger des Fußballs wegen existierte als zum Verprügeln feindlicher Fans. Vom Fanclub hatte Eva nicht einmal gewußt. Kindereien.

Mir hast du Stärke anerzogen, sagte Clara, ist er nicht ein Mensch wie ich.

Bei ihm hatte Eva sich über Tränen gefreut und über das Eingeständnis von Angst. Über die langen blonden Locken, natürlich. Fußangeln. Clara hatte sie zum Judolehrer geschickt, bei ihm hielt sie es für unnötig. Er hätte es nötiger gehabt als Clara, er, das Gespött der Klasse, das Monstrum, das nicht mitmachen will bei den brutalen Herrchenspielen, er, das Opfer.

Du hast uns die schwierigsten Rollen ausgesucht, sagte Clara, sollen wir deine Kämpfe ausfechten? Das sagte sie und zog, weil es Feierabend war und Ausgehzeit, den Blaumann aus und schlüpfte in einen schwarzseidenen hautengen Rock und eine weit fallende rote Satinjacke und rote Schuhe mit hohen, dünnen Hacken. Bis später, rief sie aus leuchtend rot bemaltem Mund, mit spöttischem Blick aus grünbeschatteten Augen.

Die Frau trug ein seidenes Waffenhemd, das mit feinen Goldstäbchen besetzt war, wie ein Kettenhemd. Kugelsicher. Jedenfalls speersicher. Ihr Speer war lang und ungefüge, schwer mit Metall beschlagen, und entsprechend schwer und massiv war ihr Schild, der aus Gold und Eisen gearbeitet war.

Dein Leder paßt besser in diese Zeit, sagte sie zu Athene. Aber auch die ledernen Motorradfahrer, die auf der eigentlich Fußgängern vorbehaltenen Rheinpromenade an ihnen vorbeiröhrten, sahen eher verwundert auf Athenes Ziegenlederrüstung. Auf den Goldpanzer sowieso.

Utestraße, Kriemhildstraße. In dieser idyllischen Gegend lag das Senioren-Apartment-Haus, wo Evas Mutter wohnte, mit Blick auf den Drachenfels. Siegfriedstraße. Die Frau spuckte unters Straßenschild. Evas Mutter führte die Gruppe zu der Straße, die nach der Frau benannt war. Villen und Gärten, Blumen. Frauen in den Gärten mit ähnlich unauffällig eleganten Kostümen wie Evas Mutter. Ein Wegweiser: Radweg nach Koblenz.

Brünhild sagte zu Evas Mutter, mit einem nachdenklichen Blick auf das unauffällig elegante Kostüm: Dabei war ich einmal dein Vorbild.

Eva mochte das kaum glauben. Sie war gekommen, ihre Mutter zu konsultieren als Expertin für rote Lippen und hohe Hacken. Oder als Expertin in stummer Feindseligkeit. In Mutters Ehe hatte jene stille Variante von Krieg geherrscht, in der man keine Schlachtrufe und donnernden Kanonen hört, nur das leise Klirren von Ketten und halbunterdrückte Seufzer. Hätte eine Brünhild in Mutters Leben eine Rolle gespielt, müßte es offener zugegangen sein. Ohne hohe Hacken und rote Lippen. Ohne Piepsstimme. Lauter. Nur manchmal war die Stille explodiert, in kleinen scharfen Knallen. Kein großes Feuerwerk. Eva konnte sich nicht erinnern, die Eltern je bei einem dieser große Streite erlebt zu haben, in denen über der Frage, ob das Weltall gebogen ist oder unendlich, oder ob die SPD links ist oder angepaßt, der Abend zur Nacht wird und die Nacht zum fahlen Morgen und die Stimmen der Streitenden heiser bei dem Versuch, der eigenen Wahrheit durch mehr Lautstärke mehr Gewicht zu geben. Solchen Streit gab es nur im Frieden. Mutters Streit war leise, verbissen und immer um Kleinigkeiten, ein nicht abgeräumter Tisch, ein vergessener Brief, eine nicht oder eine doch angelassene Lampe, die Art von Streit, bei dem es nichts zu verlieren und nichts zu gewinnen gab, nur zu verletzen. In Evas Erinnerung endeten all diese Streite mit Mutters Unterwerfungsgesten wie etwa Kaffee einschenken, Aschenbecher säubern und auf jeden Fall lächeln, demütig lächeln, nicht stolz lachen wie Brünhild.

Es dauerte lange, bis Eva bemerkte, daß es nicht immer der Herr des Hauses war, der solchen Streit anfing, und daß die Mutter von sich aus Unterwerfungsgesten anbot. Sie hatte das Kegeln aufgegeben, das sie in den Kriegs- und Nachkriegsjahren zu ihrem Hauptvergnügen gemacht hatte, und während der Herr des Hauses noch manchmal an Donnerstagen mahnte, sie müsse nun aber los, er wolle unterdessen vielleicht ins Kino gehen, vielleicht auch nur Zeitung lesen, hatte sie längst ihren Club beschieden, sie wolle auch diesmal lieber nicht teilnehmen, ihr Mann interessiere sich leider nicht fürs Kegeln, sei aber auch ungern allein.

Es dauerte viel länger, es dauerte bis zu dem Tage, an dem Eva und ihre Mutter mit den zwei Schild- und Speerträgerinnen am Rhein promenierten, bis sie bemerkte, warum Mutter sich damals nicht mehr wehren wollte.

Du hast mich verlassen, weil es die Nazis waren, durch die du mich zuerst kennengelernt hast, sagte Brünhild zu Evas Mutter, du dachtest, ich gehöre zu denen.

In dem Alter, in dem bei Evas Suche nach Verbündeten sich niemand fand außer einer cremefarbenbemalten Gipsstatue, fand Evas Mutter gleich Dutzende, Hunderte Mädchen wie sie, die keine weißen Schleifen im Haar haben wollten und keine Rüschenkleider. Statt dessen Fahrtenmesser, Zelte, Fahrräder, statt dessen mit zwölf Jahren der

Familie den Rücken kehren, gegen deren Willen losziehen mit einem Trupp von Freundinnen, das Nibelungenlied im Rucksack und die Fahne in der Faust. Da war Evas Mutter in einem Alter, wo sie wirklich für sich in Anspruch nehmen konnte, was später ein erwachsenes Volk für sich in Anspruch nehmen wollte: nichts gewußt zu haben, verführt worden zu sein. Als Evas Mutter so alt war, daß sie selbst hätte denken können, da war aus der BDM-Freiheit der Fahrtenmesser und der Zeltlager längst der tägliche Arbeitsdruck in der Rüstungsindustrie geworden. Da war Mutter schon klargeworden, daß der Preis für das bißchen Freiheit am Lagerfeuer, für die Fahrt an die Ostsee, für die Unabhängigkeit von den Eltern, daß der Preis dafür Millionen von Morden, die Verwüstung ganzer Länder, die Demütigung ganzer Völker gewesen war. Mutters enger Rock, rote Lippen, französisches Parfum und amerikanische Zigaretten waren ihre Art von spätem Protest dagegen.

Zu denken, ich gehörte zu denen, sagte Brünhild empört; wahrscheinlich hat nie einer von denen den Text gelesen. Zu denken, eine reichsdeutsche Frau sollte sich mich zum Vorbild nehmen in der Hochzeitsnacht, ade Mutterkreuz!

Und unter Lachsalven gab sie zum besten, wie sie in der Hochzeitsnacht ihren verlogenen Mann an Händen und Füßen gefesselt habe, durchs Zimmer geschleppt und an einem Nagel an der Wand aufgehängt. Jawohl, an einem Nagel an der Wand. Und da hängen lassen die ganze Nacht. Sich selbst wohlig im warmen Bett ausgestreckt.

Athenes Bauchfell tanzte vor Lachen, die Schlangen und das Medusenhaupt tanzten auf ihrer Brust, sie dehnte ihr Vergnügen durch Zwischenfragen: Was für ein Gesicht hat er gemacht, hat er sich nicht gewehrt, was hat er gesagt, er muß doch irgendwas gesagt haben.

Minnigliches Kosen hatte er erwartet, und Brünhild machte süß und geziert seine Stimme nach.

Erst belügen sie einen, bringen einen mit Betrug um Macht und Besitz, und zum Dank dann – minnigliches Kosen, und auch Athenes Stimme nahm beim minniglichen Kosen einen ihr sonst fremden süßen Piepston an.

Eva war atemlos vor Gelächter, ihre Mutter wischte sich Lachtränen aus dem Gesicht. Der Ritter, der Held am Nagel. Sie quietschte vor Vergnügen. Gab schließlich zu, das Nibelungenlied damals zwar im Rucksack gehabt, aber nicht gelesen zu haben. Auf Fahrradtouren war wenig Zeit gewesen, eine altertümliche Sprache in komplizierten Versen zu studieren. Sie hatte sich mit Lesebuchgeschichten begnügt, in denen Brünhild als so etwas wie ein tapferes BDM-Mädel dargestellt wurde, die am Ende der Jungmädchenzeit heiratet, das Sporttreiben sein läßt und eine aufopfernde Frau und Mutter wird.

Athene kam das bekannt vor. So war aus der libyschen Göttin vom Tritonsee, von lederbekleideten Frauen auf schnellen Pferden verehrt, aus der Schlangengöttin von Kreta, Herrin der eleganten Damen, die die Insel regierten, eine Zeugin gegen das Mutterrecht gemacht worden. Nur daß es sich bei dieser Umdichtung nicht um eine banale, schnell vergessene Schulbuchgeschichte handelte. Athene, die den Muttermörder vor den Erinnyen rettet, diese Athene war für die Ewigkeit geschrieben. Mit Worten und Versen so schön, daß sie wahr sein mußten.

Wenn die Fälscher auch noch gut sind, kann man sich kaum wehren, sagte Athene. Und wollte von Brünhild wissen, wieso die Fälscher bei ihr nur im Lesebuch gründlich gewesen waren. Nicht in den Versen selbst. Wieso sie erlaubt hatten, daß das Nibelungenlied ein Lied der starken Frauen blieb. Ein Lied, das warnt, wie die Frauen sich selbst schaden, wenn sie sich von Männerlügen gegeneinander aufhetzen lassen.

Weil keine Fälscher dran waren, sagte Brünhild, bist du noch nicht darauf gekommen? Ein Lied, in dem Kämpfe nicht als herrliches Rittertum, sondern als das Weinen und Klagen um die Gefallenen beschrieben werden. Ein Lied, in dem die Männer Verräter sind, Meuchelmörder, sich in sinnlose brutale Kriege stürzen. In dem sie, unter höflichsten Entschuldigungen, wie leid es ihnen tue, einander auf grausamste und blutigste Weise niedermetzeln. In dem sie im Namen der Treue zu einem Freund leider den anderen umbringen müssen. Eine Parodie auf Ritterwesen. Ein Lied, in dem am Ende die Überlebenden des Massakers, die grimmigen Feinde, sich darin einig werden, daß die starke Frau in Stücke zerhauen gehört.

Ein Lied, von einer Frau geschrieben, sagte Eva.

Sie war Nonne in Passau, sagte Brünhild, ein begabtes Geschöpf.

Nicht begabt genug, sagte bescheiden die Nonne, es scheint ja bis heute arge Mißverständnisse um die Nibelungentreue zu geben.

Spricht nur für gute Satire, sagte Brünhild, Politiker haben die reizende Eigenschaft, gute Satire möglichst schnell in Politik umsetzen zu wollen. Warum hast du deinen Namen nicht genannt, warum anonym?

Wegen der Fälscher, sagte die Nonne, ich hatte vorhergesehen, sie gehen nicht an mein Lied, wenn mein Name nicht druntersteht.

Eva hatte die Fälscher während des Studiums entdeckt. Sie hatte sich lange gewundert, warum die Festung Universität so erbittert verteidigt wurde. Die Professoren: Heute haben wir das Vergnügen, das hochinteressante Referat von Herrn A zu unserem Thema zu hören, ach, und Fräulein E hat sich, glaube ich, auch mit diesem Thema zu befassen versucht, mal sehen, was dabei herausgekommen ist. Die Studienberatung: Sie würden sich Ihre Ausbildung vereinfachen, Fräulein E, wenn Sie zur pädagogischen Hochschule gehen würden und Geschichte nur im Nebenfach belegen, Sie wollen ja wohl Lehrerin werden. Die Studenten: Willst du dir auch nen Akademiker angeln, warum machst du nicht Medizin, die verdienen später mehr. Die Formulare: Der Studierende ist verpflichtet, der Studierende wird darauf aufmerksam gemacht, der Studierende, nur der.

All das für eher langweilige Vorlesungen. Für mäßig interessante Seminare. Für den Zutritt zu dem Seminargebäude mit den hohen Räumen, den verstuckten Fluren, in denen Zerstreute ihre Bücher hin- und hertrugen. Für den Zutritt zur Bibliothek mit ihrem Staub- und Ledergeruch, deren Schätze Eva mit mehr Mühe als Faszination durcharbeitete.

Bis sie eines Tages ihr Interesse an Handwerksarbeit bewegte, die feingearbeiteten Nußholzregale mit ihren leicht oval geformten Glasflügeltüren, die in einem besonderen Raum der Bibliothek besonders Kostbares enthielten, von hinten zu betrachten. Entsprechend besonders waren auch die Regale, nicht einfach Brett an Brett. Obwohl sie zierlich wirkten, waren sie viel zu schwer, als daß Eva sie hätte verrücken können. So kroch sie hinter eines, das schräg über die Ecke stand, und in der Ecke hinter dem schrägen Regal entdeckte sie die Tür. Eher ein kleines Pförtchen als eine Tür – vom selben Holz und in derselben zierlichen Weise gearbeitet wie die Regale –, das ein bißchen klemmte, sich mühsam öffnen ließ und eigentlich nicht zum Durchschreiten einlud.

Die Männer sahen kaum auf von ihrer Beschäftigung. Der Raum war nicht groß und nicht sehr hell, hohe, spitz zulaufende Fenster mit bunten Gläsern waren verstaubt und stumpf, die Männer beugten sich dicht über ihre Papiere und Gerätschaften. Einige waren an einem großen hölzernen Stehpult um einen Stapel Zeichnungen, Stiche und Gemälde versammelt, die sie einander mit Kommentaren zuschoben, zwei andere schoben Bleiwürfel in einem großen Kasten hin und her, drei waren um ein sperriges Gerät versammelt, das auf Eisenfüßen in der Mitte des Raumes stand, eine gedrechselte Säule ragte wie eine riesige Schraube in der Mitte auf, darunter zwei Querplatten, zur Seite weg eine Art große hölzerne Schublade. Zwei drehten an der riesigen Schraube, so daß die obere Platte sich langsam hob. Der dritte schaute zur Gruppe an dem großen Stehpult, wo sich ein Streit entspann. Es ging um mehrere Holzschnitte, die Szenen aus dem Berufsleben zeigten und die Eva bekannt vorkamen. Einer zeigte eine Juwelierwerkstatt, eine Goldschmiedin mit einer spitzen Haube hält eine Goldwaage, ein Goldschmied lugt durch eine enorme Lupe. Ein anderer zeigte zwei Geldwechsler, ein Mann mit einem fellbesetzten Gewand und Hut zählt Münzen, eine Frau trägt in ein Buch ein, ein Spitzentuch ist so um ihren Kopf geschlungen, daß es seitlich zwei Zipfel bildet. Ein dritter zeigt eine Frau mit einer Meßlatte, einem armgroßen Winkel und einem noch größeren Zirkel, gekleidet in eine Art Überwurf, lange bauschige Ärmel, auf dem Kopf eine Mischung zwischen Tuch und Mützchen. Eva dachte an den Tag, an dem sie nicht erklären konnte, wie Lastwagen oder Penicillin funktionieren, und wußte, woher sie die Frauen kannte. In der Tat, da waren auch Stiche, die Greda zeigten, Greda mit Anna im Kräutergarten, Greda am Schreibpult, Greda und Hausgenossinnen beim Musizieren.

Der Streit ging um die ersten drei Bilder.

Es geht nur bei diesen zwei, sagte erregt einer der Männer, Goldschmied und Ehefrau, Geldwechsler und Kundin, das geht. Ehefrau eines Architekten, das geht nicht, wo ist denn dann der Architekt.

Die Leute werden's glauben, wenn es geschrieben steht, rief der zweite und setzte seine Faust auf das umstrittene Bild.

Wer hat noch eine Architektin gekannt in den letzten Jahrzehnten, sagte triumphierend der dritte.

Den letzten Jahrhunderten, steigerte der zweite, aber da deutete der erste stumm auf das Bild und schüttelte seinen Kopf.

Die Männer hatten sich in Hitze geredet, auch waren sie warm angezogen, pludrige Hosen oder rockartige Gewänder und manteldicke Überwürfe, große Kragen, einer hatte gar eine weite Halskrause, und sein Kopf über der Krause war hitzig rot.

So geht es nicht, rief er ungeduldig, so geht es nicht, wir müssen glaubwürdig bleiben.

Nun versuchte der zweite zu begütigen, lenkte auf die ersten beiden Bilder zurück, über die man sich einig war, trug sie zu den beiden Männern mit dem großen Kasten, und die nahmen ihre Bleiwürfel und begannen, die angegebenen Texte zu setzen. Die beiden anderen hatten die Schraube vollends hochgedreht, die Schublade fuhr heraus, und Eva sah eine frischgedruckte Buchseite aus der Presse kommen. Sie erkannte auf einem Bild Lioba und zwei ihrer Lehrmädchen, ein bißchen ungefüge in der Perspektive war ein Raum des Meisterinnenbetriebs dargestellt mit zwei Webstühlen, und es fehlte auch nicht die kostbare Tasse voll Kakao im Vordergrund. Die mit großen Buchstaben bedruckte Unterzeile der Darstellung lautete: Hausfrau und Töchter beim Anfertigen der Aussteuer.

Die streitenden Männer am Pult brachen plötzlich in Gelächter aus, waren sich einig, einer schnipste verächtlich den Finger gegen das strittige Bild. Sie winkten den Männern am Setzkasten, hielten das Bild der Architektin hoch und riefen: Wir haben den Text, setzt bitte »Die Geometrie«.

Die Geometrie, allegorische Figur, so ist es noch deutlicher, rief der mit dem Rüschenkragen zufrieden.

Schon das nächste Bild machte wieder Schwierigkeiten. Es zeigte die Bänkelsängerin, die vom Bauernkrieg gesungen hatte, und den Volkshaufen, der ihr zuhörte, ein farbiges Gemälde, wohl in Öl.

Nachbarinnenstreit, sagte einer, das geht nicht, das Bild ist zu deutlich.

Dies ist ein heikles Thema, sagte der zweite, eine Weberin hier oder da, das könnte man noch dulden – aber wenn sich herumspricht, daß Frauen im Nachrichtengewerbe tätig waren!

In der Geschichtsschreibung, sozusagen, sagte erschrokken der dritte.

Geschichtserzählung, begütigte der zweite, schreiben tun wir.

Diesmal fiel ihnen so schnell keine passende Lösung ein, und während sie ihre gedankenvollen Blicke vom Setzkasten zur Presse, von der Presse zu dem Bild zurück schickten, kam ihnen Eva ins Gesicht. Die drei sahen Eva an, sahen einander an, sahen die Kollegen am Setzkasten und an der Presse an. Einer am Kasten schüttelte leicht den Kopf.

Wer wird ihr schon glauben, sagte der mit dem Bänkelsängerinnenbild halblaut, die Leute glauben, was wir schreiben. Als würde ihm erst nachträglich klar, was er gesagt hatte, wiederholte er laut und mit sicherer Stimme: Was wir schreiben! Damit nahm er das Gemälde, warf es in eine Ecke und sagte: Wir lassen es weg, bald wird es vergessen sein.

Ohne weiter Zeit zu verlieren, wandten sich die Männer dem Betexten der Greda-Bilder zu.

Die Verfälschung der Geschichte der berufstätigen Frauen in der spätmittelalterlichen Geschichtsschreibung, nannte Eva ihr nächstes Referat, das sie wegen des Pfeifens, Lachens und Zischens der versammelten Studenten nicht beenden konnte. Der Professor brauchte sich nicht einzumischen. Als sie abbrach, sagte er begütigend: Kein Wunder, daß einem so hübschen und temperamentvollen Wesen die Spekulation mehr liegt als die Wissenschaft, Fräulein E; aber kommen wir zurück zur Sache, meine Herren. Die Herren staunten, daß Eva ihr Studium trotzdem nicht abbrach.

Im Gegenteil, die Erkenntnisse aus dem Hinterzimmer beflügelten ihren Wissensdurst. Beflügelten sogar ihr Interesse, die Bücher in den Nußholzregalen zu lesen, mit der gesunden Ungläubigkeit einer echten Wissenschaftlerin. Ihre Ergebnisse behielt sie zunächst für sich, teilte sie allenfalls mit Athene. Führte Athene in das Hinterzimmer, mit demselben Entdeckerstolz, mit dem Athene sie zu Greda und zu Lioba geführt hatte.

Die Besatzung des Hinterzimmers hatte gewechselt, sogar die Einrichtung war verändert. Druckpresse und Setzkasten waren verschwunden, statt dessen standen da Steinblöcke übereinander gestapelt bis zur Decke, viel zu groß für den engen Raum, darum herum lagen Tontafeln, Lederrollen, Pergamentrollen. Die Männer trugen lange, weit fallende kuttenartige Gewänder, manche lose um die Taille einen Gürtel geschlungen. Seufzend buchstabierten und deuteten sie an der Rückseite eines Steinbildes herum. Von vorn war das Steinbild eine Frauengestalt, große Nase, längliche Augen, die Umrandungen betont im Stein herausgearbeitet, wie geschminkt, dicke Haarwölbung, hinter den Ohren vorbei nach vorn gelegt, fein schraffiert, wie geflochten, auf dem Kopf eine Krone, aus der eine Schlange hervorzüngelte. Auf der Rückseite enthielt die Figur eine Inschrift in Zeichen und Bildern.

Der Text ist so schlecht nicht, sagte einer endlich, die Sonne gebären, Keime der Götter und Menschen legen, das wäre brauchbar.

Der Text, sagte ungeduldig ein anderer, lautet: Gebären. Heutzutage weiß jeder Laie, wer in dieser Welt gebären kann.

Vielleicht kann man erzeugen sagen, schlug der dritte vor.

Nut, die Uralte, welche die Sonne gebar und die Keime der Götter und Menschen legte, las Athene die Inschrift auf dem Stein.

Die Männer wühlten ungeduldig in den Tontafeln, in den Rollen, tasteten die Steine ab.

Die Große Mutter, sagte einer, überall die Große Mutter. Früchtespendend. Lebensspendend. Mütterliches an der

Spitze können wir nicht brauchen. Haben wir nichts Besseres?

Das Ur-Ei, spöttelte ein anderer, wenn Euch das lieber ist, Kollege. Warum nicht gleich eine Ur-Vulva?

Nun brach der dritte in höhnisches Gelächter aus, schlug mit der Faust auf einen Steinbrocken, auf eine länglich-ovale Zeichnung in Schwarz und Ocker, und sagte: Da ist sie! Sein Gelächter klang fast hysterisch, und er hämmerte mit der Faust auf die kleine ovale Zeichnung.

Was geht uns an, was ein Idiot vor 30000 Jahren in einen Stein geritzt hat, sagte der erste.

Eine Idiotin, verbesserte der dritte, dessen Gelächter zu einem albernen Lachen verebbt war.

Bedrohlicher sind die Texte, fuhr der erste fort, ich ging mit der Allmacht schwanger, ich wohne in den Wassern der Tiefe, breite mich aus durch alle Geschöpfe und berühre den Himmel mit meiner Krone.

Allmacht. Krone. Das könnte gut zu einem Gott passen, sagte ein vierter.

Der Text lautet: Schwanger, sagte wieder der zweite, heutzutage weiß jeder Laie, wer in dieser Welt schwanger werden kann.

Gedankenschwanger, schöpfungsschwanger, ein poetisches Bild, beharrte der vierte.

Der dritte kicherte noch immer, albern, ein bißchen irre, stieß Namen hervor, Rhea, Neith, Demeter, Ishtar, Astarte, Isis, Lakshmi. Bei jedem Namen schlug er mit der Faust auf die kleine Zeichnung auf dem Stein, sein Gesicht verzerrte sich mehr und mehr vor Schmerz bei der Wucht seiner Schläge. Inanna. Schlag. Freya. Schlag. Pallas. Schlag.

Athene fühlte sich angesprochen und sagte lächelnd: Gäa, die Erde, gebar Uranos, den Himmel; mit ihm zeugte sie das Titanengeschlecht.

Himmel und Erde, sagte der vierte und blickte an Athene vorbei, als wäre sie abwesend, als wären ihre Worte aus dem Himmel auf die Erde gefallen: Himmel und Erde ist gut.

Am Anfang schuf Gott Himmel und Erde, sagte der erste, wie zur Probe.

Das geht zu weit, sagte der zweite, wer wird das glauben. Gott schuf. Gott gebar. Jeder Laie weiß...

Wir sagen nicht »gebar«, beharrte der erste. Wir sagen »schuf«.

Cave espionas, sagte der dritte, mit einem Blick auf Eva und Athene.

Ihre Zeiten sind vorbei, sagte der erste und warf einen flüchtigen Blick auf einen länglichen Stein in der Form eines flachen Dreiecks, auf dem sich steinerne Kämpfer ineinander verbissen hatten, in der Mitte eine Frau in Ziegenfellrüstung mit Schild und Helm, die ihren Speer reckte, und sagte weiter in Athenes Richtung: Die Zeiten sind vorbei, wo Weisheit regiert.

Es entstand eine Pause. Dann sagte der dritte zögernd: Wir sollten es neutraler fassen. Am Anfang war –

Gott, sagte der erste.

Eben nicht, sagte der dritte, neutraler, allgemeiner. Am Anfang war der Sinn. Die Kraft. Die Tat? Wie findet ihr das: Am Anfang war das Wort.

Was ist mit meiner Formulierung, beharrte der erste: Am Anfang schuf Gott Himmel und Erde.

Es ist problematisch, sagte der zweite. Gott schafft Himmel und Erde – schon fraglich. Und wie soll er Menschen gebären? Gott schafft Himmel und Erde, und der Mann gebiert die Frau?

Der erste sagte kühl: Warum nicht? Um ein für allemal die Rangfolge festzulegen. Sie könnte ihm, sagen wir, aus dem Kopf springen. Oder aus seiner Seite, als seine Rippe, sozusagen. Wenn es nur bizarr und mythisch genug ist...

Absurd ist es, sagte der vierte. Die Frau gebiert den Mann, die Göttin die Welt.

Sie werden es glauben, gerade weil es absurd ist, sagte der erste.

Bei uns saßen sie nicht im Hinterzimmer, sagte Ben, bei uns saßen sie dreist in aller Öffentlichkeit, dozierten als Lehrer in den Schulen, als Professoren, als Autoren von Büchern und Zeitungen, in ihrer Sprache, die sie uns zu erlernen zwangen, damit wir ihre Lügen verstehen konnten.

Sie hatten sich gefunden. Seit Stunden saßen Eva und Ben im Garten vor Nasrins Zelt, redeten, fielen sich ins Wort, überboten sich, Brünhild gegen Ma Nhtatisi, die Inquisitoren gegen die Missionare, die Lügner hier und die Fälscher dort.

Echt bescheuert ihr beiden, streitet euch, wer mehr unterdrückt ist, sagte Clara, die gekommen war, den Samowar anzuwerfen. Sie trug ein unförmiges Kassetten-Radio unterm Arm, war schon in Ausgeh-Aufmachung, sank mit ihren hohen Hacken tief in den Rasen ein und schüttelte unwillig ihren heute schwarz geschminkten Kopf, schwarze Lippen, schwarze Augenränder, als Lutz aus der hinteren Garten-Ecke um Beistand rief. Allein war er dabei, Biogasdünger zu verteilen und von Tomatenstauden und Bohnenranken die ersten Früchte zu ernten.

Eva liebte die Tage, an denen Ben zu Hause war. Bei ihr zu Hause, man konnte es schlecht sein Zuhause nennen. Von den wenigen Wochen, die er erst hier wohnte, war er die meiste Zeit unterwegs gewesen, ein Vortrag in Hamburg, eine Solidaritätsveranstaltung in Kiel, ein Treffen mit amnesty, eine Rede im holländischen Parlament. Ein Gespräch mit dem SPD-Vorstand in Bonn. Das hieß, den Rest des Tages zu Hause. Gartenruhe. Gespräche mit Eva.

Ben sagte: Livingstone entdeckte die Victoriafälle, brachten sie uns bei. Waren die Menschen, die an ihnen lebten, blind? Oder waren das vielleicht gar keine Menschen? Speke entdeckte die Nilquellen, vielleicht war es auch Stanley, nur die Menschen, die dort wohnten, die hatten sie offenbar nie gesehen. Oder diese Menschen waren irgendwie nicht existent, unsichtbar. So unsichtbar wie meine Vorfahren, als die Buren ankamen, um ihnen ihr Land zu stehlen. An unseren Schulen lehrten sie uns, unser Land sei menschenleer gewesen, als sie dort ankamen. Manchmal, mitten in einer Unterrichtsstunde über die großen Entdecker, sah ich durch das Fenster unsere Savanne, verbrannt von der Sonne, mit der Silhouette eines runden, struppigen Baobab-Baumes, und ich sah sie wie eine Fata Morgana, bevölkert von Phantomen...

Nun war doch Claras gärtnerisches Interesse erwacht, das Lutz mit den Tomaten nicht hatte wecken können, sie wollte wissen, wie ein Baobab aussieht und wie sich Affen von seinem Brot ernähren. Während sie darauf wartete, daß der Samowar durch Summen anzeigen würde, das Wasser sei heiß genug für Tee, mußte Ben Botanisches erklären. Eva sah Clara an. Sie trug etwas Hautenges, lang und hochgeschlitzt, blau mit Punkten, fremd an Clara, die für Eva immer noch in Jeans und Pullovern existierte, aber trotzdem auf eine unverständliche Weise vertraut.

Kennst du das Kleid, fragte Clara lachend, als sie den Blick bemerkte, mitten in eine Ausführung über die Zubereitung von jungen Baobab-Trieben: Oma hat ihre Truhen aufgeräumt. Clara lachte weiter, da Eva ratlos dreinsah, und fügte hinzu: Jede Menge Klamotten und das Nibelungenlied. Das will sie allerdings wiederhaben. Heiße Tanten, diese beiden Hilden!

Und da der Samowar nun summte, pfiff sie quer durch den Garten: Lutz, Tee! Auf das Pfeifen hin fand sich aus dem Dachgeschoß auch Nasrin ein, mit Farbflecken auf Haar, Nase und Händen. Da Clara neuerdings an ihren Feierabenden Besseres vorhatte, als einen Dachboden auszubauen, hatte Nasrin die Arbeit in eigene Hände genommen, gelegentlich unterstützt von Eva oder Hermann. Glücklicherweise war Claras Interesse für die Kleider ihrer Großmutter erst erwacht, nachdem sie die Wärmedämmplatten bereits in guter Zimmerfrauenart unterm Dach befestigt und mit Spanplatten verkleidet hatte. Was blieb, waren Feinarbeiten wie Tapezieren und Streichen, denen auch Nasrin gewachsen war.

Während sich die Hausbewohner um den Teetopf versammelten, Brot, Käse und Wurst aus dem Haus in den Garten räumten, denn Nasrin konnte ja nicht gleichzeitig streichen und Kaninchen braten, während Lutz einen Salat aus Gartentomaten, Gartenzwiebeln und Gartenbasilikum mischte, erschienen Ulla und Freese. Die schienen keinen Appetit auf Tee zu haben, also ging Ben ins Haus und holte aus seinem Vorrat Wein. Südafrikanischen. Evas Geschrei verwunderte ihn.

Für ihn war das sein Wein, gewachsen auf seinem Land, und wenn sein Land auch zur Zeit besetzt war, wenn dort weiße Winzer Wein anbauten, so war es doch sein Wein, den sie erzeugten.

Und der Boykott, riefen im Chor Eva, Lutz und Clara.

Welcher Boykott, sagte Ben bitter, meint ihr etwa die Handvoll Wohlmeinender, die keine Cape-Trauben ißt? Die Kredite laufen, die Geschäfte blühen; denkt an Birexco.

Das brachte Ulla dazu, sich mit bösem Lächeln bei Eva zu erkundigen, wieweit denn Hermanns Nachforschungen gediehen seien. Es fiel wieder das Wort bieder.

Eva sagte nichts. Obwohl sie dieses Lächeln gern weggewischt hätte. Hermann hatte reichlich herausgefunden. Er hatte seine Möglichkeiten als Betriebsrat benutzt, sich alle Gehaltslisten zu verschaffen. Auch die der Außertariflichen, mit denen er nichts zu tun hatte. Auch die aus den anderen Niederlassungen. Er hatte Namen von Mitarbeitern gefunden, die als technische Berater in den merkwürdigsten Ländern arbeiteten. Etwa in Bens Südafrika. Etwa in Nasrins Iran. Er hatte die Vorgeschichte dieser Mitarbeiter im Betrieb untersucht. Sie kamen sämtlich aus Abteilungen, die mehr mit Panzern als mit Lastwagen zu tun hatten. Er hatte Eva die Namen, die Länder, die Adressen, die Daten, die Vorgeschichten gegeben. Mit der dringenden Bitte, jedem einzelnen Fall selbst noch einmal nachzugehen, ihn mit anderen Informationen als den seinen zu erhärten. Wenn herauskäme, daß die Informationen von Hermann stammten, wäre er seine Stelle los, trotz Betriebsrat und Unkündbarkeit und alledem. Er hatte noch gesagt, er wäre natürlich bereit, dazu zu stehen, wenn auf anderem Wege sich keine Bestätigungen finden würden.

Eva sagte nichts davon. Sie sah Ullas böses Lächeln und sagte ihr, unhörbar für die anderen, die in einem lauten Streit für und gegen Boykott beschäftigt waren, daß sie diesmal mit Freese so anders sei als mit all ihren anderen Liebhabern zuvor. Sonst war sie begeistert gewesen, aber auch gleichgültig, hatte sich durch die neue Eroberung in nichts beeinträchtigen lassen, weder in ihren Unternehmungen noch Meinungen, noch in ihrem Zusammenleben mit Hermann, den Müttern und den Kindern. Eva sagte das so, hielt es für nutzlos zu fragen, warum.

Freese hatte die Führung des Streites an sich gerissen. Er machte längere Ausführungen. Er sagte: Ein paar ungekaufte Cape-Trauben sind kein Ablaßschein, der einem den Himmel öffnet. Da sitzt ihr hier, friedlich, vor eurem Zelt, hört Claras Radio, trinkt Tee. Täusche ich mich nicht, hört ihr Nachrichten, vielleicht über Ausbeutung und Unterdrückung anderswo, die euch empören. Für die Tagelöhner in Sri Lankas Plantagen, für die Verfolgten in Chile, Iran oder Südafrika mag das der Traum vom Frieden sein: dasitzen, nicht hungrig und nicht auf der Flucht, Tee trinken, Radio hören – vielleicht lieber Musik.

Die Tagelöhner sind meist Frauen, weil die billiger sind: eine Mark pro Tag für zwanzig Kilo gepflückte Blätter. Kinder sind noch billiger, schaffen aber weniger. Keine Rente, kein Krankengeld, das würde unsern Tee nur verteuern.

Stellt die Teetassen weg, die stören das friedliche Bild, wie ihr da sitzt, vor dem Radio.

Sicher habt ihr bedacht, nicht die Marke zu kaufen, nicht von dem Konzern, für dessen höheren Profit Chile zerstampft wurde, seine Menschen verschleppt, gefoltert, eingeschüchtert. Umgebracht. Sicher habt ihr eine andere Marke gekauft.

Aber das Kupfer für die Drähte des Radios anderer Marke und für die Kabel blieb durch Chiles Unterwerfung für uns verfügbar und billig. Aber die Produzenten der anderen Marke machen auch Gewinn im Land, wo Recht nach

Hautfarbe gemessen wird, Südafrika. Stellt das Radio ab. Es stört das friedliche Bild, wie ihr da sitzt. Sitzt vor eurem Zelt aus Baumwollstoff, importiert aus dem Sahel zu Zeiten der großen Dürre, der großen Hungersnot; die Zeltstangen verchromt mit Metall aus Südafrika. Auch Holzstangen würden euch nicht retten: Denkt an den Tod der Regenwälder für Europas Holzbedarf.

Steht nicht auf, faßt nichts an. Alles belastet euch: das Kleid, die Schuhe, das Licht der Lampe, das Auto. Auch das Fahrrad. Steht nicht auf, faßt nichts an. Ihr seid schon überführt. Schuldig wegen: Folter. Mord. Ausbeutung. Verbrechen gegen die Menschlichkeit. Beweise: Teetrinken. Radio hören. Vorm Zelt sitzen.

Dann waren erst mal alle still.

Nur die Zeugen der Anklage sprachen. Der Tee summte leise im Samowar, Claras Radio plapperte vor sich hin, kaum hörbar knatterte die Zeltbahn im leichten Wind.

Lutz fing sich als erster. Bot von seinem Tomatensalat an und sagte: Alles selbstgezogen. Mit alternativem Biogas-Dünger. Erlaubt? Clara sagte: Und wo haben Sie Ihre Hose her und das Hemd? Schafwolle selbstgesponnen? Ben öffnete gelassen die südafrikanischen Weinflaschen. Und erwähnte, als er erfuhr, wer Freese war, einen Roman von Miriam Tlali, sicher etwas für das Feuilleton eines so engagierten Mannes. Freese nickte. Eva verschwieg, und nicht einmal die freche Ulla sagte, daß darüber schon mal gesprochen worden war.

Sie tranken nachdenklich den Ausbeutertee und den Unterdrückerwein, kauten Brote. Waren still. Eva hatte das Gefühl, daß Freeses Pauschalverdammung auch eine Entschuldigung sein könnte, gar nichts zu tun.

Es war ungewohnt still in Evas Garten, so still, daß man Krach und laute Stimmen von nebenan hören konnte. Jedenfalls einmal waren es andere in dieser Straße, die Lärm machten. Ihr fiel besonders auf, wie still Ulla war. Täuschte sie sich, oder hatte Ulla sogar während Freeses Rede ihn bewundernd angesehen? Und täuschte sie sich, oder hatte Freese aus den Augenwinkeln diese Blicke registriert? Jetzt war er in ein Gespräch mit Clara über die Herkunft seines Baumwollhemdes sowie der Leinenhose vertieft, während sich Ulla mehr für die Herkunft von Claras Fünfzigerjahrekleid zu interessieren schien. Lutz gab Nasrin Ratschläge über giftfreie Farben. Ben war abgelenkt, horchte, sagte: Das ist eine Schlägerei. Er meinte den Krach von nebenan. Noch ehe er aufsprang und zum Gartentor lief und Eva und die anderen hinterher, war ihr klar, daß der Krach doch von ihnen kam.

Tom und die vier oder fünf anderen waren undeutlich zu erkennen in der Dämmerung, einige kahle Köpfe sah man, auch viel schwarzes Leder, etwas, das metallen blitzte und von dem Eva hoffte, es möge ein Schlagring sein und kein Messer. Gleichzeitig mit der Gartenbesatzung waren von der anderen Seite zwei Polizisten herbeigestürzt, mit etwas Dunklem in der Hand, von dem Eva hoffte, es möge ein Gummiknüppel sein und keine Pistole. Einer der Schwarzledernen schaffte es noch, seitlich davonzuhechten, aber die Pistolen in den Händen der Polizisten, die von ihren Trägern durch Rufe als solche bezeichnet wurden, hielten die übrigen vor Evas Haustür fest. Tom war unter den übrigen.

Die gesamte Gruppe wurde zum Abtransport verladen, wie bestellt rollte ein zweites Polizeiauto herbei, und während drei hier- und zwei dorthineingeschoben wurden, versuchte Eva zu erfahren, was vorgefallen war. Clara vermutete eine Fanclub-Schlägerei, nannte diese ätzend, nahm ihr Radio und trippelte mit schwingenden Hüften davon, unterm Arm ein brüllendes Symphonie-Orchester. Weder Tom noch die Polizisten waren auskunftbereit. Tom wünschte im Gegenteil, daß Eva Auskunft gäbe darüber, daß er hier seinen festen Wohnsitz habe, seine Mutter zur Seite, Ausweise aller Art in seinem Zimmer. Trotz all dieser Versicherungen beharrten die Polizisten darauf, Tom mitzunehmen. Anweisung, Sie verstehen, sagten sie zu Eva, die nichts verstand und ratlos hinter den abfahrenden Autos hersah. Die anderen taten laut ihre Wut kund, Lutz seine Wut auf Toms neue Leder- und Schlägerleidenschaft,

Ulla und Freese ihre Wut auf die Polizei, die Jugendliche wegen einer harmlosen Prügelei verhaftet.

Bißchen alte Jugendliche, sagte Nasrin. Sie meinte die beiden ohne Leder, die Gegner von Toms Gruppe.

Ben sah Nasrin an. Sie hatten beide den durchs Exil aus Polizeistaaten geschärften Sinn für staatliche und polizeiliche Merkwürdigkeiten. Er sagte: Wieso war die Polizei so schnell da?

Wieso haben sie keine Ausweise sehen wollen, wieso gleich alle mitgenommen, sagte Nasrin.

Dann saßen sie alle in zwei Autos und fuhren zur nächsten Wache. Wie ein Familienausflug. Es dauerte nicht lange, bis sie Tom hatten, auf der Wache des Viertels war er nicht, der nächste logische Ort war das Hauptquartier der Polizei. Dort war alles ganz anders. Freundliche Beamte, keine Schußwaffen, keine Personalien, keine Anzeige. Sie konnten ihn gleich mitnehmen. Die in den normalen Hosen waren sowieso schon weg, die Ledernen gingen mit Tom und dem Familienausflug, voll Hochachtung für Eva, der sie die schnelle Befreiung zu verdanken glaubten. Aufklärung konnten sie nicht geben. Sie hatten keine bessere Erklärung als Clara, hielten die beiden in Baumwolle für feindliche Fans, die Tom auflauern wollten, direkt vor seinem Haus, seitlich schräg hinter der Hecke versteckt, gut, daß sie selbst zu viert waren und es den beiden ordentlich geben konnten; die Polizei hielten sie für von Nachbarn gerufen, Nachbarn rufen immer die Polizei. Innerhalb von zwei Minuten? Nun ja, Telefon ist schnell. Eine Einladung vors Zelt und um den Samowar lehnten sie ab mit dem Hinweis, keine Pfadfinder zu sein.

Eine Einladung von den Nachbarn, Familie Münch, Fruchthofdirektor und frühere Sopranistin, jetzt Hausfrau, war ungewöhnlich. Es war mehr eine Bitte als eine Einladung. Münchs gaben eins ihrer Hauskonzerte, einen Liederabend, bei dem Frau Münch ihre früher als Beruf ausgeübte Kunst vorführen würde; in letzter Minute war der Pianist krank geworden. Daß Eva halbwegs gut Klavier spielte, war bei den Nachbarn bekannt, da sie gerade jetzt im Sommer oft bei offenem Fenster spielte. Und es fehlte auch keineswegs an Komplimenten für ihren angenehmen Anschlag und ihre profunde Chopin-Kenntnis in den Beschwerdebriefen der Nachbarn, die sie losschickten, wenn Eva sich nachts um eins ihrer Klavierkunst erinnerte. Eva beschloß, der Bitte Folge zu leisten, schon um sich für die Zukunft nächtliche musikalische Freiheit zu sichern.

Ben begleitete sie. Seit die zwei Männer vor dem Garten der Akazienstraße gelauert hatten, ging er gern in Begleitung aus. Tom wollte sich anschließen. Eva konnte sich nicht recht erklären, was Tom mit Liedern aus Klassik und Romantik im Sinn hatte, nahm es als Dankesgeste wegen der abendlichen Befreiung. Nasrin blieb zu Haus; seit die zwei Männer vor dem Garten der Akazienstraße gelauert hatten, blieb sie gern zu Haus, wenn sie das Haus belebt wußte wie heute von Lutz, Clara, Hermann.

Frau Münch begrüßte Eva und Begleitung. Falls sie den Jungen im schwarzen Leder und den Mann in schwarzer Haut für ungewöhnliche Gäste halten sollte, ließ sie es sich nicht anmerken. Ließ die beiden aber mit Flasche und Käsegebäck allein und zog Eva ans Klavier, sie wollte üben, bevor andere Gäste kamen.

Sie habe das Programm leicht geändert, sagte Frau Münch, habe nur Bekanntes ausgewählt, um es Eva leichtzumachen, Mozart, Schumann, Mendelssohn. Eva nickte, fragte allerdings, ob Robert oder Clara, ob Felix oder

Fanny. Und ließ am Flügel hören, was sie meinte. Frau Münch war deutlich irritiert, weil sie ihr Programm üben wollte, auch weil jetzt verfrüht schon eine erste Besucherin erschien. Die Frau in dem weichen, hellen, lang fallenden Kleid, das zu ihrem energischen Gang auf zu großen Füßen wenig passen wollte, war klein gewachsen, aber hatte wie zum Ausgleich zu große Hände, Füße, Nase, Augen, was nur im Falle der Augen mehr schön als störend war.

Eva kannte die Frau. Sie hatte sie kennengelernt wegen ihrer Vorliebe für Nebenräume und Hinterzimmer, die sie sich aus der Studienzeit bewahrt hatte. Fast alle Gebäude hatten Hinterzimmer. Im Parteihaus, als sie sich damals anmeldete, war sie ohne Umschweife ins Hinterzimmer geschickt worden, in dem die Frauengruppe tagte. In Galerien hatte sie Hinterzimmer entdeckt, bevölkert von Musen, die mit Leinwandgrundieren oder mit Fertigstellen von Entwürfen beschäftigt waren, für Väter, für Ehemänner, für Geliebte. Die Frau mit den großen Händen und großen Augen hatte sie im Hinterzimmer eines Konzertsaals getroffen, hinter einer kleinen Tür gleich neben dem Bühnenausgang.

Beinahe mehr als die Frau hatte sich Eva das groteske Bild eingeprägt, wie in diesem winzigen Raum eine Art Miniatur-Orchester sich quetschte, herumstand, denn für Stühle war schon gar kein Platz, zwei Geigen und eine Bratsche mußten für den ganzen Streicherschmelz aufkommen, ein Cello und ein Baß für das Sonore, dann eine Klarinette, eine Oboe, Horn und Fagott gar versuchte ein Musiker sich abwechselnd in den Mund zu schieben. Acht Sänger, einen vierstimmigen Doppelchor darstellend, hielten ihre Noten wie kurzsichtig dicht vor die Augen und waren trotzdem mit den Händen schon zu nahe an der Frau, die kaum Raum hatte, ihr Stück zu dirigieren. Trotz der lächerlichen Darbietung war Eva gepackt von der Musik, mehr als von der im großen Saal, weil hier aus der romantischen Schönheit Dissonanzen aufbrachen, unruhig ein Thema das andere jagte, Sprünge, Risse sichtbar wurden.

Ich bin Fanny, hatte die Frau gesagt und mit einer Gebärde zum großen Saal gewiesen: die Schwester. Als erkläre das ihr enges Hinterzimmer.

Ich bin Fanny, sagte sie auch zu Frau Münch, und Eva fragte: Willst du spielen?

Frau Münch ergab sich seufzend in die Anwesenheit einer zweiten Pianistin; egal, wer spielte, wenn nur überhaupt gespielt wurde. Fanny spielte schon, eines der Lieder, die Frau Münch auf dem Programm hatte. So begann nun die Probe, und es wurde gesungen. Frau Münch lobte Fannys einfühlsame Begleitung, ihr Mendelssohn-Verständnis.

Das Lied ist von mir, sagte diese.

Ich meine den Komponisten, sagte Frau Münch.

Er hat es unter seinem Namen veröffentlicht, sagte Fanny und fügte mit liebevoll-amüsiertem Blick hinzu: Wie Brüder so sind.

Versicherte der schon wieder verstörten Frau Münch, auch in der Lage zu sein, Lieder von Felix zu spielen oder von Mozart. Bei Schumann war sie weniger fit. Das spielte Eva, nicht ohne Frau Münch auf die dünn und fast unleserlich gedruckte Unterzeile der Noten hinzuweisen, in der vermerkt war, welche Lieder des gespielten Zyklus von Clara und welche von Robert waren.

Frau Münch trug ihre neuen musikhistorischen Kenntnisse vor Absingen der Lieder den keineswegs erstaunten Gästen vor. Diesen war ohnehin gleichgültig, wer welches Lied komponiert hatte, eigentlich war es ihnen auch gleichgültig, ob Frau Münch sie mit mehr oder mit weniger Kunst sang. Sie hatten nichts gegen Hauskonzerte, hielten sie aber mehr für einen Auftakt zum eigentlichen Ereignis, dem anschließenden Essen mit seinen Gesprächen. Besonders heute, wo es neue und, wie es schien, absonderliche Gesprächspartner gab.

Ben war schnell Mittelpunkt des Interesses. Eva kannte von der Runde, die nun mit vollen Backen über den Tisch hinweg fragte und kommentierte, nur die Nachbarn selbst. Einer war mit einem Doktor vor seinem Namen vorgestellt worden, woraus Eva schloß, daß er Arzt war. Ein anderer war ausdrücklich als der Architekt des umstrittenen Klinker-Hochhauses im Südosten bezeichnet worden. Andere schienen wie Herr Münch aus der Geschäftswelt zu stammen, bei ihrer Vorstellung wurden Firmen genannt. Von den Ehefrauen wurden keine Berufe erwähnt, was nicht hieß, daß sie keine hatten, sondern daß Berufe von den vorstellenden Personen nicht als das Wichtigste im Frauenleben angesehen wurden. Eva war als Nachbarin vorgestellt worden.

Eine der als berufslos vorgestellten Frauen, die sich als Kommunalpolitikerin zu erkennen gab, Stadtrat, Sozialausschuß und Hauptausschuß, zeigte Interesse an afrikanischem Familienleben. Sie hatte präzise Vorstellungen von der afrikanischen Großfamilie und wünschte diese von Ben bestätigt. Sie hatte ein Buch gelesen, dem sie entnommen hatte, daß die afrikanische Familie eine Einheit sei, auf neudeutsch ausgedrückt: eine Solidargemeinschaft, die füreinander einstehe, und daß Familie in diesem Sinne nicht nur das deutsche Vatermutterkind oder das italienische Vatermutterkindergroßmutter bedeute, sondern Tanten und Vettern, Schwager sowie dessen Tanten und Vettern einschließe.

Ben konnte ihre Buchkenntnisse für sein Land nicht bestätigen. Die Apartheidsgesetze hatten Familien zerstückelt. Wo in den Hütten der Wanderarbeiter, in den Wohnheimen sollte Platz für Großfamilien sein? Da doch die Arbeits- und Aufenthaltsgesetze selbst Vater, Mutter und Kinder voneinander trennten?

Aber im Prinzip, beharrte die Fragerin, ist Familie zuständig, auch der Wanderarbeiter füttert von seinem Verdienst Großtante und entfernten Vetter mit durch?

Auch das konnte Ben ihr nicht bestätigen, der Lohn keines Wanderarbeiters reiche für weitgehende Ernährung von Verwandten.

Aber im Prinzip, beharrte die Fragerin, und um Ben deutlich zu machen, was sie meinte, setzte sie die kühne Hypothese: Angenommen, ihr Schwarzen regiert Südafrika, dann würde doch die Großfamilie wieder zum Zug kommen?

Eva wurde klar, daß die afrikanischen Fragen auf deutschem Interesse beruhten. Die Stadträtin wollte Stadtgelder sparen. Sie brauchte Argumente. Sie hatte Hoffnung, die nicht existente deutsche Großfamilie einzuspannen in Fällen, in denen bisher das Sozialamt und damit die Stadtkasse zuständig war.

Ben befaßte sich lieber mit der ersten Hälfte ihrer Frage, begann auseinanderzusetzen, was sich ändern würde, in einer vielleicht nicht fernen Zukunft, wenn diese ihm erwünschte Hypothese zutreffen würde.

Jedenfalls wäre die Unsicherheit weg, sagte einer der als Geschäftsleute vorgestellten Esser. Und setzte auseinander, daß er einen Zustand bevorzuge, in dem man sicher wisse, ob oder ob nicht man elektronisches Gerät, Lastwagen, Waffen in Bens Heimat exportieren dürfe.

Oder Früchte importieren, ohne daß sich Geschrei erhebt, fügte Herr Münch hinzu.

Ben äußerte die Vermutung, daß diese Art Geschrei einen Fruchthofdirektor nicht sehr störe.

Wenn man schon die Schreier im eigenen Hause hat, sagte Herr Münch mit Blick auf seinen Sohn, der im netten grauen Cashmere-Pullover eher harmlos aussah.

Uns Geschäftsleuten wäre eine baldige Lösung lieb, sagte der erste wieder, egal, ob so oder anders.

Eva und Ben sahen ihn ungläubig an, nahmen ihm nicht ab, daß ihm auch das »anders« recht wäre. Den Geschäftsmann verwunderte der Unglauben. Er war durchaus bereit, auch an Ben, sollte dieser je Minister werden, Elektronik, Lastwagen und Waffen zu liefern. Nur sollte er dann bitte bald Minister werden. Was ihn störte, war die Unsicherheit. Geschäftsleute wollen Solides.

Ben hatte nichts dagegen, bald Minister zu werden. Aber zunächst verlangte die Kommunalpolitikerin Bestätigung einer Behauptung des schon erwähnten Besuchs, daß nämlich Afrikaner von Natur aus so musikalisch seien.

Am anderen Ende des Tisches war Fanny in ein musikalisches Gespräch mit Frau Münch vertieft, beide summten, trällerten, pfiffen, um das, was sie sich zu sagen hatten, zu verdeutlichen.

Von Bens Tafelende hörte man jetzt Geklapper. Scheppernd hatte er Messer und Gabel auf den Teller fallen lassen, mit dem Glas an den Teller geklingelt. Ein kaum spürbarer Hauch von Indignation überzog Frau Münchs Gesicht.

Wenn ein Kind in Deutschland bei Tisch solche Geräusche macht, erläuterte Ben sein Tun, dann überzieht ein Hauch von Indignation die Gesichter der Eltern, Kinder sollen sich benehmen. Wenn bei uns ein Kind solche Geräusche macht, fuhr er fort, dann horchen die Eltern, was das Kind ihnen zu sagen hat.

Seine rechte Hand mit dem Messer spielte das Kind, die linke mit der Gabel die Eltern, von rechts Geklapper, von links ähnliches Geklapper, etwas strukturiert, ein zögernder Rhythmus, von rechts Versuch, den Rhythmus aufzunehmen, von links deutliche Antwort, präzise Rhythmen, von rechts Wiederholung, von links jetzt Variation, von rechts Wiederholung, von links ein Gegenrhythmus, und jetzt fiel mit Messer und Gabel der Münchsche Sohn ein, Rhythmus und Gegenrhythmus, Ben in einem auf dem fünften Fuß schleppenden Sechser, sein Partner im Vierer, die sich auf afrikanische Weise auf den Schlag wiederfanden, und Ben schloß seine Erläuterungen mit dem Satz: Und deshalb sind wir Afrikaner so musikalisch.

Der Münchsche Sohn setzte auf dem Flügel seine hämmernden Rhythmen fort, Ben schlug mit Glas und Besteck den Gegenrhythmus, Tom, der sich irgendwo im Haus verloren hatte, tauchte hüpfend und tanzend wieder auf, und Eva, Fanny und Frau Münch fielen mit Klatschen, Trällern und Summen ein. Ein Musikfest. Ein Hauskonzert.

Auch wir aus den Hinterzimmern bekommen nach dem Tod einen Platz im Pantheon, sagte Fanny, als sie am Eingang die Karte gelöst hatten. Den Platz, der uns zusteht.

Sie drehte am Verkaufsständer neben der Kasse, auf dem die Insassen des Pantheon als Postkarte zu haben waren, fand nicht, was sie meinte, ging also voran, an Garderobe und laut redenden Besuchergruppen vorbei, in den runden Saal mit den Büsten der Geehrten. Hier war das Licht dämmrig, und entsprechend sprachen auch die Besucher gedämpft, flüsterten, wenn sie nicht gar in stummer Ehrfurcht verharrten. Die Marmor- oder Bronzebüsten der Dichter, Musiker, Forscher, Politiker standen auf Säulen rings um den Saal gruppiert, die Punktstrahler waren so angebracht, daß sie aus dem Dämmer der Halle nur eben die Köpfe hervorhoben. Köpfe mit Lorbeerkranz, Köpfe mit Jakobinermütze blickten olympierhaft von ihren hohen Säulen auf die Besucher herab oder, ohne Notiz zu nehmen, über sie hinweg.

Wenn die Augen sich an das Dämmerlicht gewöhnt hatten, konnte man erkennen, daß auch die Säulen kunstvoll gearbeitet waren, oben eher schmal, nach unten in Rundungen und Bögen ausschwingend, unterschiedlich geformt, eine jede verschieden von der anderen.

Sieh, worauf sie stehen, sagte Fanny.

Es war schwer zu erkennen, auch als Fanny zeigte und erklärte, diese Bögen ein paar Arme, dieses Krumme ein Rücken, dieses Runde ein Kopf. Die Petroleumlampe, die sie vorsorglich mitgebracht hatte und entzündete, mußte sie auf Geheiß des Aufsichtsbeamten, der auf Brandgefahr und Sprinkleranlage hinwies, sogleich wieder ausmachen.

Die Musen, erklärte Fanny, oder die Assistentinnen, oder wie auch immer sonst die Frauen genannt wurden, deren Arbeiten von den jeweiligen Männern Geliebten Brüdern Vätern als die eigenen ausgegeben wurden. Etwa die deutsche Physikerin, deren Arbeiten ihrem Seminarchef den Nobelpreis einbrachten. Oder hier, ein paar hundert Jahre früher, die Astronomin, deren Name wenigstens erhalten wurde, weil es ihr gleichnamiger Bruder war, für den sie jede Menge Sterne entdeckte und beobachtete. Oder die Bildhauerin, die für den hochgeehrten französischen Meister immer die Hände und Füße modellieren durfte, weil ihm das nicht so ausdrucksvoll gelang, und deren Entwürfe er selbst ausführte, wenn er sie für bedeutend hielt, der Rest blieb für sie. Reden wir nicht von denen, die für das Genie ihre eigene Kunst ganz aufgaben; irgendwo in eine Säule verarbeitet ist die Komponistin, die keine Zeile mehr schrieb, weil ihr Mann sie besser zum Notenabschreiben und Stimmenausarbeiten brauchen konnte und weil ihn auch störte, wenn sie das gemeinsame Klavier benutzte; oder die Malerin, deren angefangene Bilder ihr Mann als Grundierung benutzte, weil Leinwand ja knapp war und ihre Arbeiten nicht gut genug, und die allmählich glaubte, weil er abstritt, ihre Bilder genommen zu haben, daß ihre künstlerischen Äußerungen nicht wirklich existiert hätten, nur eine Wunschvorstellung wären, ein Traum.

Einige Besucher im Saal waren durch Fannys Worte aufmerksam geworden, kamen näher, suchten, sahen aber unter den erwähnten Kopf- und Säulenensembles nur männliche Vornamen auf den Schildern. Sahen dafür mehr, als Fanny erwähnt hatte. Da war nicht nur jeweils ein Paar weiblicher Füße, das einen männlichen Kopf trug, nicht nur eine Gestalt, die sich unter ihn fügte. Mal waren es zwei, meist mehrere, manche ineinandergeflochten zu einer stämmigen massiven Unterlage für das thronende Genie, manche aufeinandergetürmt, so daß die Säule hervorragte unter den anderen, bei einigen bildete die unterste Figur ein Podest, zusammengekrümmt, flach wie ein Käfer auf allen vieren.

Die weiter unten, sagte Fanny, waren fürs Praktische zuständig, fürs Wirtschaften, Organisieren, meist auch fürs Geldverdienen, für den Dreck, fürs Kindergebrüll, aushilfsweise auch mal für die Leidenschaft.

Mittendrin ein Genie, bei dem diese Anordnung auf dem

Kopf stand. Wortwörtlich. Ganz unten im Dunkeln, schwer zu erkennen, stand eine bronzene Büste, und auf ihrem Kopf ragte eine Säule. Diese Säule war gut zu sehen, weil sie ja ins Licht ragte, ein Mann mit breiten Füßen und sattem Gesicht stand auf dem Kopf der Büste. Und auf dem Messingtäfelchen lasen sie einen weiblichen Vornamen.

Wer so was erfunden hat, möchte ich wissen, sagte der Aufsichtsbeamte, der bemerkt hatte, wohin sie schauten. Die Säule auf dem Ausstellungsstück, wo gibt's denn das. Eine Handvoll davon haben wir noch, wir hatten mal mehr, aber die meisten solcher Büsten sind durch das Gewicht der Säulen im Boden versunken. Wir sollten sie alle ins Magazin räumen.

Eva sichtete die täglichen Reiseberichte der Agenturen. Der Außenminister in Reykjavik, dpa, der Kanzler in Washington, upi, der Verteidigungsminister in Brüssel, reuters, der Landwirtschaftsminister ebenfalls, reuters, aber auf einer anderen Konferenz und deshalb in einer anderen Meldung. Eine Oppositionsparlamentariergruppe in Managua, ppp, eine Regierungsparlamentariergruppe in San Salvador, ap. Der Gewerkschaftsvorsitzende in Moskau, tass. Eva wünschte nach Südafrika zu reisen und in den Iran, um die Auslandsniederlassungen der Firma Birexco zu besuchen, eigener Bericht. Eine Gewerkschaftsgruppe aus Island in Bonn, Parlamentarier aus Washington in Bonn, belgische Landwirte in Bonn, Nato-Offiziere in Bonn, der Außenminister von Nicaragua in Bonn, der Wirtschaftsminister von El Salvador in Bonn, eine Handelsdelegation aus Moskau in Bonn. Eva in Köln. Sie mußte auf den Urlaub warten und sparen, sie versuchte nicht einmal einen Dienstreiseantrag. Sie verblüffte die nächste Konferenz schon genug mit einem plötzlichen Interesse für Wehrtechnisches. Sie wollte zu einem Bundeswehr-Seminar, auf dem vorgestellt werden sollte, was menschlicher Erfindergeist im vergangenen Jahr sich wieder an neuem Zerstörerischen ausgedacht hatte. Wobei sie mehr als die dort kennenzulernende Technik interessierte, wer sonst teilnehmen würde. Evas Interesse stieß auf Mißtrauen, der Zusammenhang zwischen Birexco-Lastwagen und dem Seminar war zu deutlich. Evas junger Kollege wurde entsandt und reiste ab mit dem Versprechen, Eva eine Teilnehmerliste mitzubringen.

Er wird sie dir nicht geben, wenn er sieht, wer draufsteht, sagte Ben. Wenn der von Ben geäußerte Verdacht stimmte, so erschienen dort, von deutschen öffentlichen Geldern finanziert und von deutschen Offizieren eingeladen, Vertreter einiger Schlachtfelder dieser Welt, eingeschlossen dasjenige, dem Ben entkommen war.

Obwohl Freese Evas Reisewunsch unterstützt hatte, war Eva ihm nicht dankbar. Sie sah ihn in eine Geschichte verwickelt, die sie zu oft gesehen hatte, als daß sie Menschen, die in solche Geschichten verwickelt waren, sehr hätte respektieren können. Ulla himmelte Freese an, und er förderte sie gönnerhaft. Niemals bisher hatte Ulla angehimmelt, weder ihre Liebhaber noch Hermann, allenfalls gelegentlich zu erkennen gegeben, daß sie es genoß, angehimmelt zu werden. Nun genoß sie es, gönnerhaft gefördert zu werden. Sie wurde auf einen Auftrag geschickt, ihr erster Artikel, und ging, obwohl Freese die Zustimmung dafür dem Chefredakteur abgehandelt hatte mit Sätzen wie: Das Mädchen hat was im Kopf, glauben Sie mir, ich habe eine Nase dafür.

Solcherart in ein Mädchen zurückverwandelt, zog Ulla los, um eine Satire zu schreiben, Freese hatte irgendwo im Land die letzte Zwergschule aufgetan. Eva hatte Ulla mit Material über Schulpolitik ausgerüstet, Freese mit ein paar spöttischen Pointen, die er formuliert hatte, ohne das Objekt des Spottes in Augenschein zu nehmen. Das tat nun Ulla, und deshalb fiel ihr der Spott nicht leicht. Zur allgemeinen Verblüffung kam sie zurück mit einem nachdenklichen Artikel über eine kleine Gruppe Kinder und eine alte Lehrerin, die mit gegenseitiger Hilfe und ohne Zwang oder Druck sich Wissen erarbeiteten. Das Wissen des Tages von Ullas Besuch bestand aus Lösungen für verschiedene Rechenaufgaben und aus der Bedienung einer Dunkelkammer in einem Fotogeschäft, das die Eltern einer Schülerin betrieben. Dann wurde, wieder in dem Schulzimmer, gemeinsam eine Geschichte verfaßt und mit mehr oder minder gekonnten Buchstaben in Hefte gemalt. Beim Schreiben hatte die alte Lehrerin deutlichen Vorsprung, bei den Fotos eher die Kinder.

Der Chefredakteur lobte die Objektivität von Frau Henseler, da doch bekannt sei, daß sie einer politischen Gruppierung angehöre, die riesige Schulzentren geschaffen habe, dort wo sie an der Macht sei, und die für die letzten Zwergschulen nur Spott übrig habe.

Freese lobte seine eigene Hellsicht, er habe doch gewußt, daß das Mädchen was im Kopf habe.

Das Mädchen lobte die allseitige Freundlichkeit der Konferenz. Es trug statt flirrendem Odaliskengewand, statt Pailletten und Goldglitzer ein dunkelblaues Kleid mit weißem Krägelchen, weiße Kniestrümpfe und vermied, in Evas Richtung zu blicken.

Statt dessen spazierte mit Pailletten und Goldglitzer angetan Clara in Evas Büro, um sie abzuholen, wie sie sagte, um mit Evas jungem Kollegen über eine bestimmte Disco, über Probleme beim Schreinern von Hängeschränken mit Schwingtüren und über die beiden Hilden ihres neuen Lieblingsbuches zu reden, wie sich dann ergab. Vielleicht hatte der es sowieso vorgehabt, vielleicht war es auch wegen Clara und einer plötzlich erwachten Familienzuneigung, daß er die streng geheimzuhaltende Teilnehmerliste des Bundeswehr-Seminars auf seinem Schreibtisch liegenließ, als er mit Clara das Büro verließ, um ihr die Druckerei zu zeigen. Als die beiden nach längerer Zeit wiederkamen, sagte Clara Jochen zu Evas jungem Kollegen, und Eva hatte in aller Ruhe die Teilnehmerliste fotokopiert, samt dem aufgedruckten Vermerk des Verteidigungsministeriums »streng geheim«. Hatte schon Ben aus einem Vortrag in Arnoldshain heraustelefoniert, der vor Aufregung nicht mehr richtig deutsch sprechen konnte, obwohl doch auf der Liste genau die Namen und Herkunftsländer standen, die er ohnehin vermutet hatte. Hatte schon mit Hermann am Telefon besprochen, wie man in diesem Skandal die Partei einspannen könnte. Auf Stadtebene, denn auf dem Seminar, dessen Unterlagen Claras neuer Freund Jochen sie hatte kopieren lassen, war den staunenden Gästen aus Südafrika, Chile und dem Rest der Unterdrückerwelt auch Birexco-Technik vorgeführt worden. Auf Landesebene, denn das von ihrer Partei regierte Bundesland war Gastgeber dieses Seminars gewesen. Auf Bundesebene, über die Abgeordneten ihres Bezirks, um den Skandal in einem so großen Forum wie dem Bundestag öffentlich zu machen. Erst dann würde auch sie darüber schreiben können, ohne ihren jungen Kollegen bloßzustellen. Zunächst mußte sie sich aufs Konspirieren und Kungeln verlegen.

Hätten die beiden Männer, die in der Akazienstraße hinter der Hecke gelauert hatten, von Evas konspirativem Elan etwas gewußt, hätten sie ihre Aufmerksamkeit vielleicht eher ihr als Ben zugewandt. Sie hätten ihr Telefon anzapfen müssen, um die zahlreichen Gespräche mitzuhören. Mit dem Vorsitzenden ihres Ortsvereins, dem sie das brisante Material vorlas und den sie um Änderung der nächsten Tagesordnung bat. Mit einzelnen Mitgliedern, die sie kannte, um sie auf die nächste Sitzung vorzubereiten. Da die Antworten zögernd, auch ablehnend waren, sogar mit Mitgliedern, die sie kaum kannte, deren Meinung sie aber als der Sache gewogen einschätzte. Mit Hermann, um zu fragen, wer zu diesem Personenkreis zu zählen sei. Mit ihr bekannten Personen im Stadtrat, da Hermann das Thema auf die nächste Stadtratssitzung bringen wollte. Mit Hermann, um von deren Antworten und Reaktionen zu berichten.

Sie hätten viele Meter Tonband zum Mitschneiden abrechnen müssen, die beiden Männer, die hinter der Hecke gelauert hatten, denn nach Ortsverein und Stadtrat kamen nun Unterbezirk, Landesvorstand und Abgeordnete ihres Wahlkreises an die Reihe. Der Inhalt der Gespräche ähnelte sich meist, jedenfalls von Evas Seite, und die beiden Männer hätten sich eine längere Frühstückspause oder einen früheren Feierabend gönnen können, wären nicht die Antworten durchaus unterschiedlich ausgefallen. Entrüstung bei einigen, erstaunlicherweise nur wenigen, Entrüstung und Entschlossenheit zu handeln; Resignation bei anderen, so als berichte Eva längst Bekanntes, zwar Unangenehmes, mit dem man sich aber abgefunden habe; bei anderen sogar fast Zorn, daß Eva dieses Abgefundensein, das freilich keine dem Anspruch ihrer Partei entsprechende Haltung war, nun stören wollte.

Sie hätten auch einiges an Kilometern Dienstreise abrechnen müssen, die beiden Männer, angefangen von einer Fahrt zum Kopierladen, wo Eva das streng geheime Dokument in großer Anzahl vervielfältigte. Dann zu konspirativen Treffs mit verschiedenen Genossinnen und Genossen ihrer Partei, denen sie eine Kopie des Dokuments aushändigte, zusammen mit Kopien von anderen Dokumenten, die sie von Ben erhalten hatte, etwa über den Einsatz von umgerüsteten Birexco-Lastwagen gegen schwarze Bürgerrechtler. Sie hätten sogar eine Fahrt zur Wohnung eines Eva näher bekannten Kollegen des Konkurrenzblattes abrechnen müssen, dem Eva Dokumente andiente, indem sie ihm auseinandersetzte, warum die Rücksicht auf den Beschaffer ihr selbst verbiete, sie jetzt zu veröffentlichen. Dieses Gespräch hätten sie natürlich nur verstehen können, wenn sie in der Wohnung dieses Kollegen bereits vorsorglich Wanzen installiert hätten, was nun wieder nicht unwahrscheinlich gewesen wäre, da auch er zu Themen wie Waffengeschäften oder Südafrikabeziehungen schon Kritisches geschrieben hatte. Deshalb hatte Eva ihn ja aufgesucht.

Sie hätten auch einige Kneipenrechnungen bei ihrer Dienststelle einreichen müssen, die beiden Männer, wenn sie in all die Versammlungen in all den Kneipen gegangen wären, voll Rauchschwaden und mit viel Bier, in denen Eva versuchte, Diskussionen und Abstimmungen herbeizuführen über Birexcos Militärlastwagen, mit denen Menschenrechte zuschanden gefahren wurden, und über die Experten im Zuschandenfahren, die nach Deutschland eingeladen wurden, ihre Technik zu verbessern.

Je höherrangig die Versammlungen, um so schwieriger wurde das. Im Ortsverein hätten die beiden Männer ziemlich rasche und allseitige Zustimmung zu Evas Anträgen notieren können. Schon im Stadtrat war es schwieriger. Die beiden Männer hätten, ganz wie Eva, auf der Zuschauertribüne sitzen müssen und wären ganz wie sie aus dem Saal gebeten worden, als Hermann das kopierte Dokument auf den Tisch legte. Da hier der Vermerk »streng geheim« ernstgenommen wurde, wurde die öffentliche Sitzung in eine nicht-öffentliche verwandelt. Sie hätten erst hinterher erfahren, daß auf der nicht-öffentlichen Sitzung eine Mehrheit das Dokument nicht für einen ausreichenden Beweis gehalten hatte. Hermann hatte an die Auslands-Personallisten von Birexco gedacht, aber noch nichts gesagt, er hoffte auf eine Bestätigung durch Eva. Für die Unterbezirksversammlung hätten die beiden Männer viel Bier und belegte Brote abrechnen müssen, wenn nicht gar warmes Essen, sie dauerte über fünf Stunden. Hier saß Eva wieder mitten unter den Streitern, hatte Rede- und Stimmrecht und schaffte es, gemeinsam mit Hermann und anderen Mitstreitern einen Beschluß herbeizuführen, der Landesvorstand und Abgeordnete zum Handeln aufforderte. Die beiden Männer hätten allmählich bekannte Gesichter in ihren Unterlagen vermerken müssen, da einige der Redner auch schon im Ortsverein und im Stadtrat das Wort ergriffen hatten. Dann aber schien der Elan zu versiegen. Der Unterbezirksvorstand, in einer späteren Sitzung, die wieder Spesengelder nötig gemacht hätte, verschob eine endgültige Entscheidung auf den Landesvorstand, und dieser, der nun tatsächlich Landtag und Bundesabgeordnete zu Aktivität hätte veranlassen können und der ja auch vom Unterbezirk aufgefordert war, solches zu tun, beschloß zunächst, mehr Beweise zu sammeln. Eva hatte etwas von wehrtechnischem Personal bei Birexco in krieg- und bürgerkriegführenden Ländern angedeutet, und dies wollte der Vorstand nun sicher wissen. Wenngleich offenblieb, wie Eva diese Sicherheit beschaffen sollte. Von einer Reise auf Parteikosten war nicht die Rede.

Nun hätten die beiden Männer Ferngespräche abrechnen müssen, um in ihrem Land die entsprechende Niederlassung aufzufordern, ihre Personallisten sorgfältiger zu hüten – nähere oder fernere Ferngespräche, je nachdem, ob Nasrin oder Ben recht hatte, sich belauert zu fühlen. Die beiden Männer hätten aber wohl zuvor ihre Botschaft angerufen und Entwarnung gegeben, im Moment keinerlei Gefahr von größerer Publizität, alles vertagt und verschoben, auch hier im Lande sorge offenbar eine Mehrheit für Geheimhaltung.

Bonsai-Menschen, sagte Eva, alles ist an ihnen dran, wie bei richtigen Menschen, Kopf und Herz und Wille und Gedanken, nur alles kleiner. Von klein auf beschnitten. Auch die Wurzeln, gerade die Wurzeln. Ein Zuchtkunststück. Triebe abschneiden bringt nichts, Triebe wachsen nach, auf das richtige Beschneiden der Wurzeln kommt es an. Bonsai-Züchter geben fünf Jahre Garantie, bei Menschen hält die Verkrüppelung ein Leben oder mehr, Generationen. Aber warte, was passiert, wenn du so einen Bonsai aus seinem engen Topf nimmst und die Wurzeln wieder wachsen können.

Was passiert, fragte Ben, und statt einer Antwort deutete Eva auf eine merkwürdige Pflanze neben dem Zwiebelbeet. Zunächst sah man nur zwei wuchernde Ahornzweige. Bei näherem Betrachten sah man, daß die beiden Zweige aus einer Zwergpflanze in Ahorngestalt herauswuchsen, mit Puppenblättern in Ahornblattform. Nur der Stamm wirkte unnatürlich dick für den sonst in sich wohlproportionierten Ahornbaum, und auf dem verdickten Stamm saßen die beiden normalen Äste. Die Pflanze sah eher scheußlich aus. Aber sie wuchs.

Der scheußliche Anblick hatte Evas jungem Kollegen, als er sie oder Clara eines Tages besuchte, einen Schrei des Unwillens entlockt und das Geständnis, daß die kostbare Krüppelzüchtung 170 Mark gekostet habe. Denn er war der Schenker gewesen. Fünf Jahre Garantie futsch, hatte er wehmütig hinzugesetzt, die Garantie gilt nur bei sachgemäßer Pflege. Eva hielt ihre Pflege für pflanzengemäß.

Für das Postbonsai-Zeitalter bedarf es neuer Anleitungen, was sachgemäß ist, sagten Eva und Ben, die vorsichtshalber schon angefangen hatten, Lehrbücher für diese zu erwartende Zukunft zu schreiben, Bücher für die Schulen der Postbonsai-Menschen.

Ab wann datieren wir das Postbonsai-Zeitalter, sagte Eva.

Mit dem Beginn des Kampfes, sagte Ben, Algerien begeht den Jahrestag seiner Unabhängigkeit an dem Datum, wo sie beschlossen, frei zu sein, nicht an dem Datum, wo sie die eigene Fahne hochziehen konnten.

Das machte für Eva das Datierungsproblem nicht einfacher. Sie erwog 1791, die Erklärung der Rechte der Frau und Bürgerin, deren Erklärerin bald darauf hingerichtet wurde. Sah, daß Ben eine Jahreszahl aus dem gegenwärtigen Jahrhundert benutzte. Entschied sich schließlich für den Tag, an dem sie gemeinsam mit Franz den Frieden erklärt hatte.

Ben reagierte gereizt, wenn Eva fand, seine Arbeit wäre leichter, da die Lügen, gegen die er schreiben müßte, handgreiflicher wären. Verbat sich auch zu schnelle Parallelen zwischen seiner und ihrer Erfahrung mit Herrenmenschen. Man könne nicht Äpfel mit Birnen vergleichen, auch wenn beide von Bonsais stammten.

Äpfel und Birnen, in welcher Sprache schreibst du, fragte Eva.

Ich schreibe in Xhosa, sagte Ben.

Meine Sprache muß ich mir erst machen, sagte Eva.

Worauf Ben schnaubte und Evas Beschwerden lächerlich nannte. Der Streit zwischen jedermann und jedefrau, die Frage nach den Schwestern bei der Erklärung von Gleichheit, Freiheit und Brüderlichkeit schien ihm mehr akademischer Natur. Sprachwissenschaftlicher. Wogegen ein Schulkind, das über Nacht vor die Tatsache gestellt wird, daß Schule künftig nur noch in einer ihm völlig unbekannten Sprache abgehalten wird, handgreiflichere Probleme hat.

Ben hatte sein Land im Kampf um Schulbücher verlassen. Er war einer der Anführer des Aufstands gewesen, der losbrach, als an den Schulen Afrikaans statt Englisch unterrichtet werden sollte, die unbekannte Besatzersprache statt der immerhin halbwegs umgänglichen. Die Herren kämpften in diesem Schulkampf mit Panzern und Maschinengewehren gegen mit Steinen bewaffnete Kinder. Kinder wurden verhaftet. Kinder wurden erschossen. Kinder mußten emigrieren. Ben war noch minderjährig, als er, von der Polizei gesucht, sein Land verließ.

Brünhild und Fanny, Beginen und eine dichtende Nonne aus Passau, sagte Eva, wo findest du deinen großen Namen, Äpfel oder Birnen?

Mein Großvater konnte mir die Geschichte unserer Helden noch erzählen, sagte Ben, gerade rechtzeitig schreibe ich dieses Buch. Und wußte schon, als er das sagte, daß Eva nun nach den Heldinnen fragen würde. Eva achtete mißtrauisch darauf, daß er die Heldinnen nicht vergaß. Ma Nthatisi, die Königin, die gegen die weißen Eroberer kämpfte vor 150 Jahren, oder Helen Joseph und Lilian Ngoyi, die den großen Zug der 20 000 Frauen nach Pretoria anführten, der in den Postbonsai-Geschichtsbüchern die Rolle würde einnehmen müssen wie für Frankreich der Zug der Frauen nach Versailles, der die Revolution einleitete.

Worauf Ben gestehen mußte, daß er trotz seiner törichten Lehrpläne, die eine Französische Revolution für wichtiger hielten als die Xhosa-Kriege, von dieser Version vom Beginn der Revolution nie gelesen hatte.

Äpfel und Birnen, Inquisitoren und Missionare, sagte Eva; schreiben wir dieses Kapitel gemeinsam.

Das gehört nicht zusammen, sagte Ben, dazwischen liegen Jahrhunderte.

Eine Entwicklung, sagte Eva. Erst wurde die Heimatfront begradigt, dann zogen sie hinaus in die weite Welt.

Wo ist die Gemeinsamkeit, sagte Ben, als die Missionare kamen, hatten sie die Bibel und wir hatten unser Land. Nun haben sie das Land, und wir haben die Bibel.

Das Land der Hexen hat der Landesherr, sagte Eva, oder der Abt, der ja die Hauptmühe hatte mit Verhör und Folter.

Sie machten Arbeitsteilung, sagte Ben, sie predigten, und die Soldaten kamen etwas später.

Da hatten sie schon dazugelernt, sagte Eva, die Inquisitoren machten sich noch selbst die Hände blutig.

Macht euch die Erde untertan, schrieb Eva in ihr Lehrbuch, ein Herrenmensch mit einem Herrgott im Hintergrund wird es doch schaffen, aus der gesamten Welt ein Klassensystem zu machen, eine Entwicklungshierarchie.

Tiere sind weniger wert als Menschen, auf einer geringeren Entwicklungsstufe der Schöpfung, Pflanzen weniger als Tiere, und dann gibt es die reichhaltigsten Unterteilungen, Blume kommt vor Unkraut, aber nach Weizen, Tiere mit Wirbeln kommen vor solchen ohne, Vögel vor Fischen, aber nach so etwas Edlem wie Pferd, und bei den Menschen ist besonders sorgsam festgelegt, welche Farbe, Rasse oder Geschlecht minderwertig und welche entwickelt ist. Wobei unter Entwicklung verstanden wird, sich möglichst lautlos in das System von Herren und Untergebenen einzupassen, egal auf welcher Seite.

Eva hatte den letzten Satz aus einem Brief von Franz abgeschrieben, in dem dieser seine Erfahrung mit jenem Begriff schilderte, dem er beruflich verpflichtet war. Eva hoffte auf Franz bei ihren zukünftigen exotischen Recherchen. Aus Angst, daß aus der langsam sterbenden Ehe Haß entstehen könnte, hatte er möglichst große Distanz zwischen sich und Eva gelegt, war zunächst nach Indien und später Afrika gegangen. Er gab nicht zu, daß dies Flucht war. Er gab vor, an der Frontlinie zu sein, wenn schon für Frieden gekämpft werden mußte. Er war für eine Organisation gegangen, die Frieden und Entwicklung im Namen führte, und sah sich also eingespannt in die Kämpfe um eine Handvoll Hirse, welche die Menschen, bei denen er nun lebte, für ihren Bauch brauchten, während sie die Herrenvölker, die ihn geschickt hatten, für die Futterkrippen ihres Viehs reklamierten; in die Kämpfe um ein Stück Land, auf dem die Einheimischen Bohnen ziehen wollten, während die Herren in der Ferne es sich als Garten für exotische Blumen wünschten; in die Kämpfe um einen Liter Benzin, mit dem die Einheimischen ihre Pumpen antreiben wollten, um Hirse und Bohnen zu bewässern, während die Herren es für ihre Flugzeuge benötigten, in denen Hirse und Blumen eingeflogen werden sollten. Der Name von Franz' Organisation garantierte nicht, auf wessen Seite sie stand. Und auch die Regierungen der Armen förderten lieber die Blumen und die Flugzeuge, um dafür wenigstens ein bißchen am Reichtum der Herren teilzuhaben. Und kauften notfalls umgerüstete Birexco-Lastwagen oder auch gleich Panzer, falls ihre Völker mit diesem Entwicklungsweg nicht einverstanden sein sollten.

Natürlich kann kein Land mit Bohnen und Hirse in die Zukunft gehen, sagte Ben. Aber warum wissen sie nicht, daß es andere Möglichkeiten als Blumen und Flugzeuge gibt. Warum können sie nur die Herren imitieren. Keiner hatte seine Lehrbücher rechtzeitig fertig. Land für Land warf unser Kontinent die Herrenmenschen hinaus, aber deren Bücher haben sie behalten. In denen immer noch die Araber bemüht werden, damit es ja keine Afrikaner waren, welche die kunstvollen Bronzen von Benin herstellten, das Wachsausschmelz-Verfahren erfanden. Phönizier mußten es sein oder vielleicht sogar Baumeister des Königs Salomon, welche die herrliche Zitadelle von Zimbabwe bauten, denn natürlich durften keine Afrikaner solche Meisterwerke zustande gebracht haben. Unsere Kunstwerke sind in den Herrenbüchern primitiv, auch wenn eure berühmtesten Künstler von ihnen gestohlen haben, wenn eure ganze moderne Kunst ohne sie nicht denkbar wäre, und unsere Könige und Königinnen, unsere Staaten, unsere Religionen sind barbarisch. Unsere Sprachen sind zurückgeblieben, der neuen Zeit nicht angemessen. Wo sind die anderen Bücher?

Geh durch deine Stadt, Eva, sagte Ben, als ob sie auf der anderen Seite der Herrenwelt läge. Als ob sie in einem der Länder läge, wo die Postbonsai-Zeit ihre ersten monströsen Triebe zeigt. Als ob die Slums von Köln, diese Hütten aus Wellblech- oder Plastikresten, kaum regen- oder winterfest, sich vom Dom aus nördlich bis Leverkusen hinüberziehen würden, wo morgens die Männer vor den Fabriken Schlange stehen in der immer neuen und fast immer vergeblichen Hoffnung auf Arbeit. Den Fabriken gegenüber waschen die Frauen Wäsche im braunen Rhein, in den auch die Kloake der Slumsiedlung läuft. Sicher bist du in deinem Leben noch nie hier gewesen, als Journalistin bist du privilegiert, hast sicher eine von den begehrten Wohnungen, die so schwer zu bekommen sind, mit fließendem Wasser in einem der Neubaublocks.

Eva beobachtete eine Alte, die mit zwei großen Krügen

Wasser aus dem Rhein schöpfte, und fragte sich, was sie damit machen würde. Sie wollte die Alte fragen, sie zögerte. In welcher Sprache fragen? Die Zeitung erschien in Suaheli, und so sprach sie auch mit den Kollegen, mit Ausnahme des Feuilletonchefs, der Arabisch sprach. Auch im Elternhaus war Suaheli gesprochen worden, gelegentlich Kölsch. Außer Arabisch hatte sie ein bißchen Hindi gelernt und einige Brocken Xhosa. Kultursprachen eben. Nur Deutsch hatte sie nie gelernt, und sie hatte sich immer geschämt, ihr ungebildetes Kölsch zu gebrauchen.

Da hatte die Alte sie schon angesprochen, sich laut und in Kölsch, was denn sonst, bei ihr beschwert, daß der einzige Wasserhahn der Siedlung mal wieder unbenutzbar sei. Sei das zumutbar, Trinkwasser aus dem Rhein zu schöpfen, und schon war sie bei einer Schimpforgie auf die Regierung, in ihren großen Villen mit den Selbstschußanlagen, in ihren dicken Wagen hinter Panzerglas, die ihr Volk mit Rheinwasser vergiften wolle. Eva vermutete, in dieser Situation müsse sie angstvoll die Alte warnen, zu laut zu sprechen. Aber die schien kein Gefängnis zu fürchten. Oder genauer, wie sich herausstellte, sie kannte genug Gefängnisse aus der Zeit vor der Unabhängigkeit. Sie hatte Bomben unter ihrem Rock transportiert und Kämpfer versteckt. Nach der Unabhängigkeit Deutschlands hatte sie kurz als Heldin gegolten. Aber dann wollten die Helden lieber ohne die Heldinnen regieren. Marie, so hieß die Alte, war von ihrem Sessel als Kultusministerin in den ehrenvollen Ruhestand versetzt worden, und da sie auf dem Sessel zu kurz gesessen hatte, um irgendwelche Reichtümer anzuhäufen, war sie hier gelandet. Ihr einziges Privileg war die Narrenfreiheit. Marie die Heldin durfte, ohne um Freiheit oder Leben fürchten zu müssen, schimpfen.

Meine erste Amtshandlung, sagte sie, war, an den Schulen Deutsch einzuführen; deren erste Amtshandlung, nachdem sie mich rausgeschmissen hatten, war, wieder Suaheli einzuführen. Wegen des Welthandels und der internationalen Beziehungen, sagten sie. So hat es gar keinen Sinn, daß hier aus der Siedlung einer auf die Schule geht. Hier spricht keiner

Suaheli. Oder daß einer Zeitung liest. Warum schreibst du nicht deutsch?

Deutsch ist keine Kultursprache, würde Eva zu bedenken geben.

Haben wir keine Kultur, fragte Marie empört zurück, Goethe, oder der Bamberger Reiter, oder Frauen wie Hildegard von Bingen.

Ein Bamberger Reiter, das wüßte Eva von einer Urlaubsreise nach Abu Dhabi, stand dort im Völkerkundemuseum. Goethe ist ja übersetzt, würde sie zögernd sagen, der West-östliche Diwan. Von dieser Frau aus Bingen hätte sie sicher noch nie gehört, aber das würde sie verschweigen.

Und Mädchen hätten an die Schule gesollt, Mädchen, sagte Marie. Früher haben Mädchen was gelernt und Frauen haben Berufe gehabt, früher. Sie holte mit dem früher weit aus; das war vor der kurzen Zeit, als sie Ministerin war und Mädchen an die Schulen holen wollte, ganz früher, bevor der Bamberger Reiter nach Abu Dhabi kam und Hildegard von Bingen vergessen wurde.

Frauen haben auch jetzt Berufe, würde Eva denken, ich arbeite ja. Aber wie habe ich das geschafft? Vielleicht weil die Zeitung, für die ich schreibe, meinem Vater gehört. Aber so reich sind wir nicht. Vielleicht weil ich die Frauenseite mache, über Familienplanung und Kochrezepte schreibe. Oder ich bin gar keine Journalistin, sitze in Wahrheit auch in einer Hütte hier am Fluß, schöpfe frühmorgens Trinkwasser aus dem Rhein, und arbeite tagsüber für fast kein Geld auf den riesigen Farmen rund um Köln, wo Milchprodukte hergestellt werden für den Export nach Indien und Gemüse für Afrika. Ich lebe von Kartoffeln, denn Gemüse und Milchprodukte meiner Farm sind so teuer, daß ich sie mir von meinem Lohn nicht kaufen könnte.

Und dann die Zinsen, sagte die Alte, wenn es nur wäre, daß das Leben teuer ist. Meine Eltern haben beim Geldverleiher geborgt, nicht mal viel, für Saatgut nach zwei Mißernten, eine kleine Schuld, die man bezahlen wird. Aber je mehr du bezahlst, desto mehr wächst die Schuld. Du verstehst es nicht, auch wenn der Geldverleiher es dir erklären kann. Wie ein Märchendrache ist diese Schuld, du schneidest ihm einen Kopf ab, und zwei neue wachsen nach. Die Zinsen. Die Umschuldung. Die Gebühren. Die Geldentwertung. Die Zinseszinsen. Meine Eltern hatten weit mehr gezahlt, als sie je geborgt hatten, trotzdem haben sie mir eine Schuld hinterlassen, die größer ist als am Anfang. Du arbeitest für den Geldverleiher, du baust an, was er will, du verkaufst, an wen er will, zu Preisen, die er diktiert.

Es hatten sich Menschen um sie versammelt, eine Frau mit Wassergefäßen, ein Kind mit einer Ziege am Strick, ein Mann, der ein Ei in der Hand trug wie ein Juwel, ein anderer mit einem Sack Müll, den er zur Weiterverarbeitung gesammelt hatte. Maries laute Stimme, Maries Zorn ermutigten sie, auch zu sprechen.

Das Getreide, das hier wächst, das Vieh, das Metall aus unseren Bergen und die Kohle aus unserer Erde, all das wärmt uns nicht, das nährt uns nicht, das zahlt unsere Zinsen im Ausland, sagte einer.

Das zahlt die Kredite, die wir aufnahmen, um unsere Zinsen zu zahlen, sagte der Mann mit dem Sack. Zinsen für Flugzeuge und Blumensamen, für Lastwagen und Panzer.

Unser Volk ist hungrig, und jenseits des Ozeans verfüttern sie unser Getreide, sagte der erste.

Und währenddessen wächst die Schuld, Eltern vererben sie auf Kinder und Kinder auf Kindeskinder, sagte der Mann mit dem Ei.

Am Anfang hieß es nicht mal Kredit, sondern Hilfe, sagte Franz, der den schlammigen Weg zum Fluß herunterkam, Wasserlöcher übersprang.

Sind Sie nicht auch einer von denen? fragte die Alte.

Meine Gesellschaft hat mich geschickt, sagte Franz, diese Art, Hilfe anzubieten. Ich versuche, nicht zu helfen.

Als ob das vorstellbar wäre, dachte Eva in ihrer Akazienstraße, Franz' Brief in der Hand. Vorstellbar war nur die Alte am Fluß, die Muthoni hieß und in den Slums von Nairobi oder Abidjan mit den Geldern von Franz' Gesellschaft eine Wasserleitung bauen half.

Der älteste bisher entdeckte Mensch dieser Erde, schrieb Ben in sein Lehrbuch für die Schulen der Postbonsai-Zeit, lebte in Afrika vor drei Millionen Jahren. Dieser und spätere Funde haben zweifelsfrei ergeben, daß die Vorfahren aller heutigen Menschen in Ostafrika lebten, wodurch die Idee von Apartheid und Rassismus vor der Geschichte als töricht erscheint. Die Forschergruppe, die vor vierzehn Jahren jenes älteste Skelett fand, gab den Knochenresten den Namen Lucie, als wäre ihnen kein afrikanischer Name eingefallen.

Der älteste Mensch dieser Erde, schrieb Eva in ihr Lehrbuch für die Schulen der Postbonsai-Zeit, war eine Frau und lebte in Afrika vor drei Millionen Jahren. Die Knochen sollten im Verwaltungsgebäude der UNO in New York ausgestellt werden, um zu zeigen, wie töricht die Idee von Apartheid und Rassismus vor der Geschichte ist. Damit aber weiterhin Törichtes über Geschichte und über Sexismus gedacht werden dürfte, war das Ausstellungsstück, das schließlich Kenia als Geschenk überreichte, ein jüngerer Fund, die Knochen eines Jungen, anderthalb Millionen Jahre alt.

Das männliche Gerippe war besser erhalten und war zudem schon der Typ homo erectus, während Lucie ein Australopithecus war, eher eine Art Vorläufer, begründete rein wissenschaftlich Ben und behauptete, es sei das Schulbuchinteresse, das ihn diese Details habe studieren lassen.

Besser ein homo erectus bei der UNO als ein Adam, sagte Evas Namensschwester Eva aus dem Paradies, aber ich fürchte fast, die da halten beide für austauschbar.

Ich könnte, sagte Ben und warf den beiden Evas den Köder hin, unsere Schöpfungsmythen in die Schulbücher aufnehmen, die Große Mutter, welche die Welt gebiert, oder das Ur-Ei.

Nimm lieber meinen mit auf, sagte Eva aus dem Paradies,

damit hinterher keiner sagen kann, er habe nichts gewußt. Die da verschweigen ja nichts, nicht die Intellektuellenfeindlichkeit, wer Erkenntnis will, wird schwerstbestraft, nicht ihren Frauenhaß, eben weil sie wissen, daß die Frauen näher am Baum der Erkenntnis sind, nicht ihr Herrenmenschentum, macht euch die Erde untertan. Keiner, der lesen kann, soll sagen, er habe nichts gewußt, wenn die hellenistischen Bibliotheken in Flammen aufgehen, wenn die Inquisition Wissenschaftler umbringt, wenn über Jahrhunderte ein Ausrottungskrieg gegen Frauen geführt wird, wenn mit Betrug und Gewalt die Erde unterworfen wird.

Wenn sie sogar euch eine Bibel in die Hand drücken, damit ihr eure Ahnen vergeßt, sagte Ma Nthatisi zu Ben.

Du bist schon im Buch, beeilte sich Ben zu versichern.

Im Buch, aber auch im Gedächtnis, fragte Ma Nthatisi. Werde ich gefragt bei euren Entscheidungen? Feiere ich mit bei euren Festen? Bin ich Richtschnur für eure Taten?

Worauf Ben höflich, aber abweisend antwortete, Ahnen als Richtschnur, Ahnen als Entscheidungshilfe, das sei etwas problematisch, schließlich gäbe es diese Sorte Ahnen und jene.

Gerade das ist das Prinzip, sagte Ma Nthatisi. Du kannst kämpfen, wie ich es tat, aber du findest auch Ahnen, die das Nachgeben oder das Verhandeln vorzogen, wenn du sie suchst. Sicher gibt es menschenfreundliche, umsichtige, mutige, fröhliche Ahnen, und ebenso sicher gibt es böse, ekelhaft böse Ahnen. Das Böse hat seinen Platz in der Welt, sollst du erschrecken, wenn es dir begegnet? Jedenfalls, und nun wandte sie sich Eva aus dem Paradies zu, verhindert das Prinzip der Ahnen, daß heilige Kriege gegen das Böse geführt werden, daß Bücherverbrennungen, Steinigungen, Kreuzzüge stattfinden. Wir versuchen, das Böse zu vermeiden, aber wir sind nicht verblüfft, daß es existiert, und wir versuchen nicht, es zu vernichten.

Würde für unsere Staatenlenker Probleme machen, sagte Eva, wenn man den Gegner nicht als böse und deshalb ausrottungsbedürftig hinstellen kann.

Oder für unsere Familienväter, sagte Eva aus dem Paradies, womit soll man die Unlust am Windelwechseln denn sonst begründen, wenn nicht mit dem Mythos?

Ahnenkult, sagte Ben, ist eine Religion der Alten, die ihre Herrschaft verewigen wollen. So haben die Jungen zu schweigen, bis sie selbst alt sind, halbe Ahnen schon und also verehrungswürdig.

Harmlosere Alte als die alten Männer, die uns regieren und die bei dem Versuch, diese oder jene Bösen auszurotten, mit der Welt umgehen, als hätten sie noch eine zweite im Kofferraum, sagte Eva und zitierte mit dem Schluß einen Aufkleber auf ihrem Auto.

Sie haben ja eine zweite im Kofferraum, sagte Eva aus dem Paradies. Auch das steht im Mythos schwarz auf weiß geschrieben – sage keiner, er habe nichts gewußt.

Sage keiner, er habe nichts gewußt, las Eva aus ihrem Lehrbuch der Postbonsai-Zeit vor; da die Veranstaltung, auf der sie sprach, das Wort Frieden im Titel führte, schienen ihr Zitate aus den Büchern der Zukunft passend.

Fang nicht bei Adam und Eva an, riefen Stimmen der versammelten Gewerkschafter für den Frieden aus dem Saal, und Eva aus dem Paradies fragte flüsternd ihre Nachbarn: Womit denn sonst?

Hermann hatte eingeladen, Hermann war enttäuscht von Eva, von der er sich Konkreteres etwa über den Umbau von Lastwagen aus heimischer Produktion gewünscht hätte. Er hoffte, daß Ben, der als letzter und Hauptredner vorgesehen war, deutlicher werden würde. Es gab noch andere Beiträge, mit denen Hermann unzufrieden war. Etwa den eines Kollegen von Vereinigte Metall, Waffenproduktion, den er aus gemeinsamen Tarifgesprächen als mutig und pfiffig kannte. Der setzte auseinander, der Frieden beginne zu Haus, zwischen Adam und Eva, recht habe die Kollegin von der Presse, und wo das materielle Überleben nicht gesichert sei, da könne kein Frieden sein, und wo der Arbeitsplatz wackle, gebe es diese Sicherheit nicht, und wo nicht produziert werde, wackle der Arbeitsplatz, und allen war schon klar, auf welch absurden Schluß er hinauswollte. Es war fast, als ob die Qual, auf allen Veranstaltungen dieser

Art seit Jahren oder – je nach Alter – Jahrzehnten dasselbe wiederholen zu müssen, die äußerste Gefahr zu beschreiben, die schon vor dreißig Jahren äußerst gewesen war und die sich doch noch jährlich steigern konnte, die Qual, neue und neue Unterschriftenlisten, Kundgebungen und Friedensdemonstrationen zu organisieren, von denen jede mit immer hektischerer Anstrengung zu immer mehr Rüstung beantwortet wurde, als ob dieser Qual solche absurden Gedanken entsprossen wären. Hermann ertappte sich selbst, daß er den Rednern, die in packenden Worten und mit eindrucksvollen Zahlen das grauenvolle Maß des Droharsenals und die Forderung nach Abrüstung formulierten, mit weniger Interesse zuhörte, er kannte, was sie sagten.

Wir haben die Erde von unseren Kindern nur geborgt, rief einer aus dem Saal, als ein Redner mal wieder die nicht recht faßliche Zahl nannte, wievielmal diese Erde zu zerstören die gelagerten Vorräte ausreichten. Diese Formulierung, wiewohl ihr dem Inhalt nach fast alle im Saal zustimmten, war den Worten nach als Parole einer Partei zu erkennen, die unter Gewerkschaftern wegen ihr nachgesagter Industriefeindlichkeit als antigewerkschaftlich galt; entsprechend erhob sich unwilliges Gemurmel.

Sie glauben es nicht, zischte Ma Nthatisi Eva zu, es war ein Fehler, die Wiedergeburt abzuschaffen. Wer daran glaubt, noch mal hier, genau hier zu leben, wird diese Erde nicht in eine verstrahlte Ruine verwandeln wollen.

Ein Trick von den Frauen damals, sich an der Macht zu halten, zischte Eva aus dem Paradies, wer wird es schon mit den Frauen verderben wollen, wenn nur die es sind, die einen zur rechten Zeit wieder gebären können.

Also heute nicht mehr durchsetzbar, sagten Ben und Eva, ungewollt gleichzeitig.

Ben sprach denn auch nicht über Wiedergeburt, als er dran war. Aber er sprach auch nicht über die atomare Bedrohung. Oder jedenfalls nicht so, wie Hermann es sich gewünscht hätte. Denn für Ben war die atomare Bedrohung eine Ablenkung, ein Vorwand, nicht sehen zu müssen, wie außerhalb des eigenen überschaubaren Kontinents dic Welt ganz unatomar nicht nur bedroht, sondern täglich zerbombt und zerschossen wurde. Für ihn war die atomare Bedrohung ein Popanz, den die Herren der Welt den Wohlmeinenden zum Protestieren freigegeben hatten, damit diese ihre Stimme nicht dagegen erhoben, daß die Herren ungestört und in aller Ruhe zwei Drittel der Welt für ihre Zwecke ausplündern konnten. Obwohl es im Saal schon sehr laut geworden war, obwohl Ben unmutige Zurufe hörte, ging er sogar so weit zu sagen, daß er gegen einen Atomschlag kleineren Ausmaßes, mit dem die Herren sich gegenseitig vernichteten oder jedenfalls reduzierten, nichts einzuwenden habe.

Nun brachen die Zuhörenden endgültig in Geschrei und Protest aus, mehrere sprangen auf, Gläser fielen dabei von den Tischen und erschrockene Kellner eilten herbei, laut rufend liefen Empörte quer durch den Saal, um denen, mit denen sie sich besonders einig im Zorn wußten, näher zu sein, Stühle scharrten auf dem Boden, polterten gegen Tische, Fäuste schlugen auf Tische, daß Gläser klirrten, Fäuste wurden mit drohenden Rufen gegen Ben gereckt. Die beiden Evas und seine Ahnin, nachdenklich an einem Tisch, und Hermann, reglos vor Erschrecken an einem anderen Tisch, waren die einzig Ruhigen im Saal. Leise und wie zu sich selbst sprach Ben weiter, versuchte gar nicht, das Geschrei zu übertönen. Für uns fand der Holocaust längst statt, ganze Völker wurden ermordet, deren Namen wir kaum mehr kennen, unsere Vorfahren wurden auf einen anderen Kontinent verschleppt, damit ihr Kaffee und auch Zucker dazu habt, für uns findet er statt, täglich, jede Stunde, was hätten wir zu befürchten, wenn ihr anfangt, euch gegenseitig umzubringen. Es kann nur von Vorteil sein. Bisher war es immer von Vorteil. Zwar habt ihr immer versucht, auch uns in euren mörderischen Auseinandersetzungen zu verheizen, aber es ist nie ganz gelungen, immer kam am Ende ein Stück mehr Unabhängigkeit für uns heraus. Er sprach mit Ernst, fast Schmerz im Gesicht. Plötzlich wurde es still im Saal, plötzlich verstummten die Schreier und verhielten die Droher, weil alle sich bemühten zu verstehen, was der Mann vorn mit so leiser Stimme noch an Ungeheuerlichem sagen würde. Aber da war er fertig und ging zu seinem Tisch zurück.

Frieden ist ein sehr unzureichender Begriff, sagte er, als er sich setzte.

Frieden ist ein sehr unzureichender Begriff, schrieb Franz von den Schlachtfeldern.

Franz. Eva erinnerte sich, wie sie beide vor dem Scheidungsrichter erschienen, um sich vor den Augen der Welt in zwei selbständige Wesen zurückzuverwandeln. Vor den Augen, die Franz als Hausmann zu einem eher kuriosen Anhängsel Evas gemacht hatten. Den Augen, die Eva als Hausfrau zu einem durchaus normalen Anhängsel von Franz machten. Die man nicht mehr fragen muß, wenn Franz schon geantwortet hat. Deren Namen man vergessen kann, »und Gattin« genügt. Deren Gesicht man vergessen kann, man erkennt sie an Franz, an dessen Seite sie geht.

Der Grund, zwei Wesen sein zu wollen, kam in des Scheidungsrichters Gesetzen und Verordnungen nicht vor. Auf Nachfrage ergab sich zudem, daß die beiden nicht nur nicht getrennt lebten, sondern auch für die Zukunft vorhatten, zusammenzuleben. Daß sie sich nichts vorzuwerfen hatten. Daß sie seelische Grausamkeit entschieden bestritten. Sogar jeden Ehebruch abstritten. Ihre gemeinsamen Kinder ins Feld führten. Schließlich sogar behaupteten, sich zu lieben.

Der Richter verurteilte beide zu Geldstrafen wegen Verächtlichmachung des Gerichts und erlegte ihnen die Gerichtskosten auf. Zu der Zeit arbeiteten in Evas Partei Experten an letzten Formulierungen eines Gesetzes, nach dem Eva wenigstens ihren Namen hätte zurückbekommen können. Als das Gesetz fertig war, als Franz gegangen war, dachte keiner von beiden daran, eine Scheidung zu verlangen, behielt Eva Franz' Namen.

Das Merkwürdige war, daß Eva hinter Franz verschwunden war, obwohl doch die Welt voller Verbündeter schien. Obwohl von den bärtigen Vätern, die ihre Kinder im Alter von Tom und Clara im Kinderladen ablieferten, keiner das Wort Gattin zu kennen schien. Obwohl von den schmalen langhaarigen Müttern, die im Kinderladen die Kinder betreuten, sich keine ohne weiteres einem zuständigen Vater zuordnen ließ. Obwohl all diese Verbündeten sich im Kinderladen gefunden hatten, um die Ordnung dieser Welt in oben und unten, in Herren und Untergebene zu stören. Obwohl sie ihre Friedensfahnen gleichzeitig im Kinderladen aufgepflanzt hatten und am anderen Ende der Welt, wo die Herren versuchten, einem kleinen rebellischen Volk die Ordnung der Welt mit Giftgas und Napalm in Erinnerung zu bringen. Obwohl all diese Verbündeten mit Eva in ihrer Partei ungeduldig an einem Gesetz arbeiteten, welches die Ordnung der Welt zumindest innerhalb der Familie aufheben sollte.

Das Gefühl, von Verbündeten umgeben zu sein, machte Eva und Franz leichtsinnig. Sie fällten Entscheidungen, die sie sonst sicher nicht so gefällt hätten. Franz, der an der Volkshochschule eine Vortragsreihe über Vereinbarkeit von Beruf und Familie für Väter und die väterliche Doppelbelastung hielt, gespeist aus Erfahrungen seiner Vor-Hausmann-Zeit, hatte dort alte Kollegen wiedergetroffen und den Kontakt benutzt, wieder in seinen Beruf zurückzukehren. Die Verbündeten bestärkten Eva und Franz in der Hoffnung, daß ein Paar auf gleichberechtigte und partnerschaftliche Weise Kinder würde großziehen können, ohne daß einer sich dafür in die Abhängigkeit des anderen würde begeben müssen. Die Erinnerung an die Erfolge ihrer ersten Ehejahre machte sie kühn. War es nicht gelungen, sogar ohne Zeitplan und festen Druck, lästige Tätigkeiten wie Putzen, Waschen, Einkaufen gemeinsam oder in gerechtem Wechsel zu erledigen? Es waren nur einige auf Kinder bezogene Tätigkeiten hinzuzuaddieren. Eva allerdings, die neben der Assistentinnen-Stelle an der Universität begonnen hatte, frei- und nebenberuflich Artikel für Zeitungen zu schreiben, fand sich nun zu vielen Tätigkeiten gegenüber und beschloß, im kommenden Semester ihre Stelle zu kündigen. In Artikeln die Zeitgeschichte selbst mitzuschreiben schien ihr wichtiger, als Vergangenes aufzuarbeiten. Sie hatte nicht das Gefühl, in eine Falle geraten zu sein. Sie hatte nicht einmal das Gefühl, etwas zu opfern.

Die Falle bestand darin, daß sie nun tagsüber an keine festen Termine gebunden war. Keiner drängte. War kein Artikel fertig, dann wurde keiner gedruckt und keiner bezahlt. Keiner drängte. Wer ging also eben mal einkaufen? Wer warf die Wäsche in die Maschine? Wer machte den Kinderladendienst, zusammen mit den schmalen langhaarigen anderen Müttern? Die bärtigen Väter kamen dann abends zu den Diskussionen, die Linie des Kinderladens festzulegen und seine Rolle im Kampf gegen die Ordnung der Welt.

Die Falle war, recht betrachtet, wohlbekannt; und es war nur durch die falsche Sicherheit im Kreise der Verbündeten zu erklären, daß Eva und Franz hineingeraten waren. Durch die Euphorie des Aufbruchs in eine unordentliche, ungeordnete, in eine außerordentliche Zukunft, in der jedenfalls diese Ordnung der Welt außer Kraft gesetzt werden würde. Evas Verbündete, Evas Partei hatte in der Hauptstadt die Macht erobert und war dabei, die Gesetze der Herren außer Kraft zu setzen; ein kleines, schlecht bewaffnetes Volk in Südostasien war dabei, die Herren zu besiegen, obwohl diese die mächtigste Militärmaschinerie der Welt aufgefahren hatten; per Gesetz wurde in Evas Land Frieden in der Familie erklärt, die Patriarchen wurden jedenfalls auf dem Papier entmachtet; der Kriegszustand an der Ostgrenze wurde beendet, den östlichen Nachbarn wurde der Verzicht auf Usurpation und Übergriffe zugesichert.

War denn damals schon abzusehen, wie schnell die bärtigen Väter aus Evas Partei in Vorständen, Kommissionen und Aufsichtsräten sitzen würden, versorgt und unterstützt von der Ehefrau zu Haus, die auch manchmal als Gattin bezeichnet wurde. Wie schnell sie mit den Herren wie mit ihresgleichen verkehren würden, ein Kulturabkommen mit den Besatzern in Bens Heimat, ein Militärpakt mit den Zerbombern des kleinen rebellischen Volkes in Südostasien, ein glanzvoller Empfang für Nasrins Tyrannen. Hätte Eva als Zeichen deuten müssen, daß die revolutionären Väter auf den Straßenbarrikaden, ihr Kind auf den Schultern, dieses Kind hastig an die mitdemonstrierende Mutter abgaben, sobald es mit vollen Hosen brüllte und gewindelt werden wollte?

Historikerin, Politikerin, sagte die Frau mit Namen Lily, hast du die Geschichte unserer Partei nicht studiert?

Frauen und Arbeiter haben gemein, Unterdrückte zu sein, zitierte Eva, aber die Frau hat gegenüber dem Arbeiter das eine voraus: Sie ist das erste menschliche Wesen, das in Knechtschaft kam; die Frau wurde Sklavin, ehe der Sklave existierte; 1879, Bebel.

Bei ihm war ich abends eingeladen, berichtete Lily, ich war gestandene Genossin damals, hatte mit der Partei gekämpft, hatte veröffentlicht, hatte mit meiner aristokratischen Familie gebrochen wegen der Partei. Nach dem Essen wurden wir Frauen von Augusts Frau Julie ins Wohnzimmer genötigt; die Herren rückten mit ihren Zigarren um den Eßtisch zusammen, und durch die Tür klang ihre laute Unterhaltung; bei uns sprach man von Fleischpreisen und Kochrezepten; drüben sprach August vermutlich bedeutende Worte wie: Die Frau wurde Sklavin, ehe die Sklaven existierten.

In hundert Jahren können Menschen viel lernen, sagte Eva. Und fragte sich, ob die Fluchtbewegung von August ins Eßzimmer zu den Zigarren, zu den Parteiämtern, in die Funktionen und Verpflichtungen der Fluchtbewegung ähnelte, die sie an Franz wahrnahm. Franz hatte, zugegeben, lange in der vordersten Linie ausgehalten. Er hatte gewußt, daß Frieden Tapferkeit und Standhaftigkeit erfordert. Nun war er auf der Flucht. War es ihm übelzunehmen? War er eine Ausnahme? Er schloß sich einfach der allgemeinen Fluchtbewegung an, war einfach in den Sog geraten, in den großen Treck, der quer durchs ganze Land zog, den Treck der Väter auf der Flucht, auf der Massenflucht in Karrieren, in Posten und Positionen, auf der Flucht vor stinkenden Windeln und kindischen Abzählreimen.

Franz und Eva wurden höflich miteinander. Sie lachten wenig und stritten keinen großen Streit mehr. Sie zankten über Nichtigkeiten. Sie zogen die Kinder in diese nichtigen Zänkereien hinein, dein Kind hat, dein Kind will, bring dein Kind zur Ruhe, sagten sie. Franz hatte den anderen Vätern auf der Flucht voraus, daß er es zugab. Sich zu Feigheit und Müdigkeit bekannte. Trotzdem lastete er den langsamen Tod ihrer Ehe mehr den Kindern als sich an.

Er begann, wie all die anderen, sich hinter Schreibtischen und Aktenbergen zu verbarrikadieren, Telefon und Diktiergerät schußbereit, in einer Festung, die kein Ritter auf dem Schaukelpferd und keine pfeilbewehrte Indianerin einnehmen konnte. Es war, recht betrachtet, die Flucht vor der Revolution.

Die Revolutionäre hielten sich damit auf, Mauern abzutragen. Wieviel Elan hatten sie darauf verwendet, die Bastille zu stürmen, diese überlebte, schlecht besetzte Festung, die schon seit Jahren auf der Abrißliste der Bauverwaltung stand, in der noch sieben Gefangene saßen, die große Menge der Tyrannenopfer schmachtete in Bicètre oder Châtelet. Noch während des Sturmes versuchten die Revolutionäre sich in einem Wettstreit mit dem Tyrannen an Grausamkeit. Trotz einiger auf Piken aufgespießter Köpfe, trotz der Ströme von Blut war dieser Wettstreit nicht an einem Tag zu gewinnen; der Tyrann und seine Familie hatten Jahrhunderte Vorsprung. Also ließen sie sich auf einen Wettstreit in symbolischen Gesten ein; sie begannen, die Bastille abzutragen, Stein für Stein zerlegten sie ein königliches Symbol in Teile, Steine in den Händen der Revolutionäre, Steine statt Brot.

Es gab immer noch kein Brot in Paris. An den Stadttoren hatten sie längst aufgehört, Einfuhrzölle aufs Getreide zu erheben, die Ernte war längst eingebracht, aber selbst wenn man Glück hatte und wenn man überhöhte Preise zahlte, gab es nichts als das harte schmutziggraue Mehl, das die Handmühlen der Militärschule lieferten. Nichts war zu sehen von den goldgelben, knusprigen Baguettestangen, die Eva in einer Pariser Bäckerei erwartet hätte, nichts von butterglänzenden Croissants, selbst der Geruch dieser kleinen dunklen, harten Brote hatte nichts von dem angenehmen warmen Brotduft, der sonst von solchen Läden ausging. Doch mußte auch der brenzlich-bittere Geruch dieser Bäkkerei etwas ungemein Anziehendes haben, denn sie war von einer riesigen Menschenmenge umlagert. Athene hielt Eva zurück, die sich an der Menschenmasse vorbei in den Laden schieben wollte.

Diese Woche ist eine erdrückt worden, die sich vordrängeln wollte, einfach zerquetscht worden von den Mauern der Wartenden, sagte sie.

Eva und Athene reihten sich ein in die lange Schlange der Frauen mit den Hauben und Schürzen, den langen Rökken, die fast bis in den Straßenkot reichten, und den Umschlagtüchern um Hals und Brust. Gerüchte gingen von Mund zu Mund: Im Schloß von Versailles horten sie Getreide, um zu spekulieren; gestern nacht gab es dort ein rauschendes Bankett, das Essen hat Haumes geliefert; nein Fauchon; sicher Haumes; für sage und schreibe sechsundzwanzig Livres pro Kopf; nicht zu fassen; sechsundzwanzig Livres ohne Weine; wißt ihr noch, vor zehn Jahren, wie sie alle Speicher und Bäckereien gestürmt haben und Brot und Korn verteilt; zwei sind gehenkt worden damals; in Versailles sind die Speicher voll; das ist ein Marsch von fast einem Tag.

Ihr wollt nicht waffenlos gehen, sagte Athene und schwenkte Schild und Speer. Worauf die Frauen ihr bedeuteten, das sei schon organisiert, sie würden sich aus dem Rathausmagazin eindecken, und wirklich trugen sie alle, als sie endlich loszogen, Lanzen und Piken aus dem geplünderten Magazin mit sich, manche hatten sich auch zu Hause eingedeckt mit Äxten, Küchenmessern, Schusterahlen, Schlachterbeilen. Mehrere Frauen zerrten und schoben sogar zwei Kanonen.

Sie sind auch ohne Waffen gegangen. In schwarze Tücher vermummt oder in leichten Sommerkleidern füllten sie gemeinsam die Straßen von Teheran, die ersten, ihren Widerstand offen zu zeigen gegen den alten Tyrannen wie gegen die neuen. Sie strömten auf die Plaza de Mayo, ihren Poncho um die Schulter, ihren schwarzen Hut auf dem Kopf, die Verhafteten und Verschwundenen zurückzufordern. Sie schritten zum Meer in ihren duftigen Seidensaris, die Salzgesetze zu brechen. Sie kamen aus allen Teilen des Landes, sie kamen Hunderte von Kilometern, stiegen aus jedem Zug und jedem Bus, kamen Tagemärsche zu Fuß, strömten in Pretoria zusammen zum Protest gegen die Passierscheingesetze, eine buntbewegte Menge, grüne Blusen, gold- und pastellfarbene indische Saris, leuchtendes Rot und Blau der afrikanischen ums Haupt gewundenen Tücher, weiße Gesichter, schwarze Gesichter, hier und da ein bunter Sonnenschirm.

Eva ermüdete als erste, schleppte sich nach einigen Stunden mürrisch und mit wehen Füßen voran, als die anderen noch energisch, Waffen schwingend, die langen Röcke mit Straßendreck bespritzt, vorwärts marschierten. Eva hatte Versailles mit einem Touristenbus besucht und konnte sich nicht erinnern, trotz zahlreicher Staus auf Straßen und Autobahnen, mehr als eine Stunde gebraucht zu haben. Wo der Bus damals geparkt hatte, vor dem hohen schwarzgoldenen Gitter mit der Goldkrone, standen heute kleine Trupps Soldaten, die unschlüssig warteten, schließlich eine Abordnung der Frauen durch das Gittertor ins Schloß ließen.

Das Schloß sah so aus, wie Eva es in Erinnerung hatte. Prächtig. Imponierend machtvoll. Erdrückend. Obwohl es heute eher die Frauen waren, die das Schloß erdrückten; man sah so recht keinen Anfang und kein Ende dieser Menschenmenge. Eva schätzte sie auf zehntausend, es konnten aber genausogut doppelt so viele sein. Auch innen sah es fast genauso aus wie bei der Besichtigung. Das sah sie am nächsten Morgen, nach einer Nacht im Freien, die sie an einem der vielen Feuer verbrachte, die vor dem Schloß entzündet wurden, an denen die Pferde der unschlüssigen Soldaten gebraten wurden, und Brot und Wein war auch plötzlich da, nach einem langen Abend, an dessen Beginn der König Brot versprochen hatte und an dessen Ende er, resigniert die Übermacht der Belagerinnen anerkennend, die Erklärung der Menschenrechte unterzeichnet hatte, ohne Vorbehalt und Zusatz.

Der Text taugt nichts, sagte Nasrin, die an einem der Feuer mit einer Gruppe wartete, daß ein gewaltiger Pferdeschenkel gar werden würde. Sie hatten ihn auf einen Speer gespießt, auf dem sie ihn über dem Feuer drehten, und Nasrin bedauerte, keins der duftenden Gewürze dabeizuhaben, die sie auf Kaninchen zu streuen pflegte.

Les hommes naissent et demeurent libres et égaux en droits, sagte eine, die von den Schloßwachen Brot organisiert hatte und verteilte, frei und gleich, was willst du mehr?

Wer ist frei und gleich, sagte eine schwarzhäutige Frau mit einem leuchtend rotblauen Tuch um den Kopf, die Franzosen oder auch ihre Sklaven? Die in Frankreich oder auch die in den Kolonien?

Wer ist frei und gleich, sagte Nasrin, les hommes, die Männer. Nun fielen gleich mehrere ein: Und die Frau wird als Sklavin geboren und bleibt dem Manne ungleich. Und die Sklaven, fügte die Schwarze hinzu, sind eben Sklaven.

Das steht nicht da, sagte die erste. Aber das hatte ja keine behauptet. Dann sagte sie zögernd: Der Text stammt von der Nationalversammlung.

Nur Männer, riefen mehrere Stimmen. Im Jakobinerclub sind auch nur Männer, setzte eine andere hinzu.

Auch Frauen, widersprach eine andere. Aber die dürfen dort nicht reden, kam gleich die Entgegnung.

Eine andere Frau erklärte Nasrin, an deren Akzent sie die Ausländerin erkannt hatte, daß in ihrer Sprache les hommes zwar einmal les hommes bedeuten könne, aber zweitens auch les hommes und les femmes zusammen. Bei dieser Sprachlogik erhob sich ums Feuer ein Kichern. Jedenfalls sind wir mitgemeint, faßte die Erklärerin zusammen.

Nasrin bezweifelte dies. Wollte von ihrer Heimat berichten und vom Krieg der ehemaligen Rebellen, die nun die Herren waren, gegen die rebellischen Locken. Bekam aber den Mund mit dem endlich gar gewordenen Pferdefleisch gestopft.

Auf einem Pferd, das den Bratspießen entgangen war, ritt mit wehendem Federbusch auf dem Hut und in feuerrotem Reitkleid eine zierliche Frau, einen Säbel in der Faust. Aber es gab nichts zu tun für Säbel oder Piken. Der Platz vor dem Schloß war voll mit Kauenden. Sie saßen und standen um die Feuer herum, die durchgeregneten Kleider waren getrocknet, der Abend war mild, und es war unglaublich, welchen Überfluß an Nahrungsmitteln es so nahe der Hungerstadt Paris gab. Es war klar, daß sie alle Vorräte mitnehmen würden, alle Speicher von Versailles leermachen. Mit vollem Mund sagte eine zu der aus Erfahrung skeptischen Nasrin: Notfalls nehmen wir den König auch mit, dann kann er alle Erklärungen unterzeichnen, die wir brauchen.

Eva und Athene waren näher an ein auffälliges Paar Männer herangetreten, auffällig nicht, weil sie Männer waren, denn es waren inzwischen viele zu der Frauenversammlung dazugestoßen, sondern weil sie nichts aßen, nichts tranken, an der allgemeinen Freude nicht teilzuhaben schienen. Einer guckte durch ein langes messingblitzendes Fernrohr, das er langsam von Gruppe zu Gruppe, von Kopf zu Kopf bewegte. Er trug Kniehosen und eine lange bestickte Jacke, unter dem Hut fielen weißgepuderte Locken auf seinen Spitzenkragen. Ein anderer, in roter, zipfeliger Mütze, Joppe und langen Hosen, machte Notizen. Das Volk, murmelte er dabei vor sich hin, ich werde schreiben: das Volk.

Wie wollen Sie dabei vermeiden zu erwähnen, daß es sich mehrheitlich um Frauen handelte, fragte zweifelnd der mit dem Hut.

Wie willst du es vermeiden, Bürger, fragte der mit der Mütze zurück.

Der mit dem Hut ließ sich die Irritation über die Anrede nicht anmerken; das Problem, das ihn mit dem Mützenträger verband, wog schwerer als Differenzen über Anreden; er sagte: Ich vermeide es gar nicht; meine Version bleibt auch gegenüber Augenzeugenberichten unanfechtbar. Und er setzte mit Blick auf Eva und Athene, die auf Sichtweite herangekommen waren, hinzu: Auch gegenüber Augenzeuginnen.

Der mit der Mütze hörte nur halb hin, versuchte sich in Formulierungen: Das Volk hatte durch seine Masse dem alten Regime einen Schlag versetzt. Durch seine Masse und sein tapferes Handeln. Die Männer des Volkes... Auch in der Revolution muß jede Volksbewegung von Männern des Volkes vorbereitet werden.

Eva, begeistert davon, die Fälscher auf frischer Tat zu ertappen, zeigte höhnisch in die Runde, auf Frauen mit Piken, Frauen mit Broten, Frauen, die Feuer machten, redende Frauen, tanzende Frauen, schlafende Frauen, eine Frau im roten Reitkleid zu Pferd und dazwischen einige wenige, aber immerhin vorhandene Frauen, die dasaßen und schrieben, Notizen machten, auch Zeichnungen. Zufrieden sagte sie: Diesmal werdet ihr es nicht so leicht haben.

Der Mann mit dem Hut zog eine Braue hoch und sagte belehrend zu dem Mann mit der Mütze, so als habe er Eva nicht gehört oder als halte er ihren Einwand für unerheblich: Meine Version ist unangreifbar. Warum nicht zugeben, daß die Mehrheit hier weiblichen Geschlechts ist? Ich werde sie Weiber nennen, nicht Frauen. Kreischen werde ich sie lassen, betrunken sein, kotbespritzt, man könnte auch andeuten, daß die Mehrzahl einem, sagen wir höflich, öffentlichen Beruf nachging, so eine Szene bringt es: eine Dirne, die sich als neue Jeanne d'Arc fühlt. Ich könnte einen Kupferstich in Auftrag geben: Die auf dem Pferd schlürft das Blut von Kindern, koloriert natürlich, damit das Blut gut herauskommt. Und was halten Sie von Megären? Mänaden?

Der mit der Mütze war deutlich unsicher geworden, wagte noch einen Einwand: Du beleidigst das Volk, Bürger.

Der angesprochene Bürger sagte versöhnlich: Ich werde auch die Königin beleidigen, wenn es Sie amüsiert. Die Königin könnte zum Beispiel den ausgehungerten, verdreckten Weibern, die nach Brot schreien, entgegenhalten: Wenn ihr kein Brot habt, so eßt doch Kuchen!

Der mit der Mütze lachte begeistert los: Diese Formulierung übernehme ich, Kollege, wenn ihr kein Brot habt, so eßt doch Kuchen, das ist perfekt. Lachend, prustend schlug er seinem Partner auf die Schulter, und bevor sie Arm in Arm davongingen, warf dieser noch einen spöttischen Blick auf Eva und sagte selbstzufrieden: Nun, Verehrteste? Die Megären und den Kuchen schaffen Sie nicht aus der Welt.

Eva versuchte, als sie am nächsten Morgen im Schlafzimmer der Königin waren, das Stichwort Kuchen fallenzulassen, aber die Königin reagierte nicht. Sie saß da, hinter einem goldenen Ziergeländer auf einem geschnitzten

Himmelbett mit prunkenden rosenbestickten und betreßten Vorhängen, umgeben von weißgoldenen Wandtäfelungen, goldgerahmten Spiegeln und rosabeigen Seidentapeten, fast so unbeweglich wie die Büste der Königin, die an der Stelle der Lebendigen in diesem Raum gestanden hatte an dem Tag, als Eva und die Besatzung des Touristenbusses Versailles von innen besichtigten. Die Gruppe damals war allerdings zurückhaltender gewesen, leiser, hatte den Erklärungen einer Führerin gelauscht und allenfalls geflüsterte Kommentare gegeben, während die Frauen, die am Folgetage des Marsches nach Versailles das Schloß stürmten, keine derartige Zurückhaltung an den Tag legten. Dabei hatten sie nicht mal Eintritt bezahlt. Siegestrunken taumelten sie von Saal zu Saal, über Marmortreppen, spiegelndes Parkett und weiche Teppiche, zwischen Brokatvorhängen, Seidentapeten und Samtbezügen, zwischen Porzellanfiguren, silbernen Greifen, die Kerzen trugen, Elfenbeinschatullen, bronzenen Büsten und Ölgemälden, zwischen Spiegeln und vergoldetem Schnitzwerk, unter kristallblitzenden Kandelabern und gemalten, geschnitzten, verstuckten Plafonds. Sie bestaunten all diese Wunderwerke unter erstaunten Ausrufen und übermütigem Kreischen, so als könnte man sie mit den Augen in Besitz nehmen, so als machte der Anblick einer Sèvres-Vase voll goldener und silberner Rosen für Monate satt, ersetzte Brot und Kuchen zugleich.

Wir halten uns auf, sagte Nasrin ärgerlich, es gibt Wichtigeres zu tun, als diesen Millionärsramsch zu beglotzen; was wir uns heute nicht holen, kriegen wir nie.

Keine Sorge, rief ein lachender Chor, Speicher und Vorratskammern sind schon geräumt, wir nehmen alles mit nach Paris.

Und der König packt schon, riefen andere, den nehmen wir auch mit, da haben wir ihn zur Hand, wenn wir seine Unterschrift brauchen.

Aber es kam heraus, als sie in Paris waren – der lange Zug der Revolution, Frauen mit Broten auf ihren Piken voran, die Kanonenwagen mit Getreidesäcken beladen, die königliche Familie im Triumphzug mitgeschleppt, die Nationalversammlung hinterher, die nun auch nach Paris umsiedelte –, daß die Brote schnell gegessen waren und daß die Nationalversammlung bessere Verwendung für den König hatte. Er unterschrieb, was diese wollte.

Diese wollte zum Beispiel nicht, wollte weder beschließen noch überhaupt darüber debattieren, daß auch Schwestern an der revolutionären Freiheit, Gleichheit und Brüderlichkeit teilhaben sollten, wie es einige Frauen in einer Petition an die Nationalversammlung forderten. Die Herren auf den Bänken wirkten mehr gestört als überrascht, als die Frauengruppe in den Saal drang, alle mit roten Mützen, manche auch mit roten Röcken oder Hosen. Oben auf den Tribünen, wo sich unter den Zuhörern viele Frauen drängelten, hörte man Jubelrufe, unten im Saal blieben die Herren in den Bänken stumm, auch diejenigen, die selber rote Mützen trugen. Als endlich einer sprach, einer mit roter Mütze, sprach er davon, daß diese Bekleidung Frauen nicht zukomme. Eva, die eingekeilt oben auf der Tribüne stand, erlaubte ihrem Nachbarn, der sich als Kollege vom Straßburger Kurier vorstellte, ihre Schulter als Schreibunterlage zu benutzen. Nach links unten schielend, registrierte sie, daß er wörtlich mitschrieb, was jener der Gleichheit und Brüderlichkeit verpflichtete Redner sagte: »Verachtung verdienen diese weiblichen Mißgeburten, welche die Volks-Gesellschaften durch das unanständige Schauspiel einer Tracht, die ihrem Geschlechte nicht geziemet, stören.«

Bißchen voller Mund, wegen der paar Mützen, sagte Eva, und ihr Kollege vom Straßburger Kurier hielt erschrocken seine rote Mütze fest, als müßte er sie vor Evas Zugriff bewahren. Wandte sich ein bißchen weg von ihr, als sie ihm nun gar zumutete, er möge nach unten in den Saal gehen und von den Frauen den Inhalt ihrer Petition erfragen, denn inzwischen war klar, daß diese nicht zu Wort kommen würde. Er notierte sich lieber, wenn auch nun auf die Schulter seines Nachbarn zur Linken gestützt, was der Mann unten im Saal noch zu sagen hatte, und es war ihm wohl selbst aus dem Herzen gesprochen, denn er schrieb wortwörtlich mit: »Wenn ich hierher komme, so lasse ich meine Gattin zu

Hause, die sich beschäftiget, meine Strümpfe und Hemden auszubessern; und wann ich wieder nach Hause komme, so sage ich: Du hast so viel Hemden ausgebessert, und ich, ich habe so viel Requisitoria verfertiget.«

Die Versammlung, die die beschriebene Pflichtenteilung offenbar wie der Redner für den natürlichen Ablauf der Welt hielt, beschloß Nichtbefassung.

Das war nicht das erste Mal, sagte die Frau zornig, die mit Papierrollen, Eimer und Pinsel in einem der Cafés am Palais Royal saß. Draußen am Café hing, noch feucht vom Kleister, eins ihrer Plakate mit dem fettgedruckten und weithin lesbaren Titel »Les Droits de la Femme«. Auch einige der Frauen mit den roten Mützen saßen im Café oder standen draußen im Garten, waren aus der Nationalversammlung hier herübergekommen, vorbei an den Tuilerien, wo der König nun lebte, den sie mit so viel Mühe aus Versailles herbeigeschleppt hatten und der immer noch nichts für sie unterschrieben hatte.

Das Schloß stand auf verwirrende Weise quer im Tuileriengarten, dort, wo nach Evas Erinnerung nichts hingehörte, im rechten Winkel angebaut an einen der beiden langgestreckten Louvre-Flügel, und zwar den flußseitigen, der die Kasse und die Mona Lisa enthielt. Da, wo der andere Flügel hätte sein sollen, der mit dem Finanzministerium, standen kleine und mittlere Häuser, und Häuser füllten auch den Innenhof. Jenseits der Häuser, auf der flußabgewandten Seite, öffnete sich das Palais Royal mit seinem großen Garten, den Eva noch nie so laut erlebt hatte, trotz all dem Krach, den man sonst hier hörte, Automotoren und Hupen, Radios, Mofas, Zementmischmaschinen, Telefonklingeln, Schreibmaschinenklappern. Heute waren es nur Menschen, die Lärm machten, und sie waren so zahlreich, als hätten sie sich versammelt, weil hier gleich ein bedeutendes Ereignis stattfinden sollte. Eva brauchte eine Weile, um zu merken, daß das Ereignis die Leute selbst waren, hier gab es die neuesten Nachrichten, den frischesten Klatsch, hier wurden Komplotte geschmiedet und Aktionen geplant, hier traf man die wichtigen Leute, hier wurde die Politik gekocht, die in der Nationalversammlung verabschiedet wurde oder auch ohne Debatte abgelehnt. Hier jedenfalls hatten auch Frauen das Wort.

Eine dichte Traube umstand jetzt das Plakat, debattierte laut seinen Inhalt. Die Frau wird frei geboren und bleibt dem Manne gleich in allen Rechten – schon zu diesem ersten Satz gab es Bemerkungen.

Du bist zu bescheiden, Olympe, rief eine von draußen ins Café der Frau mit Papierrolle und Kleistereimer zu: Es müßte heißen, gleich in allen Rechten und gleich in allen Vergnügungen.

Sie werden uns für unmoralisch halten, wenn wir das fordern, sagte eine.

So, rief die erste, und Männervergnügungen sind moralisch?

Das haben Frauen noch nie gefordert, sagte eine andere, das wäre ja...

Das wäre die Revolution, rief Olympe nach draußen.

Das werden Frauen auch so schnell nicht wieder fordern, sagte Eva und wünschte sich, diesen Geschichtsaugenblick anhalten zu können. Sie fragte Olympe: Welche Chancen siehst du?

Einiges ist durch, sagte Olympe, gleiches Erbrecht für Söhne und Töchter, Frauen mit einundzwanzig mündig wie Männer, bessere Schulen, das sind brauchbare Sachen. Das Scheidungsrecht kommt auch durch. Politische Frauenclubs entstehen, Frauenzeitungen...

Während sie das sagte, hörte man draußen vor dem Plakat eine Stimme rufen: Den Feudalismus habt ihr abgeschafft, aber zu Hause, da laßt ihr zu, daß dreizehn Millionen Sklavinnen die Ketten von dreizehn Millionen Feudalherren tragen!

Die verlegen gebrummte Antwort des offenbar angesprochenen Mannes war bis ins Café nicht zu verstehen, wurde jetzt auch von der lauten Stimme Olympes übertönt, die durchs Café rief, allerdings keine politische Losung, sondern schlicht nach Zucker. Kaffee ohne Zucker, wo gibt's das, rief sie dem Kellner zu.

Der zuckte die Schultern: Das gibt's überall in Paris, seit die Sklaven rebellieren.

Die Sklaven, fragte Eva.

In San Domingo, erklärte der Kellner; die bilden sich ein, Freiheit, Gleichheit und Brüderlichkeit gälte auch für Schwarze.

Natürlich gilt es für sie, für sie zuerst, sagte Olympe. Ich habe, erklärte sie Eva, ein Theaterstück über die Sklavenfrage geschrieben, die Comédie hat es aufgeführt, aber der da scheint es nicht gesehen zu haben. Dabei warf sie einen zornigen Blick auf den Kellner und stürzte den bitteren Kaffee hinunter.

Faules Pack, murmelte der Kellner, wollen nicht mehr arbeiten, seit sie von der Revolution gehört haben.

Die Revolution hat noch nicht stattgefunden, sagte die schwarze Frau, die draußen vor dem Café stand und Eva bekannt vorkam: ein Umsturz zugunsten einer kleinen Minderheit, die sich ihre Rechte sichern will gegenüber denen, die ein anderes Geschlecht haben oder eine andere Hautfarbe, ein Staatsstreich, aber keine Revolution. Es war Muthoni die Heldin, die nach der Unabhängigkeit in ihrem Land zu kurz Ministerin gewesen war.

Die Revolution hat stattgefunden, rief Athene schon von weitem, die sich durch die debattierende und flanierende Menschenmenge im Palais Royal einen Weg bahnte. Sie kam von einem Fest, zu dem sie als Ehrengast eingeladen gewesen war, und beschrieb genußvoll den Ort des Festes: eines der prachtvolleren Häuser der Stadt mit einem weitläufigen, kreuzförmig angeordneten Säulensaal, dessen unten eher stämmige Säulen sich weit in die Höhe verlieren, eine Art himmlisches Gewölbe bilden, nur schwach erleuchtet von blaubuntem Licht, das durch Fenster mit farbigen Glasscheiben bricht, hohe schmale an den Seiten, rosettenhafte runde über den Portalen der Tempel der Vernunft.

Noch eine Kirche, noch ein Gott, sagte eine Frau mit einem Korb voller Hühner.

Sie haben die Herrgötter abgesetzt, antwortete Athene, ihr Personal entlassen, alle die Inquisitoren und Missionare, die Hierarchie der Schöpfung ist außer Kraft, die Revolution hat stattgefunden. In der prächtigen Säulenhalle haben sie die Vernunft zur Göttin erhoben. Mich.

Eva hatte Athene noch nie so begeistert gesehen, Zeus' Blitzstrahl leuchtete aus ihren Augen, ihre Wangen brannten rot wie die jakobinische Zipfelmütze, mit der sie ihren Lederhelm vertauscht hatte, anstelle des Speers trug sie eine Pike, die Schlangen, die sich um ihren Hals wanden, waren ihrerseits mit Girlanden umwunden. In allen Einzelheiten wollte sie von der Zeremonie berichten, von den Reihen weißgekleideter Mädchen, die Girlanden aus Eichenlaub trugen, von den Musikanten, von der Menschenmenge, von dem mit Grün geschmückten Ehrenthron inmitten der Säulenhalle, auf dem sie selbst saß und die Huldigung der Gäste entgegennahm, ihre Lobgesänge hörte, von der langen Tafel, die dann aufgeschlagen wurde, schwer von Fleisch, Fisch, Brot und Wein, von der Orgel, die plötzlich ertönte, von den Tänzen zum Orgelklang, vom Gelage.

Die vieltausendjährige Weisheit spielt die jugendliche Vernunft, sagte Eva zweifelnd; hat die Vernunft uns den Ackerbau und das Schreinerhandwerk, das Weben und die Staatskunst gelehrt oder die Weisheit?

Selbst die Vernunft werden sie wieder absetzen, sagte die Frau mit den Hühnern.

Gewiß, sagte Nasrin, die Herren werden ihrem Herrgott nicht untreu, und wenn sie ihn Höchstes Wesen nennen, Hauptsache man redet ihn mit Er an.

Es gibt keine Herren mehr, sagte zornig eine Frau mit einer roten Mütze.

Und wer hat uns heute in der Nationalversammlung nicht reden lassen, rief eine andere rotbemützte, waren das Bürger oder waren das Herren?

Die Frau wird frei geboren und bleibt dem Manne gleich in allen Rechten, sagte Olympe de Gouges.

Solche wie dich werden sie hinrichten, sagte die Frau mit den Hühnern, sonst kriegen sie uns nicht klein.

Jetzt mischte sich die Frau mit dem roten Reitkleid und dem Federbusch ein, die Eva in der Nacht von Versailles gesehen hatte; sie war heute ohne Pferd, aber durchaus mit Säbel. Wir müssen uns bewaffnen, sagte sie, natürlich werden sie versuchen, uns kleinzukriegen, wir müssen ihnen zeigen, daß wir nicht weniger tapfer sind als sie.

So war es, so ist es, sagte Muthoni. Wir nehmen die Waffen mit ihnen zusammen, denn der Feind von außen eint uns. Wir Sklaven von San Domingo kämpfen Seit an Seit mit den Herren gegen die Engländer, wir Frauen der Revolution kämpfen Seit an Seit mit unseren Männern gegen die Royalisten. Nur Seit an Seit siegen werden wir nicht. Wenn wir die Waffen nicht behalten, auch nach den Siegerehrungen und Hymnen, dann sind wir Sklaven wie zuvor.

Schlimmer als zuvor, sagte Nasrin, denn nun haben sie Angst; sie wissen, wie stark wir sind.

Darüber reden wir später, sagte die Frau im roten Reitkleid, gegenwärtig sind Freiheit und Revolution in Gefahr, bedroht von den Tyrannen aus England, Preußen und Österreich. Bewaffnen wir uns und kämpfen.

Eva war abgelenkt; sie versuchte, einem Gespräch zweier Männer in ihrer Nähe zu folgen.

Wahnvorstellung mit Neigung zur Systematisierung, sagte der eine, paranoia reformatoria.

Wobei wir den Fall Olympe de Gouges nicht isoliert sehen dürfen, zahlreiche Frauen, die jetzt aktiv werden, dürften geistig verwirrt sein, sagte der zweite.

Revolutionäre Hysterie, sagte der erste.

Sie wird hingerichtet werden, vergewisserte sich der zweite.

Gewiß, aber das Krankheitsbild verdient, festgehalten zu werden. Man könnte sie sonst zur Märtyrerin machen. Interessant ist sicher, daß Zeiten politischer Unruhe oft geeignet sind, Prädisponierte aus ihrem Latenzzustand herauszureißen. Das würde eine Dissertation lohnen, Herr Kollege.

Redet nur, sagte Olympe, sagte Eva, wir haben schreiben gelernt, der Kampf gilt, Feder gegen Feder.

Es mußte am ausgehenden Sommer liegen, an der Furcht vor den nun kommenden dunklen und kalten Tagen, daß in Evas Umgebung die Menschen sich zu Paaren fanden. Clara besuchte sie häufig in der Redaktion, oder vielmehr, sie tat gar nicht mehr so, als ob der Besuch bei Jochen, wie ihn nun auch Eva nannte, ihrer Mutter gelte. Ulla hielt auf eine für sie ungewöhnliche Weise an Freese fest. Selten hatte sie es mit einem ihrer Liebhaber so lange ausgehalten. Das konnte nicht nur an den Artikeln liegen, die der Chefredakteur nach ihrem ersten Erfolg jetzt häufiger bestellte und zu denen Freese ohne Wissen des Chefredakteurs geistvolle Formulierungen oder ungewöhnliche Gedanken beitrug. Sie hatte das blaue Kleid mit weißem Krägelchen schnell abgelegt, trug in Konferenzen jetzt elegante Kostüme nach der Art junger, aufstrebender Geschäftsfrauen, allenfalls ein straßblitzender, langbaumelnder Ohrring erinnerte an die Odaliskenzeit.

An der Kleidung hatte Eva auch zuerst gemerkt, daß Nasrin dabei war, sich der herbstlichen Paarung anzuschließen. Statt der verwaschenen Bluejeans trug sie hin und wieder einen Rock, statt des weiten wuscheligen Pullovers, der lose auf ihren schmalen Schultern hing, gut gebügelte Blusen. Das Bügeleisen, das Eva schon als ausrangiert betrachtet und irgendwo im Keller weggestellt hatte, wurde von Clara und Nasrin im Wechsel benutzt.

Nasrins neue Aufmachung hatte Eva zunächst darauf zurückgeführt, daß diese auf Arbeitssuche war. Der Betriebsarzt war wieder gesund, bereit, auch anderen wieder auf den Weg der Gesundung zu verhelfen, und würde in kurzer Zeit zurück sein. Das Ende der Aushilfstätigkeit war abzusehen. Die gebügelten Blusen aber waren schon vorher aufgetaucht. Und hatten mit einem anderen Arzt zu tun, einem Gynäkologen, Iraner, seit fast zwanzig Jahren in Deutschland lebend, eingebürgert, aber trotzdem voll gelegentlichen Heimwehs. Er hatte Nasrin auf dem Behandlungsstuhl getroffen, sein routinierter Blick in Nasrins Geschlechtsorgane war einem halbsehnsüchtigen Lächeln gewichen, als die Sprechstundenhilfe den iranischen Namen von der Kartei vorlas, und statt einer Verschreibung oder eines ärztlichen Rates hatte er eine Einladung zum Abendessen ausgesprochen. Da schon am Nachmittag unter dem blütenweißen Behandlungskittel taubenblaue Mohairhosenbeine hervorragten, hatte Nasrin für den Abend die gebügelte Bluse für passend befunden; der Rock war von Clara geliehen.

Ein Landsmann, ein Kollege. Sie konnte mit ihm nicht nur reden über Teheran, das laute, lärmende, dessen Marktgeschrei, Radiodröhnen und Autolärm, das er kannte, sich in gebrüllte Sprechchöre und Gebetsrufe von den Türmen verwandelt hatten, über Ausflüge nach Isfahan, das prächtige geschichtsreiche, mildgrün auch im heißen Sommer, das hinter der weiten öden Steppe liegt, angekündigt von den oasigen grünen Feldern, den blühenden Orangenbäumen und den hochragenden lehmfarbenen Taubentürmen. Sie konnte mit ihm auch Berufliches austauschen, hielt er Krebstests für ungefährlich, was verschrieb er statt dieser schweren Migränemittel, die einen Anfall zwar kupieren, dafür aber den nächsten beschleunigen können, wie hielt er es mit Abtreibungen, ausschaben, nicht absaugen?

Und erst, nachdem sie in vielen Fragen Übereinkunft festgestellt hatten, wagte sie zu fragen: Und wie hielt er es mit den Männern Gottes, die die Frauen ihres Landes wahlweise in schwarze Tücher oder ins Gefängnis steckten? Dr. Hermoz Ihawabi hatte das Land verlassen, als die Probleme eher umgekehrt waren, als der Tyrann und seine kopftuchlose Frau auch der letzten Bäuerin im entferntesten Dorf per Dekret das schwarze Tuch, unter dem sie sich sicher gefühlt hatte, vom Leib rissen. Als die Männer Gottes gemeinsam mit den Frauen gegen diese Dekrete, gegen die amerikanischen Militärstützpunkte, gegen die ausländischen Konzerne, gegen die Raffsucht des Herrscherpaares und gegen ihre Folterpolizei auf die Straße gingen, möglicherweise auch gegen Hermoz' Vater, der dank einer hohen Position bei einer ausländischen Ölfirma eher auf seiten des Tyrannen war. Hermoz wurde zum Studium ins Ausland geschickt und blieb, weil er sich nicht für eine Seite entscheiden wollte.

Er führte fragend die Frauen an, die in seine Sprechstunde kamen, ein buntes Tuch um den Kopf, die oft wieder gingen, wenn sie hörten, daß die Praxis nur einen Arzt und keine Ärztin hatte, und die, wenn sie blieben, sich zwar zögernd und widerwillig den Unterkörper freimachten, nicht aber den Kopf. Aber jetzt war ihm in seinem eigenen Satz etwas aufgefallen, er hörte Nasrins Antwort nicht, sein Blick wurde nachdenklich, die Hand mit der Gabel verhielt zwischen Teller und Mund, vom Hühnerstück tropfte Soße. Keine Ärztin in der Praxis, murmelte er, und dann war der Gedanke zu Ende gedacht, die Augen fixierten Nasrin, und kauend und zufrieden sagte er: Keine Ärztin in der Praxis – wie wär's, Kollegin? Sie hatte zunächst gezögert, aber seit die Rückkehr des Betriebsarztes in Sicht war, bügelte sie schon auf Vorrat Blusen und Röcke, damit auch unter ihrem Arztkittel etwas so Elegantes wie taubenblauer Mohair hervorragen würde.

Sogar Tom schien sich dem Paarungsdrang anschließen zu wollen, es erschienen neuerdings weibliche Wesen im Haus, die Tom sehen wollten, wenn auch immer in Gruppen; wenn einmal eine einzeln kam, kamen gewiß weitere hinterher. Eva hielt sie zunächst für Mitglieder aus Toms Fanclub, wegen des Leders, in das sie gekleidet waren, weiche schwarze Nappablousons, manche mit Schlangenhäuten benäht. Sie kamen auf schnellen Motorrädern herbeigefegt, hatten die Helme noch auf, wenn sie ins Haus stürmten, und auch Tom fuhr plötzlich eine schwere und unsäglich teuer aussehende Maschine, trug einen Motorradhelm auf dem kahlen Schädel. Erstaunten Fragen Evas nach der Herkunft des teuren Fahrzeugs wich er aus, auf Fragen nach seinen kühnen und offenbar reichen Freundinnen erntete Eva nichts als Grinsen und Sätze wie: Ich dachte, du kennst die.

In der Tat benahmen sie sich Eva gegenüber wie alte Bekannte, schlugen ihr auf die Schulter oder drückten ihre Hände mit der Kraft gut trainierter Sportlerinnen, eine kam und ging nie, ohne warm und feucht Evas Gesicht zu küssen, und eine andere versäumte nie, sich nach dem Wohlbefinden von Athene zu erkundigen. Eva genoß die Zuneigung dieser merkwürdigen Wesen, als käme sie von Tom selbst. Dabei war Tom selbst so wenig gesprächig wie zuvor, auch gegenüber Clara, deren Jochen im Jungmanagerstil er offenbar mißbilligte.

Jochen folgte dem Zug der Zeit. Dem Zug der Zeit entsprach auch, daß er sich mit der Affäre beschäftigte, mit der sich zur Zeit fast jeder beschäftigte: der Frage, welche Geldscheinbündel aus welchen Firmen in welche Politikerhände gereicht worden waren und von dort weiter in welche Parteikassen oder auch welche privaten Brieftaschen. Dabei hielt er sich nicht nur damit auf, die schon publik gewordenen Großtransaktionen, über die in Untersuchungsausschüssen, vor Gerichten und im Bundestag verhandelt wurde, noch mal zu beschreiben und zu kommentieren; er hatte direkt vor der Haustür seinen eigenen kleinen Skandal gefunden, keine Millionen, nur mehrere Zehntausend, auch nicht kinoreif in Briefumschläge verpackt und in Jackettaschen geschoben, nur von einem Bankkonto auf ein anderes überwiesen, aber eben vom Bankkonto eines hiesigen größeren Betriebes auf das des hiesigen Abgeordneten der als links geltenden Partei. Daß Eva die Geschichte nicht an sich gerissen hatte, als ein anonymer Tip aus der Steuerfahndung kam, hing möglicherweise damit zusammen, daß es sich bei der Partei um Evas Partei handelte, möglicherweise damit, daß es sich bei dem Betrieb um den Fruchthof und bei dem Überweiser um einen Direktor Münch handelte, Ehemann der Sopranistin und Mendelssohn-Liebhaberin Münch. Es hing auch damit zusammen, daß sich Jochen mit für ihn ungewohntem Interesse auf die heiße Fährte gemacht hatte.

Eva erklärte sich dieses Interesse mit Clara, die bei ihren Besuchen im Büro oder bei seinen Besuchen zu Haus über kaum etwas anderes als über seine Enthüllung sprach, seinen Mut, sich für die gerechte Sache einzusetzen, um so mutiger, als die gerechte Sache nicht im fernen Persien oder Afrika lag, sondern nebenan, im wortwörtlichen Sinne im Nachbarhaus, und es also des hier und jetzt zu zeigenden Mutes bedurfte. Clara blickte ihre Mutter erwartungsvoll an, wenn sie solche Sätze zu Jochen sprach. Fragte sie mit demselben erwartungsvollen Blick, ob Jochen nicht zu Frau Münchs nächstem Hauskonzert mitkommen könne, und Jochen fügte noch hinzu, am Telefon sei Herr Münch sehr verschlossen. Eva war froh, daß zur Zeit kein Hauskonzert anstand. Das Haus Münch war nicht in Muße für Konzerte, war aufgescheucht von Steuerfahndung, Presse und sogar Polizei, diese allerdings gewünscht und gerufen wegen eines Einbruchs, bei dem aus der Münchschen Schmuckschatulle Kostbares verschwunden war. Clara zuckte die Schultern, als habe sie von Eva ohnehin nicht mehr erwartet, ergriff Jochens Arm und verschwand.

Der einzige, dem zur Zeit kein neues Paarungsglück beschieden war, war Hermann. Ersatzweise betrieb er, entsprechend energisch, Nachforschungen für Eva, wechselte Briefe mit ausländischen Filialen, fragte bei befreundeten Betriebsräten an. Aus Stolz, vielleicht eher aus Zärtlichkeit wollte er Ulla nicht merken lassen, wie sehr er sie vermißte, wenn sie abends mit Freese in der Theaterpremiere war, wenn sie am Wochenende mit Freese auf Dienstreise zum Filmfestival oder zum Pen-Kongreß fuhr, Freese und die große Welt.

Hermann zog größere Kreise, hatte Kontakte mit Spanien, Uruguay und Argentinien, verfolgte das Birexco-Verteilernetz, ließ sich als Stadtrat von fremden Zoll- und Regierungsstellen und als Betriebsrat von fremden Firmen Auskunft geben. Es war leichter, als er gedacht hatte. Birexco hielt weniger Geheimhaltung für notwendig, als er vermutet hätte. Weder die Lastwagen noch die Militärfachleute waren wirklich geheim, Unterlagen darüber waren zugänglich. Geheim war auch nicht der Verkauf diverser Panzer, Raketen oder einer ganzen Munitionsfabrik hier und deren Eintreffen auf diesem oder jenem Schlachtfeld dort. Hermann tauschte Briefe mit Franz, Hermann sah die fragwürdigen Waren hier abfahren, Franz sah sie dort ankommen. Geheim war davon nichts. Geheim waren nur die Umwege, die solche Waren zu nehmen hatten im Bogen um die bekannten Bestimmungen über Waffen und Spannungsgebiete herum.

Um diese Bestimmungen herum führte zum Beispiel der Schiffsweg über Argentinien, auch schon der Landweg über Spanien. An entsprechende Unterlagen kam man nur durch Zufall, etwa wenn ein mit Verladen befaßter Birexco-Arbeiter neben den offiziellen auch die inoffiziellen Begleitpapiere zu sehen bekam und seinem Vermutungen äußernden Betriebsrat, erstaunt über dessen Eingeweihtsein, die Vermutung bestätigte; oder wenn ein mit Ausladen befaßter südafrikanischer Hafenarbeiter noch die deutschen Begleitpapiere bei der aus Argentinien eingetroffenen Ware fand und diese gegen geringes Bestechungsgeld einem neugierigen Ausländer aushändigte.

Hermann wußte nicht, ob er euphorisch oder niedergeschlagen über seine Entdeckungen sein sollte. Die Euphorie schien angemessen für einen Detektiv, bei dem sich Beweise und Indizien häufen; aber wenn er bedachte, daß die Beweise seine Firma belasteten und die Indizien seine Firma ins Zwielicht rückten, wenn er die Folgen bedachte, die seine Detektivarbeit haben könnte, wenn er Anklagen und Pressekampagnen und Urteile und Produktionsstopp und Entlassungen bedachte, war seine Euphorie schnell verbraucht. Evas Enthusiasmus über jeden seiner Funde zerstreute aber jedesmal wieder seine Niedergeschlagenheit. Eva wartete gierig auf jedes neue Detail, jede Andeutung einer Spur, jede Zeile eines Briefes, jedes abgerissene Eckchen eines Warenbegleitpapiers. Eva sortierte und fügte zusammen, machte aus Details Zusammenhänge und aus Spuren Beweise, setzte Zeilen zu Briefen zusammen und schloß aus abgerissenen Eckchen aufs Ganze.

Evas Begeisterung hätte Hermann vielleicht weniger mitgerissen, wenn ihm klar gewesen wäre, was Eva selbst allmählich klarwurde, daß nämlich der Grund ihrer Begeisterung nicht nur der Kampf gegen das Unrecht war, sondern der Kampf für eine bestimmte vom Unrecht getroffene Person. Hermanns Funde waren ihr angenehm nicht nur wegen der Wahrheitssuche, sondern weil sie ihr neue Gründe gaben, mit Ben diese Funde zu besprechen. Sprachen sie dann von gemeinsamen Aktionen, hörte sie Gemeinsamkeit. Sprachen sie von zukünftigen Nachforschungen, hörte sie Zukunft. Sprachen sie von internationalen Übereinkünften gegen Waffenschiebung, hörte sie Übereinkunft. Eva hatte sich der herbstlichen Paarung angeschlossen.

Greisenliebe, sagte Tom dazu, womit er meinte, daß Ben ein ganzes Leben jünger war als Eva, jedenfalls wenn man mit Toms Maß an gelebten Jahren maß.

Aber nicht in deinem ausgebeulten Pullover, sagte Clara und bot an, Eva ihren schwarzseidenen engen Rock und die weitfallende rote Jacke zu leihen, um Evas Aussehen ihrem Zustand anzugleichen.

Nur Ben sagte nichts. Er hörte Aktion, wenn sie von gemeinsamen Aktionen sprachen. Er hörte Nachforschungen, wenn sie von zukünftigen Nachforschungen sprachen. Er hörte Waffenschiebung, wenn sie von internationalen Übereinkünften gegen Waffenschiebung sprachen. Er schien als letzter im Haus zu merken, daß Eva zu ihren Jeans und ausgebeulten Pullovern neuerdings eine rotglänzende Satinjacke trug. Allenfalls hielt er sie für überarbeitet, weil sie manchmal so zerstreut in ihren Dokumenten und Beweisen blätterte, nicht wahrnahm, was er sagte, weil sie manchmal abends nach einem langen Gespräch stumm und abwesend in seinem Zimmer sitzenblieb, zu übermüdet, sich zu erheben und schlafen zu gehen, weil sie manchmal mit einem so leeren Blick in sein Gesicht starrte, als sähe sie weder seine lustigen Augen noch seinen plaudernden Mund. Er hielt das für Überlastung; er stapelte Tüten auf ihrem Küchentisch, er hatte eingekauft, er wollte kochen.

Du tust nichts, sagte er und hielt Evas Hände fest, die schon Messer und Schüssel ergriffen hatten. Und sah in Evas Gesicht wieder diesen leeren, abwesenden Blick einziehn, der irgendwo ins Weite starrte, nur nicht auf dieses verlockende Quartett von Händen, die sich über- und ineinandergeschoben hatten wie eigenständige Wesen, ein dunkles Wesen hatte sich bereits in größter Selbstverständlichkeit auf und neben einem hellen ausgebreitet, zwei andere verhielten noch voreinander, mußten das Messer vermeiden, das gefährlich zwischen ihnen klemmte. Während zwei helle Finger vorsichtig versuchten, das Messer außer Reichweite zu schieben, hatten sich zehn dunkle schon abgewandt, suchten in Tüten, holten allerlei Gemüse hervor, Kräuter, aus einem großen Paket mehrere Tauben. Behutsamweich fuhren die rosigen Kuppen der dunklen Finger über die gelbbeige Haut, unter der man lila die Blutgefäße hervorschimmern sah, rupften an einem Federchen, zupften an einem Kiel, entfernten alles, was die nackte Glätte dieser Haut stören könnte. Taubenhaut. *Aphrodite, schirr deine Tauben an.*

Die Hände waren gerade so groß, daß eine Taube sich hineinschmiegen konnte, gehalten von einer Hand, betastet von der anderen, nun tasteten zwei Finger ins Innere des Vogels, zogen hervor, was schon die Marktfrauen ans Tageslicht gerissen, in Fettpapier verpackt und wieder in die Höhlung geschoben hatten, Magen, Leber, Herz.

Unsterbliche Aphrodite auf buntem Thron, listenspinnende, zwing nicht mein Herz mit Gram und Qual darnieder, schirr deine Tauben an.

Nun wurden die Tauben von den Händen unters fließende Wasser gehalten, Regenbogentropfen perlten über die glatte fettige Haut, zehn Finger rieben und strichen. Als List fielen Eva Messer und Schüssel ein, sie zog erneut die Gerätschaften zu sich, auch das bereitliegende Kräuterbündel. Wirklich waren gleich wieder zwei Hände über ihren, nasse, taubenfette Hände, und eine Stimme sagte: Heute tust du nichts. Sie ließ sich die Kräuter wegnehmen, ließ die Hände sich von ihren entfernen, zurück blieben einige Tropfen, Vergrößerungsglastropfen, unter denen in ungewohnter Deutlichkeit die Poren ihrer Haut zu sehen waren, keine zarte Täubchenhaut. Die dunklen Hände hatten die Kräuter beiseite geräumt, die Tauben danebengestapelt, schütteten weißen blanken Reis in einen Topf, kein Korn fiel daneben, kein Korn wurde auf Eva geworfen, Händevoll Reis wirft man, so daß die Straße übersät ist, Händevoll Reis auf das Brautpaar, in Indien oder Amerika, aus Kräutern kocht man Liebestrank, und immer wieder die Tauben, Täubchen, das entflattert ist, die Taube auf dem Dach, die Taube in der Hand, Täubchen, das ich oft geküßt, stille mein Verlangen, taubenblaue Sehnsucht, vom Gurren überfüllt dehnt sich die Luft. *Schirr deine Tauben an, die deinen Wagen über die dunkle Erde ziehen, und frage, Selige, lächelnd in unsterblichem Antlitz, was ich Rasende wieder begehre, wen du schenken sollst meiner Liebe.*

Ben hackte Kräuter, hackte Zwiebeln, stellte den Backofen an, rührte Reis, salzte Tauben, schichtete Tauben in Kasserolle, goß Wein an, schob Tauben in Ofen, holte Teller, Gläser, Messer, Weinflaschen, ließ Eva nichts helfen, hörte Eva nichts reden, *Göttin auf buntem Thron, schirr deine Tauben an, komm und erlöse mich aus bitterer Sorge, Aphrodite, sei du selbst meine Mitstreiterin.*

Etwas Belangloseres fiel Eva nicht ein, und auch als jetzt, vom Tellerklappern und vom Bratenduft angezogen, die anderen Hausbewohner sich laut schwatzend einfanden, blieb sie stumm, ließ die anderen reden, ließ die anderen fragen: Du bist so stumm, Eva, hast du Sorgen? *Komm und erlöse mich aus bitterer Sorge, sei meine Mitstreiterin.*

Ben liebte Eva wie ein Stück Familie. Wenn er auch der Stadträtin beim Hauskonzert die Existenz der südafrikanischen Großfamilie nicht bestätigen konnte, so kannte er doch die Sehnsucht danach; nach seiner Sehnsucht hatte sie ihn ja nicht gefragt. Ben liebte mit Eva auch ihre Kinder, auch die anderen Hausbewohner, auch ihre Freunde, er liebte das Haus und den vollbesetzten Küchentisch. Er begann, sich zugehörig und zuständig zu fühlen. Nicht nur beim Taubenbraten. Er fühlte sich zuständig für Tom, dessen für seine Lebensumstände deutlich zu großes und zu teures Motorrad ihn beunruhigte. Eva hatte sich bisher wenig beunruhigt, weil sie die Kosten einer solchen Maschine unterschätzte; sie hatte etwa die Größenordnung eines luxuriösen Mofa angenommen. Als Ben ihr einen realistischen Preis nannte, begann sie Nachforschungen.

Sie mußte nicht lange forschen. Am anderen Ende des Fadens, den sie aufzurollen versuchte, forschte bereits die Polizei. Sie trafen sich im Nachbarhaus. Frag doch die Nachbarn, hatte eine von Toms schlangenhäutigen Freundinnen geantwortet, in denen Eva die Quelle von Toms plötzlichem Reichtum vermutet hatte. Die Fahndungszeichnung, die bei Münchs auf dem Schreibtisch lag und die nach Angaben des inzwischen gefaßten Aufkäufers der inzwischen entdeckten und sichergestellten Münchschen Juwelen angefertigt worden war, sah Tom so wenig ähnlich, daß die Geschädigten den wartenden Polizisten noch keinen Namen oder Verdacht hatten nennen können. Eva stand da, zusammenhanglos im Gespräch der beiden Münchs mit den beiden Polizisten, das sie unterbrochen hatte, nannte auch keinen Namen und keinen Verdacht und fand erst wieder Worte, als Herr Münch sie auf die, wie er sagte, ehrabschneidenden Artikel in ihrer Zeitung ansprach.

Wenn Sie Beweise bringen, drucken wir sie sofort, sagte Eva, und ihre Berufsehre rebellierte keineswegs, als sie wahrheitsgemäß versicherte, von ihr stammten diese Artikel nicht.

Herr Münch hatte bereits Beweise gesammelt, die Kopie seiner Überweisung, auf der als Zweck vermerkt war: *Druckzuschuß Broschüre Handel Südafrika,* die vom Abgeordneten beschaffte Kopie von dessen Überweisung an die Parteikasse, auch mit gesetzentsprechendem Vermerk versehen: *Spende Fruchthof für Druck Broschüre Handel Südafrika,* die von der Partei beschaffte Kopie des Eingangsvermerks, Kopien von Steuerunterlagen des Fruchthofs, in denen ein Teil der Spende, eben der gesetzlich zugelassene Teil, von der Steuer abgesetzt worden war, unter Angabe der Gesamtsumme.

Ich würde jede Schadenersatzklage gewinnen, sagte Herr Münch und ließ sich von Eva zumindest einen langen aufklärenden Artikel zusichern. Einen Satz seiner Kopien habe er bereits an den Herausgeber abgeschickt, einen zweiten drückte er Eva in die Hand und vorsichtshalber einen dritten dazu für den Chefredakteur. Eva nahm die Papiere, so war ihr Besuch im Hause der Münchs begründet, und ging, ohne über Juwelen oder Fahndungszeichnungen zu sprechen.

Tom wollte nicht über Juwelen oder Fahndungszeichnungen sprechen. Statt seiner sprachen seine Freundinnen, die gemeinsam mit ihm bei heulendem Motor an seinem Motorrad herumbastelten und herumprobierten. Sie sprachen zu Eva im Ton von Kumpels, die sich eines gemeinsam durchgezogenen Coups freuen. Wenn das Motorheulen auch einen Teil ihrer Worte verschluckte, so war doch klar, daß sie voll Anerkennung waren sowohl für Tom und seinen kühnen Griff in die Münchsche Schmuckschatulle, wie auch für Eva, die den kühnen Greifer nicht an die Polizei verraten hatte.

Mit eurer Friedenserklärung seid ihr nicht weit gekommen, Franz und du, sagte die, welche Eva immer küßte; ist schon gut, daß Tom früh lernt, daß Krieg ist und daß man requirieren muß, plündern, kämpfen.

Selten genug, daß Söhne von Vätern lernen, sagte eine

andere, die, welche sich immer nach Athenes Wohlbefinden erkundigte, und beim Sprechen strich sie über die Schlangenhäute auf ihrem Lederblouson. Wenn schon gekämpft werden muß, dann auf seiten der Sieger, würde Athene sagen, fügte sie hinzu.

Athene verhandelt, bevor sie kämpft, sagte Eva böse.

Die ledergewandeten Frauen auf den schnellen Maschinen lachten: Vergiß nicht, sie ist unsere Göttin.

Was ich von den Amazonen gelernt habe, sagte Tom, ist jedenfalls, mich zu wehren. Vater hat sich nicht gewehrt.

Eva schluckte. Eva schöpfte tief Luft. Eva sammelte Atem. Eva schleuderte ein Gewitter auf Tom, Anklage, Zorn, Verwünschungen, Flüche, auf Tom, der Jahrhunderte Geschichte bemühte, um einen schäbigen Diebstahl zum eigenen persönlichen Vorteil zu bemänteln.

Hab ich von dir, sagte Tom.

Die Amazonen nickten, beiläufig, lässig, ließen sich von Evas Ausbruch nicht aus der Gelassenheit bringen, schoben ihre Hände in die ledernen Taschen, stützten ihre Ellbogen auf ihre schnellen Maschinen, behielten ihren kumpelhaften Gesichtsausdruck bei. Frag deinen Freund, ob man, ohne Gesetze zu brechen, leben kann, sagte eine. Damit war Ben im Gespräch.

Ben kam gerade nach Hause, drängte sich durch die Motorradansammlung vor dem Eingang, warf einen fragenden Blick auf dasjenige, das er mit Sorge in Toms Besitz sah. Er beachtete den Gegenstand seiner Sorge zunächst nicht weiter; ohne darauf einzugehen, daß eben dieser Gegenstand Anlaß des Gesprächs war, beantwortete er ausführlich die von den Amazonen aufgeworfene Frage. Er hatte diese Frage schon oft beantwortet; auf jeder Pressekonferenz, in jedem Gespräch mit hiesigen Parteien, Dritteweltgruppen, Kirchenvertretern kam die Frage nach der Gewalt und den Gesetzen. Obwohl es seine bitter erlebte Überzeugung war, leierte er fast ein wenig lustlos herunter, was er so oft schon hatte wiederholen müssen; von dem sehr verzwickten Zusammenhang zwischen dem Wunsch nach friedlichem und gleichberechtigtem Zusammenleben mit denen, die jetzt die mörderischen Herren waren, und den blutigen Straßenkämpfen, zwischen dem Wunsch nach Recht und dem Brechen von ungerechten Gesetzen blieb nur Verkürztes und Plattes. Trotzdem war Tom beeindruckt. Vielleicht deshalb, weil er in Ben nun denjenigen sah, der in dem Alter, als Toms größte Heldentat ein Juwelendiebstahl war, einen Überlebenskampf gegen die Herren gewagt, mit Steinen und Fäusten gegen Panzer und Maschinengewehre gekämpft hatte.

Und verloren, fügte eine Amazone hinzu. Sie war keineswegs beeindruckt wie Tom. In einer Kriegsgesellschaft ist man besser auf seiten der Sieger, sagte die mit der Schlangenhaut.

Man kann sich das eine Weile einbilden, sagte Eva. Man kann in deutscher Kulturgeschichte von unseren Vorfahren, den Römern, schreiben und sich damit historisch auf die Seite der Sieger stellen. Was sollen Historiker über germanische Königinnen forschen, über eine Gesellschaft, die wenigstens eine Ahnung von Freiheit und Gleichheit hatte, wozu, wir verehren Sklavenhalter wie Caesar als unseren Vorfahr und befinden uns auf seiten der Sieger. Oder die Frauenbataillone, die nach der Revolution in Frankreich für die Gleichheit, Freiheit und Brüderlichkeit kämpften, hätten die ungehörten Rufe nach der Schwesterlichkeit erschallen lassen sollen, wozu, sie waren ja auf seiten der Sieger, der Revolution.

Man kann auch in einen englischen oder französischen Club gehen in Nairobi oder Abidjan und beim Tee oder Aperitif die Illusion haben, auf seiten der Sieger zu sitzen, sagte Ben.

Wir waren Siegerinnen, sagte hochmütig eine Amazone, wir bedurften nicht der Illusion.

Siegerinnen? fragte Eva. Und dachte an einen im British Museum ausgestellten Fries, der blutende und sterbende Amazonen darstellt. Siegerinnen? Hattet ihr einen Tag ohne Kampf?

Die schlangengeschmückten Frauen im weichen schwarzen Leder schüttelten den Kopf, sie glaubt noch an Frieden, rief eine und lachte spöttisch, meckernd lachte eine zweite, prustend nach Luft japsend eine dritte, auch die anderen setzten ein, ein Lachchor erscholl vor Evas Haus, wurde lauter, nachdrücklicher, lachend schwangen die Frauen sich auf ihre Motorräder und jagten davon, eine verhallende Lachwolke hinter ihnen her.

Dann fahr ich auch, sagte Tom, blickte aufs Nachbarhaus, auf Ben, auf Eva und fügte hinzu: zur Polizei. Fuhr los, kam in großer Kurve noch einmal zurück, um Eva zu versichern: Nicht beim Hauskonzert; ich bin echt eingebrochen, eine Woche später.

Wie er davonfuhr, dachte Eva, daß es die Angst vor den Kindern gewesen war, vor Toms und Claras Mißbilligung, und nachdem Clara ihr die Satinjacke gegeben hatte, nur noch der Gedanke an Tom, der sie bisher davon abgehalten hatte, Ben zu sagen, daß sie ihn liebte, nicht nur als Stück Familie.

Zwei Rinder trotteten die Akazienstraße entlang, fremdartig zwischen Einfamilienhäusern, Akazien und geparkten Autos, fremdartiger noch, weil es schwarzglänzende schlanke Tiere waren, keine fetten buntgefleckten von deutschen Weiden.

Es war früh am Morgen, eine Frau im Bademantel trat vor die Tür und schleppte zwei Mülleimer den Kiesweg entlang auf die Straße. Wie auf Wesen aus einer anderen Welt starrte sie auf die Prozession der Rinder. Eine hochgewachsene schwarze Frau führte diese, größer wirkend durch das über ihrem Kopf hochgeschlungene Tuch, das sie wie eine Krone erhöhte, goldfarbig mit Mustern in Rot und Ocker. In denselben Farben war sie gekleidet, ein Tuch um die Hüften geschlungen, ein anderes um Brust und Schultern. Ihre Farben paßten auf verblüffende Weise zu den Herbstfarben in den Vorgärten, und die weit von hier entworfenen Muster ihrer Stoffe hätten auch abstrakte Versionen von Pflanzen- und Blattformen aus diesen Gärten sein können.

Drei Frauen gingen mit ihr, eine mit ähnlich geschlungenen Tüchern um den Kopf, eine noch fremdartiger gekleidet, mit viel Leder auf ihren goldroten Stoffen und mit einem braunzottigen Fell um die Schultern, das wie eine Löwenmähne aussah. In der Hand trug sie einen Stab, geschnitzt, bemalt, mit kleinen Kaurimuscheln besetzt und mit einem braunzottigen Fellquast an der Spitze. Die letzte hatte weiße Haut und weiße Haare. Sie führte weitere Tiere, eine Ziege rechts, ein Schaf links, dem ein Lamm mal folgte, mal voraussprang, so daß die Frau achten mußte, nicht darüber zu stolpern. Ganz am Schluß ein junger Mann. Obwohl sie fror, ging die Frau im Bademantel noch nicht wieder ins Haus, blieb mit ihren Eimern auf der Straße stehen, schob einen von hier nach dort, den anderen von dort nach hier, damit sie Zeit gewann, so lange hinter der Gruppe herzuschauen, bis sie wußte, ob ihre Vermutung stimmte, daß diese nämlich im Haus von Lengeroths verschwinden würde.

Im Haus von Lengeroths waren alle auf den Beinen, selten genug für die frühe Morgenstunde, einige hatten sogar gar nicht geschlafen, hatten geputzt und dekoriert, Blumen im Haus verteilt, mitten in der Nacht hatte der Staubsauger gebrummt, dann waren Küchengeräte angeworfen worden, der Mixer hatte gerattert, die von Lutz im Zuge der Reformernährung gekaufte Getreide-Handmühle hatte längere Zeit gequietscht, Messer hatten auf Brettern gehackt und Deckel auf Töpfen geklappert. Ein angenehmer Brot- und Kuchenduft füllte das Haus, übertönte die schwächeren Gerüche nach Gemüsen und Kräutern und anderen nicht einzeln identifizierbaren Aromen, die über verschiedenen Schüsseln sich vermischten. Athene legte letzte Hand an die Schüsseln, die in beeindruckender Menge auf dem Küchentisch standen, probierte, bat Eva, die mit dem heißen Brot am Backofen stand, um eine Scheibe, probierte wieder, war zufrieden.

Evas Mutter und Brünhild wuchteten inzwischen eine Wanne mit heißem Wasser zu der Küchentür, die in den Garten führte, neben der schon leere Schüsseln und Gefäße bereitgestellt waren, riesige Töpfe, die Hermann aus der Birexco-Kantine entliehen hatte, warteten auf Inhalt, und neben den Töpfen wartete eine große aufgeklappte Malerleiter. Als die beiden ihre Wanne absetzten, sahen sie durch die Scheiben der Tür draußen im Garten zwei Rinder auftauchen.

Eva mußte die Küche verlassen, nach der Sitte durfte sie bei der Begrüßung nicht zugegen sein, und Ben blieb draußen im Garten bei den Tieren, als die vier Frauen nun die Küche betraten, den Stand der Vorbereitungen musterten und die Gerüche einsogen. Sie hielten sich nicht lange damit auf, tranken auch nur hastig einen Schluck von dem angebotenen Kaffee, denn nun mußten zunächst draußen die Tiere begutachtet werden. Bens Mutter, die die Rinder geführt hatte, machte eine einladende Geste zu Evas Mutter, und diese näherte sich vorsichtig den Tieren, die aus der Nähe doch recht riesig und furchteinflößend aussahen, tastete nach dem Hals des einen Tieres, das den Kopf hochwarf und zurückwich. Evas Mutter zog den Kopf ein und wich zurück. Ma Nthatisi, die Frau mit dem Löwenfell, lachte und Evas Mutter war verlegen, ausgelacht zu werden. Athene übernahm, klopfte sachkundig Hälse und Flanken der Tiere, riß einem sogar das Maul auf und prüfte die Zähne, strich träumerisch über die gewundenen Hörner, die ihr Erinnerungen an kretische Stiere wachriefen, und sagte zu Evas Mutter: Hervorragende Tiere, jung und gut im Futter, bessere könntest du nicht bekommen.

Also ist der Brautpreis akzeptiert, sagte Bens Mutter, und Evas Mutter bestätigte mit vielen Bezeugungen des Dankes und der erwiesenen Ehre.

Nun wurden die Frauen erneut hereingebeten, wurde erneut Kaffee ausgeschenkt. Nun durfte auch Eva dazukommen, begrüßte Ma Nthatisi, die Tapfere mit dem Löwenfell, die nur dank Evas beharrlichen Fragen aus Bens Erinnerungen an die Helden der Vorväter aufgetaucht war, begrüßte Helen Joseph mit den weißen Haaren, mit der sie vor Versailles gestanden hatte, begrüßte Miriam Tlali, deren Buch sie inzwischen auf einer der Politikseiten besprochen hatte, woraufhin Freese vom Chefredakteur gemahnt worden war, derartiges gehöre ins Feuilleton, begrüßte Bens Mutter, schüchtern, sie wußte nichts von ihr.

Draußen waren inzwischen Tom und Clara dabei, Nasrins schon zusammengefaltetes und für den Winter verpacktes Zelt auseinanderzufalten und im Garten aufzuschlagen, denn die Sitte wollte, daß Ben diesen Teil des Festes, das nun den Tag über dauern würde, getrennt von Eva zu feiern hatte, in einer provisorischen Hütte außerhalb des Hauses ihrer Familie. Da die Sitte auch wollte, daß bei der Feier draußen nichts von den Speisen gegessen werden durfte, die im Hause zubereitet waren, wurden beide Rinder geschlachtet. Haus und Garten waren erfüllt vom Geruch dampfenden Blutes und vom Krachen der Knochen, von emsigem Gerenne und klappernden Schüsseln, von prasselndem Grillfeuer der Garten und von zischenden Herdplatten das Haus. Ma Nthatisi mit Axt und Messer thronte über dem blutreichen Geschehen, weidete das an der Leiter aufgehängte Tier aus, achtete darauf, daß das glückbringende Darmfett für Eva beiseite gelegt wurde, daß die richtigen Stücke auf die überkommene Weise zubereitet wurden. Miriam Tlali beobachtete aufmerksam die traditionellen Verrichtungen, die auch ihr unbekannt waren. Bekannt war ihr, wie das sirenenhaft auf- und abschwellende gejubelte Ululu, das zu solch einem Fest gehört, durch Rollen der Zunge im Mund entsteht. Eva machte es ihr nach, lernte leicht, weil der Jubelton ähnlich wie der erzeugt wurde, den sie früher als Indianergeheul ausgestoßen hatte, und auch Frau Münch lernte schnell, die gekommen war, weil sie hinter dem Axtschlagen und dem Geschrei Unheil vermutet hatte, und die nun mit schallendem Sopran den schrillen Festchor verstärkte.

Von draußen tönten Oktaven tiefer Trommeln und Gesänge; außer Lutz, Tom und Clara hatten sich inzwischen Ulla und Freese, Evas junger Kollege Jochen, sogar Nasrins Arzt eingefunden, auch einige Leute, die keiner recht kannte und die vermutlich Nachbarn waren, und wenn Evas Blick aus der Küchentür sie nicht täuschte, dann waren sogar die beiden Männer, die sie als eifrige Observierer und Schläger kennengelernt hatte, mit dabei, Preislieder anzustimmen auf Eva, auf Evas Familie, auf die Frauen aus Bens Begleitung, auf die herrlichen Rinder, die in Töpfen und Pfannen schmorten und bald fertig für das Festmahl waren, und immer wieder auf Eva und auf Ben.

Nicht nur diese beiden sah Eva mit Mißtrauen. Da waren andere, von denen sie fürchtete, sie könnten das Fest stören, ein Seemann mit Stulpenstiefeln und Wetterhut, der mit dröhnender Stimme, die bis ins Haus zu hören war, und mit abenteuerlichen Erzählungen, wie oft er schon bei tosenden Stürmen an Afrikas Küste und ums gefährliche Kap gesegelt war, eine Frau mit holländischem Häubchen und Halskrause auf sich aufmerksam zu machen versuchte; ein bezopftes junges Mädchen mit Umschlagtuch, die beim Tanzen amüsiert zur Kenntnis nahm, was ein älterer Herr ihr ins Ohr zu flüstern versuchte, wenn er das Ohr der Tanzenden erreichen konnte; eine Zigeunerin, die mit Tamburinklirren den Festchor verstärkte; ein Paar in Samt, das engumschlungen tanzte, sie mit Hermelinumhang, sein Gewand mit Gold und Perlen bestickt. Athene bemerkte, wie Eva vom tropfenden Blut des geschlachteten Rindes auf diese Besucher blickte, und sagte: Sie sind allein gekommen, sie haben die Fäden gekappt, keine Sorge.

Und zog Eva vom Fenster zurück zu der Gesellschaft, die sich im Haus versammelt hatte, die sich mit den vorbereiteten Broten und Kuchen, Salaten und Gemüsen die Zeit vertrieb, bis das Fleisch fertig werden würde. Die halbe Redaktion war erschienen, offenbar im Gefolge von Ulla und Freese und Jochen Mirbach, und der Chefredakteur warf scherzend hin: Aber auch in Zukunft bitte keine Artikel im Interesse von Untermietern oder Geliebten. Helen Joseph redete auf ihn ein, versuchte bei ihm schon im voraus Verständnis zu wecken für die Artikel, die Eva noch schreiben würde, aber es war ja ein Fest, die Rinderbrocken mußten gewendet werden und erforderten Aufmerksamkeit. Olympe de Gouges war da, hatte sich in einem Sessel installiert und las denen, die nahe genug waren, aus ihrem Stück gegen die Sklaverei vor. Sogar Muthoni war erschienen, war mit schrillem Jubelululu ins Haus gekommen und hörte halb interessiert und halb zweifelnd Olympe zu. Eva fragte sich, ob auch Franz kommen würde. Sie wußte nicht, wie sie ihm dieses Fest würde erklären können.

Das Fest dauerte den ganzen Tag und die ganze Nacht, denn die Sitte wollte, daß die Gäste nicht gehen durften, bevor die Rinder nicht ganz und gar vertilgt waren. Haus und Garten der stillen Akazienstraße waren einen Tag und eine Nacht erfüllt von den Rhythmen der Trommeln, die sich suchten, verloren, gegeneinanderhämmerten und sich auf den Schlag jeweils wiederfanden, vom Klavier, das einfiel, vom schrill jubelnden Ululu der Frauen, von Gesängen, von stampfenden Füßen, vom Klatschen und Lachen der Männer, wenn die Frauen beim Tanz sich nach vorn beugten und auf traditionelle Art die Pobacken in der Luft schüttelten, vom Kichern und Juchzen der Frauen, wenn die Männer beim Tanz auf traditionelle Art mit heroischen Gebärden aufeinander losstürmten, vom Geschwätz und Geschrei der Gäste im Zelt und im Haus, vom nicht enden wollenden Duft immer neuer Speisen, die aus den unerschöpflichen Rindern zubereitet wurden. Dazwischen das erwartungsvolle Schweigen von Eva im Haus, von Ben vor der Tür.

Kaum war das letzte Stück Rind in einem der inzwischen längst satten Mäuler verschwunden, da erhoben sich die vier Frauen, die Ben herbegleitet hatte, traten auf Evas Mutter und die anderen Frauen des Hauses zu und sagten: Wir sind gekommen, um Wasser zu holen.

Denn nun mußte Eva einen Wassereimer ergreifen, zum Zelt tragen, um Ben einen Becher zu geben, und dann den Eimer weiter hinter Ben und seiner Begleitung her zu deren Haus tragen.

Eine alte Sitte, es bedeutet nichts, sagte Ben, als er Wasser aus dem Eimer nahm, den ihm Eva hinhielt, und er dachte nicht daran, ihr beim Tragen auf dem langen Weg zum Haus seiner Mutter zu helfen.

Die Sitte wollte, daß nun die andere Hälfte des Festes im Haus von Bens Mutter gefeiert wurde, daß erneut Tiere geschlachtet und gesotten wurden, erneut getrommelt, gesungen, gejubelt und getanzt wurde, daß Eva kronengleich ein Tuch um den Kopf gewunden bekam, wie es Bens Mutter und die anderen Frauen trugen, daß allerlei Segenssprüche gesagt und glückbringende Handlungen ausgeführt wurden, bevor das mit Segen und Glück gemeinte Paar sich in Bens Hütte zurückziehen konnte, um endlich allein zu sein.

Nicht allein. Die junge Frau mit dem kleinen Kind begrüßte Eva in Bens Hütte mit den Worten: Ich bin die erste Frau, willkommen in unserer Hütte. Auch das entsprach ja der Sitte.

Nicht einmal meine Mutter weiß, daß sie und ich verheiratet sind, sagte Ben, wenn bekannt wird, daß sie meine Frau ist, ist sie den Tag darauf im Gefängnis.

Eva versuchte, mit Rechnen und Jahreszahlen diese Frau aus der Hütte zu schaffen, noch minderjährig habe Ben Südafrika verlassen, wieso, unmöglich.

In Lusaka, sagte Ben. Als ich später nach Europa ging, kam sie nicht mit. Sie ist zurückgegangen. Nicht einmal meine Mutter weiß von ihr, wiederholte er, du allein.

Als sei das ein Liebespfand.

Wieso kam sie nicht mit dir, fragte Eva.

Ich werde zurückgehen, sagte Ben, und sein Ton wurde besonders innig, als er hinzufügte: vielleicht bald, weil es solche Menschen gibt wie dich, die uns helfen.

Das Haus mit der jungen Frau und dem Kind verschwamm schnell in einer dieser flauschigen pinkrandigen Wolken, die in Evas Haus und Garten herumsegelten und aussahen, als hätte das Brautpreis-Schaf inzwischen zahlreiche Nachkommen geworfen. Eine schwebte vor Bens Fenster, die meisten waren vor Evas Zimmer versammelt. Aus dem auffällig oft optimistische Klavierweisen tönten. Gar Gesang.

Eva in den Wolken. Eva von einer Taubenquadriga im schnellen Wagen durch die Lüfte kutschiert. Eva von Trommelwirbeln begleitet.

Eva hatte ständig diesen verschwommenen Blick, der nicht recht wahrnimmt, was da Sichtbares zugegen ist, dieses etwas einfältige, verklärte Lächeln, das tat, als sei, was es hüten müsse, ein Geheimnis. Tat, als hätte sie zu verbergen, was ihr doch niemand im Haus mißgönnte, daß sie durch Trällern, Hüpfen und sonstiges Unangemessenes einen Überschuß an Glück abarbeiten mußte. Versuchte, an Tagen, wo Ben zu Hause war, die Familiengemeinsamkeiten, die sich um Kochen und Essen herum ergaben, die endlosen Gespräche in der großen Küchentisch-Runde möglichst abzukürzen, und blieb dann selbst bis zuletzt sitzen, als dürfe keiner merken, wieviel lieber sie Ben, der schon in sein Zimmer oder zum Telefon gegangen war, folgen würde.

Die Schafwolken mit den pinkfarbigen Rändern hatten die angenehme Eigenschaft, Probleme in einen milchigrosa Schleier zu tauchen. Etwa die Aussicht, daß Tom demnächst einen Prozeß zu erwarten hatte. Eva hatte versucht, mit Münchs zu verhandeln, war durchaus auf Freundlichkeit gestoßen, nein, sie trügen dem Jungen nichts nach, sogar zum Hauskonzert sei er weiterhin willkommen, aber auf einen Prozeß würden sie schon deshalb Wert legen, weil der Junge doch nur so erfahren könne, was Recht und was Unrecht sei.

Die Schafwolken verhüllten auch vor Eva, wenn auch

keineswegs vor der betroffenen Nasrin, daß deren Anerkennung als politischer Flüchtling und Asylberechtigte abschlägig beschieden war. Von den Männern Gottes aus dem Beruf geprügelt worden zu sein, von den Männern Gottes unter Androhung von Folter und Gefängnis in ein schwarzes Tuch gezwungen zu sein war keine politische Verfolgung, denn, wie die deutschen Antragablehner scharfsinnig feststellten, Frausein ist keine politische Äußerung, schwarze Tücher sind Folklore, und auch Folter gehört zu den juristischen Eigenheiten eines Volkes, und im übrigen hätte Nasrin ja unangefochten ein normales Leben als islamische Ehefrau anstreben können. Statt sich in eine islamische Ehefrau zu verwandeln, versuchte sie nun unter Schwierigkeiten, mit ihrem früheren Deutschland-Aufenthalt und mit der angebotenen Assistenzärztin-Stelle in der Praxis des Dr. Iahawabi eine Verlängerung ihrer Aufenthaltsgenehmigung zu begründen.

Die Schafwolken zogen auch einen milchigrosa Schleier vor die Ereignisse in der Redaktion, vor den trüben und langweiligen Anblick der versammelten Runde in der Konferenz. Keine Odaliske mehr, die unter einem paillettenblitzenden Oberteil und über seidenschwingenden Pluderhosen ihren nackten Bauchnabel zeigte. Kein Cherusker mit Lederwams und Flügelhörnern, kein Ramses hinter einer Goldmaske. Kein Goethe mit Samtjacke und Löwenmähne; der Chefredakteur war beim Friseur gewesen, trug zum grauen Anzug mit Nadelstreifen eine dezent rostdunkle Krawatte und putzte Jochen Mirbach herunter, der keine verwegene Piraten-Augenklappe trug, keine Flasche bei sich hatte. Nicht mal sein nach der In-and-out-Liste gekaufter Calvin-Klein-Anzug milderte seinen erbärmlichen Anblick.

Womit sollte er auch beschönigen, daß er einen angesehenen Geschäftsmann der Stadt unbegründet des Steuerbetrugs und der Bestechung geziehen hatte? Damit, daß er, hätte es nicht unerwartet Gegenbeweise gegeben, dafür wegen journalistischer Kühnheit gelobt worden wäre? Damit, daß Eva mit solchen Geschichten meist Glück hatte?

Eva, die mit ihrem rotockergelben Tuch um den Kopf als einzige nicht farblos und gedämpft wirkte, sagte in der Tat etwas Derartiges und provozierte damit den Chefredakteur zu einer Art Grundsatzerklärung, mit der er für jetzt und alle Zukunft sensationsgierigen Enthüllungsjournalismus als seiner Zeitung unwürdig hinstellte, Solides verlangte, Lesernahes, Staatstragendes. Ich denke, die anderen Herren stimmen mir da zu, sagte er, und artig nickte es um den Konferenztisch, selbst Ulla nickte, als wäre sie ein angesprochener Herr, selbst Freese nickte, verbarg die paar bemalten Federn, die er in der Brusttasche seines grauen Anzugs trug, hinter einem blütenweißen Tuch, schob sein schweinsledernes Diplomatenköfferchen, aus dem Pfeil und Bogen ragten, verschämt unter seinen Sitz.

Mit ihrem verschwommenen Blick, der nicht recht wahrnahm, was da an Nickern und grauen Anzügen zugegen war, mit ihrem einfältig verklärten Lächeln hörte Eva, ohne zuzuhören, hörte ebenso auch das Folgende, bei dem es um Neuverteilung von Bereichen und Zuständigkeiten ging, bei dem Ulla einen Anteil vom Lokalen zugewiesen bekam und zu etwas wie Assistentin befördert wurde, bei dem dafür ein Lokalredakteur in die Politik versetzt wurde und Evas junger Kollege in den Sport und bei dem Eva ehrenvolle vier eigene Seiten Wochenendbeilage erhielt. Erst später, als sie auf Bens Fragen Genaueres über diese neue Ehre berichtete, merkte sie, daß eine pinkumrandete Wolke ihr verschleiert hatte, daß sie nunmehr für Reise, Freizeit und Unterhaltung zuständig und damit politisch lahmgelegt war.

Für die Politik blieb ihr der dafür vorgesehene Bereich. Wenn auch diesmal nicht der dafür vorgesehene Weg.

Evas zweiter Versuch, die politisch Zuständigen zu interessieren für Waffenschiebungen, für illegale Exporte einer angesehenen Firma, der soeben von der öffentlichen Hand Erweiterungsgelände zur Verfügung gestellt worden war, für Lastwagen, die auf Schlachtfelder rollen sollten, nahm nicht den Weg von der Basis zur Spitze, vom Ortsverein zum Bundestag, den ihre Partei für solche Initiativen vorgesehen hatte und der erfahrungsgemäß zu nichts führte. Diesmal nahm sie die Abkürzung.

Eva packte ihre gesammelten Unterlagen in eine Tasche und meldete sich an, die Stadt und den Stadtrat überspringend, beim Landesvorsitzenden, beim Ministerpräsidenten, bei diversen Bundestagsabgeordneten aller Fraktionen in der benachbarten Hauptstadt. Sie meldete sich an in ihrer doppelten Eigenschaft als höhere politische Funktionsträgerin und als Politikredakteurin einer bedeutenden Tageszeitung; daß ihre Zukunft aus Reise- und Freizeitbeilage bestehen würde, wußte ja noch keiner. Sie meldete sich an, um dringende und geheime Unterlagen zu besprechen, bevor diese veröffentlicht würden.

Nachdem sie das erste Gespräch hinter sich hatte, wußten alle anderen Gesprächspartner Bescheid, obwohl sie mehrere davon noch am selben Tag traf. Offenbar funktionierte ein Kurzwarnsystem. Aber wovor wurde gewarnt? Offenbar nicht vor den finsteren Geschäften der allseits beliebten und geförderten Firma Birexco. Offenbar eher vor dem Bekanntwerden dieser finsteren Geschäfte.

Eva begriff zunächst nicht, worauf ihr Gesprächspartner hinauswollte, zu sehr war sie überzeugt, in ihrem Abgeordneten aus ihrer Partei einen Bundesgenossen vor sich zu haben, und offenbar drückte auch der sich nicht klarer aus, weil er anzunehmen schien, seine und Evas Absicht sei dieselbe. Aber sein »bedenklich, bedenklich« bezog sich offenbar darauf, daß diese Unterlagen außer Eva bereits anderen Personen bekannt waren, während doch Eva mit bedenklich den Inhalt dieser Unterlagen meinte, sein »das muß der Vorsitzende wissen« bezog sich offenbar auf seine Hoffnung, der Vorsitzende könne noch verhindernd und verschleiernd eingreifen, während Eva doch von diesem bundesweite Brandmarkung des Unrechts erhoffte, sein »weiß die südafrikanische Botschaft davon« schien eher ein Hilfeschrei nach einem Verbündeten zu sein als eine Benennung der Schurken. Dann widmete ihr Gesprächspartner lange Zeit einer Würdigung der wirtschaftlichen Tätigkeit von Birexco, den Arbeitsplätzen, welche die Stadt, die Region, schließlich gar – denn der hiesige war ja nur ein nebenrangiger Zweigbetrieb – das ganze Land Birexco verdankte. Er erwähnte sogar die Arbeitsplätze bei den Zulieferfirmen. Lobte schließlich freundschaftlich Evas Umschwenken auf eine Pro-Birexco-Linie in ihren Artikeln und fügte nun fast vertraulich hinzu, das noble Verhalten des Unternehmens habe ihr dieses Umschwenken sicher leichtgemacht. Als Eva zu ahnen begann, um welches Mißverständnis sie beide herumredeten, sammelte sie ihre Papiere, verabschiedete sich und beschloß, nach Rücksprache mit Ben, bei ihren nächsten Besuchen vorsichtiger zu sprechen und sorgfältiger zu hören.

So hörte sie zum Beispiel von einem ihrer Gesprächspartner, diesmal von der Regierungspartei, einen milden Vorwurf. Dumme Affäre in Ihrem Blatt, sagte der und meinte Jochen Mirbachs Fruchthof-Artikel, als ob Sie nicht wüßten, daß Schmiergelder nicht per Banküberweisung laufen, wieso haben Sie das nicht verhindert. Und Eva fragte nicht, woher sie das wohl wissen sollte, und fragte nicht, ob es der Besitz ihrer Unterlagen war, der sie in den Augen der Gesprächspartner mit der Macht ausstattete, Artikel von Kollegen zu verhindern.

Fast wie Herren untereinander sprachen ihre Gesprächspartner mit ihr, mit Hochachtung und Augenzwinkern, und auch als das Gespräch auf Ben kam, der einigen Gesprächspartnern durchaus als bei und mit Eva lebend bekannt war, und Eva hütete sich zu fragen, wieso, wurde mit Hochachtung und Augenzwinkern gesprochen, so als gratulierten sich die Herren untereinander zu einer exotischen, wenn auch risikoreichen Mata Hari als Gefährtin. So als berechtigten die Unterlagen, die Eva bei sich hatte, sie zum Halten von mataharihaften Gefährten. Obwohl diese Unterlagen für ihre Gesprächspartner so neu nicht zu sein schienen.

Der Lastwagenexport entspricht den Gesetzen, hörte sie zum Beispiel von einem, keine Firma kann garantieren, daß die Abnehmer nicht die Waren umbauen und umwidmen. Als wäre die Tatsache, daß diese Lastwagen sich nach Ankunft in Militärfahrzeuge verwandelten, längst bekannt.

Es gibt keine Garantie, daß exportierte Waffen im Zielland bleiben, hörte sie woanders, aber die Begleitpapiere gleich bis ins Kriegsgebiet durchzuschreiben, das entspricht nicht der Vorschrift. Als wäre die Tatsache, daß Waffen über Umwege in Kriegsgebiete geliefert wurden, längst bekannt. Übrigens gibt es die Methode, Waffen in Einzelteilen zu exportieren, für Einzelteile gibt es problemlos Genehmigungen; dieses Verfahren darf nur nicht öffentlich werden, sonst müßte die Staatsanwaltschaft natürlich eingreifen, hörte sie ziemlich nahe der Spitze. Als wäre dort, wonach sie noch fahndete, auch längst bekannt. Längst bekannt alles so mühsam Beschaffte und Recherchierte, längst bekannt die Zwischenstationen dieser Umwege, längst bekannt die offiziellen, wenn auch streng geheimen Seminare der Regierung für Kriegsexperten, längst bekannt selbst die Listen der Birexco-Militärfacharbeiter in Kriegsgebieten, für die Hermann seinen Job riskierte, längst bekannt alles, was Franz, alles, was Hermann, alles, was Ben, alles, was Eva so mühsam zusammengesucht hatten.

Aber irgend etwas war nicht längst bekannt, und Eva rätselte während all dieser Gespräche mit den Entscheidungsträgern ihrer Partei, worüber sie eigentlich redeten. Über etwas, das nicht gesagt wurde. Etwas, von dem die Gesprächspartner annahmen, Eva wisse es. Etwas, das stets zur Sprache kam, wenn Eva von bevorstehender Veröffentlichung ihrer Unterlagen sprach, etwas, das mit »Sie wissen schon« oder »Wir verstehen uns« benannt wurde, worauf Eva vorgab, zu wissen und zu verstehen. Es war fast greifbar wie diese verschwommenen nie gesehenen Traumlandschaften, die einem vertraut vorkommen, man wüßte woher, wenn man nur eine Linse auf Schärfe ziehen könnte.

Ein Land, sagte Ben, in dem Konzerne mit den kleinen diskreten Geldpäckchen in den unauffälligen Aktenmappen Gesetze machen, ein Land, in dem die Regierung Bombenanschläge befiehlt und ihren politischen Gegnern in die Schuhe schiebt, ein Land, in dem sich Politiker jede Gunst teuer zahlen lassen, ob Steuerbefreiung oder Baugenehmigung, ein Land, in dem Regierungen gestürzt werden mit gekauften Stimmen und in dem man politische Moral daran erkennt, daß die Moralträger den Zahlern offenbar nicht wichtig genug waren zum Investieren, ein Land, in dem Minister und Regierungschef vor Parlament, Gericht und Ausschüssen Meineide schwören, ein Land, in dem private Unternehmer eine Geheimpolizei finanzieren, ein Land, in dem Konzerne die Regierung kaufen und sicherheitshalber, wenn auch für billigeres Geld, die Opposition dazu, und obwohl Eva all dies in den letzten Wochen in ihrer eigenen und in anderen Zeitungen gelesen hatte, wünschte sie, Ben spräche von seinem Land oder wenigstens einem Land auf seinem Kontinent und nicht von ihrem, in dem Land, sagte Ben, denkst du, lebt integer und gesetzestreu die Rüstungsindustrie.

Das hatte Eva eigentlich nicht gedacht. Aber auch nicht ausdrücklich das Gegenteil. Und es hatte ihr ja, trotz dieser Gespräche mit »Sie wissen schon« und »Wir verstehen uns«, keiner etwas angeboten. Als ob das ein Beweis wäre.

In einem Land, in dem Ermittlungsakten auf der Straße gefunden werden und spielende Kinder geheime Staatspapiere aus dem Müll ziehen, in einem solchen Land kann nur mäßig verwundern, wenn eine Betriebsärztin im Büro ihres Chefs, dem sie bei einer Herzattacke beistehen soll, bis der Notarztwagen kommt, Unterlagen über ungewöhnliche Geldtranfers findet. Findet und mitnimmt, um sie in der Aufregung, während die Notärzte den Bewußtlosen an Kanülen hängen, mit Blut und Luft bepumpen, während zwei Pfleger ihn schon auf eine Bahre gehoben haben, während sein Mitarbeiter hilflos die Hände aus den grauen Jackettärmeln hängen läßt, während alle schon in behutsam leiser Hast den mit viel Walnußholz und Leder eingerichteten Raum verlassen, während die Chefsekretärin mit sich ringt, ob sie von dem Teppich das Erbrochene des Chefs gleich selbst entfernen oder es bis zum nächsten Morgen liegen und den Putzfrauen überlassen soll, während also niemand Aufmerksamkeit und Interesse für die Betriebsärztin hat, zu fotokopieren.

Eine Liste. Eine Abrechnung offenbar. Namen und Zahlen. Namen, die sie aus der Zeitung oder aus dem Fernsehen kannte, und Zahlen von ihr unbekannter Höhe, unbekannt in dem Sinn, daß sich Summen von solcher Höhe noch nie auf ihrem Konto befunden hatten. Auch diese Summen befanden sich auf keinem Konto; »in bar« war jeweils neben der Zahl vermerkt. Beim Anblick der Namen und Zahlen hätte Nasrin vermuten können, der Schreck über die mit gutleserlicher Tinte auf Papier festgehaltenen Gesetzesüberschreitungen könnte die Ursache des Herzanfalls gewesen sein, hätte sie sich nicht klargemacht, daß der Leser der Namen und Zahlen sich offenbar beim Tennis übernommen hatte, von dem er, wie die Sekretärin ihr und auch den beiden Notärzten gesagt hatte, gerade zurückgekommen war, ausgelaugt wirkend und vermutlich sich jugendlich fit fühlend.

Wären solche Abrechnungen geeignet gewesen, Herzanfälle hervorzurufen, hätten sie auch kaum so offen herumgelegen, hätte eine angstvolle Sekretärin sie beiseite geräumt, hätte ein graugekleideter Mitarbeiter sie in die Tasche gesteckt, bevor er seinem Herrn ins Krankenhaus gefolgt wäre, hätte jedenfalls nicht die Betriebsärztin sie an sich nehmen und in aller Ruhe fotokopieren können. So wenig geheim schienen diese Papiere zu sein, daß sie sie sogar ungestört vor den Augen der Sekretärin, die immer noch unentschlossen das graugrüne stinkende Häuflein auf dem Teppich anstarrte, wieder auf den Schreibtisch zurücklegen konnte, mit der Bemerkung, sie habe noch etwas vergessen. Und sicher hätte niemand irgend etwas bemerkt, es war ohnehin Nasrins letzte Dienstwoche bei Birexco, wenn sie nicht eine der Originalseiten in der Klappe des Fotokopierers hätte liegenlassen, wo sie gefunden wurde, nach allerlei Umwegen durch das ganze Haus in die Direktion zurückgelangte und dort von dem graugekleideten Mitarbeiter mit der Betriebsärztin in Verbindung gebracht wurde, die am fraglichen Tag, als er diese Papiere seinem schon nach Luft ringenden Chef vorlegen wollte, ins Büro gerufen worden war. Sie gab nichts zu, aber der graugekleidete Mitarbeiter wußte, daß sie mit Worten wie Verletzung des Dienstgeheimnisses, Diebstahl, Urkundenunterschlagung genug gewarnt war, eine Ausländerin, sie würde keine Abschiebung riskieren wollen.

Sie wollte nichts riskieren wegen Hermann. Nichts ohne seine Zustimmung. Er hatte sie zu Birexco geholt, was auch immer sie mit ihrem Fund machen würde, würde auf Hermann zurückfallen.

Ben war nicht anwesend abends am Küchentisch, und das beruhigte sie, denn es hätte der Sache etwas Unwiderrufliches gegeben, wenn er die Papiere gesehen hätte, die Nasrin zu der Seite des Tisches hinüberreichte, wo neben Eva Hermann und Ulla saßen. Sie sagten nichts, als sie lasen. Sie sagten nichts, als sie gelesen hatten. Sie saßen da, ungläubig, daß es möglich sein sollte, daß über ihren Küchentisch Papiere gereicht wurden, in denen säuberlich aufgezeichnet war, wieviel und an wen ein Rüstungskonzern gezahlt hatte, um ungestört von lästigen Gesetzen auf alle Schlachtfelder der Welt an jeweils beide Seiten das Gewünschte liefern zu können. Ausgesuchte Empfänger fanden sich in Zollverwaltungen und Ministerien, in Bundestag und Landtag, in Regierung und Opposition, wenn auch, versteht sich, an die Opposition nur Bruchteile der Summen gingen, welche die Träger von Regierungsverantwortung erhielten, und auch schlichte Zollbeamte waren nicht so reich bedacht worden wie echte Minister. Ziemlich gut bedacht worden hingegen, wenn auch nicht ganz so gut wie einige ausgesuchte Personen von Radio und Fernsehen, war der Chefredakteur einer hiesigen Lokalzeitung.

Eva und Hermann verständigten sich schnell, daß auch in einem Land, in dem spielende Kinder Geheimpapiere auf der Straße finden, in dem täglich neu in der Presse zu lesen ist, welche Politiker oder welche Partei von welchem Unternehmen für wieviel gekauft wurden, daß auch in einem solchen Land eine solche Liste nur eine Fälschung sein konnte, ein Köder für allzu findige Spurensucher, die sich durch allzu lautes Herumfragen schon verdächtig gemacht hatten, eine Falle, in die sie tappen würden, wenn sie mit der Fälschung in die Öffentlichkeit träten: Damit wären sie unglaubwürdig.

Das war es, was sie hinderte. Nicht das Risiko für Hermann, Hermann hätte riskiert, was hätte riskiert werden müssen. Seit kurzem gingen ihm Risiken wieder leichter von der Hand, seit Ulla wieder neben ihm saß. Seit klar war, daß sie nicht ernsthaft das Leben mit einem als Indianer verkleideten Herrn für erstrebenswerter hielt als das Leben mit einem Menschen wie ihm; er hatte schon zu zweifeln begonnen, hatte schon vor Spielwarenläden gestanden, hatte schon einen Kopfschmuck mit Leder und Federn gekauft. Der Geburtstag von Ulrich, dem jüngsten Sohn, gab Gelegenheit, den Kopfschmuck ohne Aufsehen einer Bestimmung zuzuführen. So erhielt Ulrich zweimal Indianerkopfschmuck, denn auch Freese brachte welchen mit.

Freese war nicht freiwillig auf Hermanns und Ullas Kindergeburtstag erschienen. Eigentlich war er mit Ulla auf Dienstreise, den Tag zuvor beim Telgter Literaturtreffen, dann weiter zur Documenta-Eröffnung. Ulla bestand auf Zwischenstation zu Hause, Geburtstagskinder haben Anrecht auf Mütter. So deckte sich Freese mit einem Geschenk ein und kam unwillig mit. Wurde noch unwilliger, als er sah, was ihn erwartete: eine Horde juchzender und kreischender Kinder im Garten, die mit Hermanns Mutter Topfschlagen spielten, Hermann und Ullas Mutter schwitzend in der Küche vor Backblechen und Rührschüsseln. Ulla bezog Position in der unterbesetzten Küche und schickte Freese in den Garten zum Spielen, was dieser mit so viel Ungeschick tat, daß sich die Kinder schnell schulterzuckend von ihm ab- und wieder der Großmutter zuwandten. Freese, der sich weder in der Küche noch im Garten wohl fühlte, warf einen nur ganz leicht spöttischen Blick auf Hermanns Schürze, machte eine ironische Bemerkung über kleinbürgerliche Idyllen und entfaltete im Wohnzimmer eine Zeitung.

Hat er keine Kinder, fragte Hermann.

Erstaunlicherweise konnte Ulla die Frage nicht beantworten. Es war sicher, daß er nie von Kindern gesprochen hatte. Sie erinnerte sich an Gesprächsthemen wie Postmoderne und Neokonservativismus, Neue Wilde und Neue Innerlichkeit, aber sie war sicher, daß Kinder nicht vorgekommen waren. Es war jedoch seine Frau vorgekommen mit Wendungen wie: Meine Frau und ich hassen, einander einzuengen, oder: Meine Frau und ich wünschen, über die Grenzen einer Zweierbeziehung hinauszusehen. Es sprach nichts dagegen, daß zu dieser Ehe Kinder gehören könnten. Ulla wußte es nicht.

Sie beteiligte sich am Topfschlagen und an der Kuchenschlacht, mußte ein Pfand abgeben und ein Lied rückwärts singen, bemühte sich, Freese mit ungeduldig wippendem Fuß hinter der Zeitung zu übersehen, hörte abgewandt, aber neugierig zu, wie er mit Hermanns Mutter über ein Manuskript stritt, genau das, was der hoffnungsvolle Nachwuchsdichter gestern in Telgte gelesen hatte, hörte ihn mild herablassend sagen, sie müsse sich irren, sie könne es nicht kennen, er meine ein unveröffentlichtes Manuskript, und hörte sie antworten, vielleicht ungedruckt, aber im Dritten Programm sei es schon gelaufen, und hörte sie ihm die Wellenlänge nennen. Beschloß, ihn möglichst bald zu Hause zu besuchen.

Freeses Kinder waren leiser als ihre, schauten schüchtern zur Tür herein, fragten die Mutter, ob sie noch Musik machen dürften oder ob Papi arbeiten wolle, und verschwanden, als sie da Besuch sitzen sahen. Freeses Frau war in der Küche verschwunden und hatte Kaffee gekocht, den Kaffeetisch gedeckt und eingeschenkt, Kekse angeboten mit Entschuldigung, daß kein Kuchen im Hause sei, hörte freundlich, aber ziemlich stumm Ullas und Freeses Gespräch zu, duldete demütig lächelnd, daß Freese Ullas Versuche, das Gespräch auf Kinder zu bringen, mit anderen Themen durchkreuzte, und reagierte mit entsetztem Wieso und Wann, als Ulla gesprächsweise die gemeinsamen Dienstreisen erwähnte. Ulla lud Frau Freese und Kinder zum nächsten Kindergeburtstag ein, ging und kam nicht wieder. Nach dieser Begegnung war sie nicht mal mehr erstaunt, daß Freese am Folgetage drohend ihr Büro betrat, ihr vorhielt, sie verdanke ihm allein ihre Assistentenstelle, nie wieder werde er ihr eine Zeile schreiben, bald werde herauskommen, wie unfähig sie sei.

Unfähig in Menschenkenntnis, sagte sie, sah ihn lächelnd an und dachte schon an etwas anderes. Dachte an Eva, die auf pinkfarbenen Schafwolken wandelte, und fühlte fast so etwas wie mütterliche Besorgnis. Obwohl Eva nicht in einem Alter war, das für Ulla Muttergefühle nahegelegt hätte.

Gerade die Gärtner, die die Bonsai-Wurzeln beschnitten, haben immer von den Wäldern mit den großen Bäumen geschwärmt, schrieb Eva in ihr Buch für die Schulen der Postbonsai-Zeit. Das goldene Zeitalter. Das verlorene Paradies.

Der edle Wilde, sagte Ben, schrieb es aber nicht auf, es war ihm zu töricht.

Sie haben für große Bäume geschwärmt, weil sie um so stolzer sein konnten, sie umzuhauen oder zu beschneiden, sagte Athene.

Das Goldene Zeitalter, zitierte Eva aus ihrer Bibliothek der Fälscher und war erstaunt, solche Beschreibungen dort zu finden, war die Zeit des ewigen Lachens. Die Menschen kannten keine Götter, führten niemals Krieg, und der Tod war ihnen nicht schrecklicher als Schlaf.

Bei den Schwarzen in Afrika, zitierte Ben aus seiner Bibliothek der Fälscher und war erstaunt, solche Beschreibungen dort zu finden, sind Gewalttaten selten. Von allen Völkern neigen sie am wenigsten dazu, solche zu begehen. Weithin im ganzen Lande herrscht vollkommene Sicherheit; man kann dort verweilen und reisen, ohne Diebstahl oder Raub fürchten zu müssen.

Was schreibt er von Kriegen, fragte Eva, und Ben blätterte, in der Hoffnung, nichts zu finden.

Würde euch nicht beflügeln zu wissen, daß es möglich gewesen ist, sagte Athene, nichts da mit Natur des Menschen. Offenbar ist denkbar, mit etwas weniger Mördergedanken auszukommen. Füße zu anderem zu benutzen, als auf gebeugte Nacken zu treten. Und überredete Eva und Ben zu einer Flugreise.

Wochenendbeilage, Reise und Erholung. Sie flogen mit Touropa.

Sie saßen erschöpft auf einer der vielen Treppenstufen, die sie hinauf- und hinuntergeklettert waren, unter brennender Mittagssonne, breite Freitreppen, von stämmigen, nach unten sich verjüngenden Säulen umrahmt, die zu

Terrassen hochführten, die von Zacken gekrönt waren, stilisierten Hörnerpaaren ähnlich, dahinter ein kühles dunkles Gebäude, das von winkligen Gängen durchzogen war, von denen neue winklige Gänge abzweigten, mit Tieren und Ornamenten bemalt, ein Innenhof öffnete sich, der in weitere Innenhöfe überging, ein schmaler Gang, eine Abzweigung, ein neuer Hof, eine Terrasse abwärts, ein halboffener Saal, weitläufig, die Wände über und über bemalt, hinter dem sich ein neuer Saal auftat, säulenumrahmt und freskengeschmückt, aus dem Treppen hinauf- und Treppen hinabführten, wieder durch einen dunklen Gebäudeteil, dunkler für die von der Mittagssonne geblendeten Augen, Gänge kreuz und Gänge quer, dann wieder Terrassen, Höfe, Treppen, Gänge, neue unbekannte oder vielleicht auch die, durch die sie heute schon mehrfach gegangen waren, ein Labyrinth.

Ein Labyrinth in Pastell, eher heimelig als furchteinflößend. Die Säle eher elegant als protzig. Die kleinen dunklen Räume eher schattig kühl als finster. Die Säulen in Rot und Blau eher fröhlich als drohend. Und an Wände gemalt silbrig springende Fische, braungelbe Rebhühner hinter zartem Grün, Lilienornamente, blaue Affen, die zwischen Blumentöpfen voll Krokus spielen, springende Stiere und verhaltende Wildziegen, und die Menschen immer lächelnd, Männer und Frauen mit langen schwarzlockigen Haaren, mit großen dunklen Augen und heiter geschwungenem Mund, Menschen zwischen Blumen, Menschen beim Tanzen, Männer und Frauen gemeinsam beim Sport, beim Feiern, beim Schwatzen, schöne Menschen, erotische Menschen, mit nacktem Leib die Männer und nacktem Busen die Frauen, mit Halsketten und Ringen geschmückt beide.

Viele Stunden hatten sie die Gemälde betrachtet, unruhig suchend, weder die Harmonie der schimmernden Pastellfarben noch die Anmut der Szenen, noch die ausdrucksvollen Bewegungen und Gebärden hatten sie länger zu fesseln vermocht, sie waren über Treppen, durch Säle, Terrassen und Höfe gegangen, hatten geschaut und bewundert und doch nicht zu verharren gewagt, weil sie die Furcht vorantrieb, sie möchten doch noch finden, was sie in einem solchen Gebäudekomplex, der soviel Reichtum und Macht ausstrahlte, zu finden für unvermeidlich hielten. Sie eilten angstvoll von einem Bild, dessen Zauber sie noch kaum gewürdigt hatten, zum nächsten und wagten auch dort nicht zu verharren, weil hinter der Ecke, weil im nächsten Raum neue gemalte Dokumente warteten, die möglicherweise das Furchtbare zeigen würden; sie ließen keinen Krug und keine Schale aus, deren Ornamente sie ahnungsvoll betrachteten, übersahen kein noch so kleines Siegel, kein Figürchen, keinen Schrein. Vor einem schwarzen Steinkrug fuhr Eva zurück, hoffte, sich getäuscht zu haben, hoffte, daß die in den Stein geschnittenen, schwer erkennbaren Figuren nicht Männer mit Helmen waren, daß die beiden auf dem Boden Liegenden nicht Erschlagene wären.

Boxen war ein beliebter Sport, erklärte Athene den Krug, natürlich trug man Helme, wegen der Verletzungsgefahr, übrigens auch Boxhandschuhe. Und sie zeigte auf die kugelig umwickelten Hände der Männer, die in der Tat keine Waffen hielten.

In einem kleinen Raum, ganz unten im untersten Geschoß, fanden sie dann doch Waffen, Schwerter, und etwas Goldblitzendes, Streitaxtähnliches, Doppelklingiges. Was ist das, fragte nun Ben und hielt den Gegenstand, nicht größer als eine Faust, und da war auch ein Bild mit einer der barbusigen Frauen, die eine solche Waffe trug.

Das tragen bei uns nur Göttinnen, sagte Athene fast ärgerlich und nahm ihm die Doppelaxt weg. Und Priesterinnen, fügte sie noch hinzu, war aber nicht bereit, das gefährliche Gerät an normale Menschen zurückzugeben. Doppelaxt Messer Schwerter Licht, nicht.

Nichts, sie hatten nichts gesehen, nach Stunden des Herumlaufens erschöpft auf einer der vielen Treppenstufen sitzend. Keine einzige Kriegswaffe. Keine Abbildung eines Herrschers, der seinen Fuß auf einen Untertanen setzt. Keine niedergemetzelten Feinde. Keine Schlachtszenen. Kein sieghafter Triumphwagen, dem die gefesselten Feinde folgen. Überhaupt keine Feinde. Keine Demütigung. Keine Rasse, kein Geschlecht, das sich vor dem anderen duckt.

Das Goldene Zeitalter, sagte Athene, war die Zeit des ewigen Lachens. Die Menschen kannten keine Götter, führten nie Krieg, und der Tod war ihnen nicht schrecklicher als Schlaf. Sie konnten uns nicht verschweigen, tausend Jahre später im klassischen Griechenland, aber sie versuchten, uns zu verfälschen. Die bekannte Methode. Von den Revolutionärinnen vor Versailles blieb eine Allegorie, die gefahrlos sogar auf Geldscheine gedruckt und in Umlauf gebracht werden kann, Delacroix, die Freiheit führt das Volk. Hesiod, das Goldene Zeitalter. Eine Utopie, nichts Historisches.

Kannten keine Götter, fragte Eva nach, also Ahnenverehrung? Diesseitigkeit? Wiedergeburt? Tod nicht schrecklicher als Schlaf?

Sie hatten bei ihrer Besichtigung in der Tat nichts gesehen, was monumental genug für Götterbilder gewesen wäre.

Göttinnen, antwortete Athene und zog eine kleine, zierliche Statue hervor, nicht größer als ein Unterarm, die eine elegante Dame im Volantrock darstellte, schöngeformte Brüste über einer schmalen Taille, lächelnd mit erhobenen Armen, in jeder Hand eine Schlange. Nichts Monumentales, sagte Athene, nichts zum Erschrecken, kein Rächergott, kein gerechter Gott. Göttinnen. Diesseitigkeit. Wiedergeburt.

Ich weiß, Frauen sind bessere Menschen und Göttinnen bessere Götter, sagte Ben gereizt. Kam aber nicht weiter, denn jetzt näherte sich ein lärmender Trupp der Treppe, die Mittagszeit war vorüber, es begann wieder die Zeit der Reisegruppen.

Ein Reiseleiter sprach vom Minotaurus, vom menschenfressenden Stier, der mit Vorliebe junge Mädchen und Jünglinge verspeiste, erklärte diese Sage als ein Bild für eine menschenmordende Herrschaftsform, und die Gruppe blieb stehen vor einem Pastellfresko, das einen kräftigen munteren Stier zeigte, braunockerweißgefleckt mit langen Hörnern, über dessen Rücken sportliche junge Mädchen und Jünglinge kühne Volten schlugen, so daß ihre langen Haare flatterten; ihre wohltrainierten Körper waren nackt bis auf einen leichten Lendenschurz und Sportstiefel. Menschenmordend, wiederholte der Reiseführer, und sprach weiter vom mächtigen König Minos und seiner Allmacht, und die Gruppe blieb stehen vor einem Fresko in Blau, Ocker und Rot, das eine Dame in weitfallendem Rock zeigte, in Oberteil mit schmaler Taille und gepufften Ärmeln, das raffiniert den schönen Busen freiließ, mit einem kronenhaften Goldreif im Haar, unter dem hervor die schwarzen Haare flossen; eine Gruppe Männer umstand sie, die ihr in Krügen Gaben darboten oder die ihre leeren Hände grüßend erhoben hatten. Vom König Minos, dem kriegerischen, sprach der Reiseführer, und die Gruppe blieb stehen vor dem Bild eines Mannes mit Diadem, der durch ein Lilienfeld schritt, waffenlos, mit Lendenschurz, Halskette und Armbändern so bekleidet, daß viel von seinem schöngewachsenen Körper zu sehen war, lange schwarze Locken fielen ihm fast bis zur Taille, und auf seinem Diadem wippte ein Federbusch.

Eine Frau in der Besuchergruppe, umgekehrt nackt wie die Kreterinnen, bei ihr waren Beine und Schultern bloß und der Busen bedeckt, äußerte Unmut, wünschte auch Minos und Minotaurus und den Menschenmord im Bild zu sehen. Der Reiseführer bot ihr Zahlen und Epochen, Mittelpalaststil und spätminoisch, da wurde die Gruppe auch schon weitergeschoben, weil weitere Scharen herbeiströmten. Sie schubsten, boxten und drängelten, sie keiften, wenn nach all dem Drängeln immer noch einer den Fotoblick auf den mildlächelnden Lilienfürsten nicht freigab.

Die Eroberer kommen, sagte Athene. Und bedeckte ihren Busen, den sie in der Mittagshitze freigemacht hatte, wieder mit der Lederrüstung.

Was ist, sagte Ben streitlustig, wenn schon übermorgen bei neuen Grabungen die Überreste einer erschlagenen Streitmacht zutage gefördert werden?

Schau dir die Bilder an, sagte Athene und zeigte auf die lächelnd Friedvollen.

Wenn ich dich ansehe, sagte Ben und blickte auf Rüstung, Helm und Speer, du würdest gut zu Minos passen. Zu dem

Minos, den die meinen. Und er deutete auf die Reiseführer, die einer nach dem anderen unüberhörbar zu ihrer Reisegruppe tönten vom gewaltigen Minos und seinem Heer, von Sklaven und vom Herrenrecht.

Als ob du die Fälscher nicht kennst, sagte Athene. Sie benutzten unsere Schrift, um ihre griechischen Lügen über uns zu verfassen. Nur hundert Jahre brauchten sie, um anderthalb Jahrtausende solcher Kultur, und sie zeigte auf die lächelnd Friedvollen, auf anderthalbtausend Tontäfelchen in eine Herrengesellschaft umzuschreiben. Minos, Sohn des Zeus. Athene, Tochter des Zeus. Minotauros Menschenfresser. Minos der Mächtige, der den Künstler Dädalos bedroht und verfolgt. Dabei hatten unsere Künstler und Handwerker ihre Ateliers genau neben den Räumen der Königin, höchstgeehrt.

Und sie wollte Eva und Ben, die vorhin so hastig hindurchgestürmt waren, noch einmal zu den Ateliers führen. Aber Ben hatte nun genug von Ruinen und von Pastellbildern.

Was soll uns ein vieltausend Jahre alter Traum, sagte er, soll ich heute lächeln, statt zu kämpfen? Was nützt es zu wissen, daß Afrika vor der Herrenzeit friedlicher war? Was soll ich mit den alten Träumen?

Hatte jedenfalls keine Lust, die pastellenen Urlaubstage über Gebühr auszudehnen. Obwohl Eva, Reise und Erholung, sozusagen zu Testzwecken auf Kosten der Redaktion ein kleines Haus mit Meerblick gemietet hatte, mit Ölbaum im Garten, unter dem träumend Athene saß, mit einer Windmühle, die Grundwasser pumpte, und so einsam gelegen, daß Ben mit nacktem Leib und Eva mit nacktem Busen gehen konnten. Obwohl silbrige Fische vor ihnen im Wasser sprangen und träge über die angrenzenden Weiden der Stier des benachbarten Bauern zog. Obwohl Eva viel lächelte, obwohl die milde Sonne daran erinnerte, daß zu Hause der Herbst auf den Winter zuging, obwohl Eva Lilien in große Kübel stellte, machte Ben die Idylle nervös. Selbst als kleine Erholungspause.

Mord bleibt dann straffrei, wenn es sich bei den Ermordeten um untergeordnete Personengruppen handelt: wie Personen weiblichen Geschlechts, dunkler Hautfarbe, minderwertigen Glaubens. Diese Regelung gilt ausdrücklich auch außerhalb von erklärten Mordzuständen wie Krieg. Mord am Ehegatten, um die Ehe zu beenden: Freispruch wegen beleidigter Ehre, wenn das Opfer weiblichen Geschlechts ist. Sonst Höchststrafe. Terroristische Anschläge, Opfer ganze Familien einschließlich Kleinkindern: straffrei, wenn es sich bei den Mördern um Herren, etwa in Regierungsverantwortung, handelt und bei den Opfern um Farbige. Strafbar ist, Personen aus der Herrenschicht auch nur bedroht zu haben: mit gezogener Waffe lebenslänglich, ohne gezogene Waffe, aber Waffe in der Tasche: fünfzehn Jahre; von einem beamteten Wächter der Herrenschicht verprügelt worden zu sein, welcher angab, sich bedroht gefühlt zu haben: Geldstrafe, zahlbar vom Opfer.

Eva studierte, in Vorbereitung auf Toms Prozeß, Urteile der letzten Jahre. Ich könnte ein Kapitel darüber aufnehmen in mein Lehrbuch für die Nachgeborenen, sagte sie zu Tom und zeigte ihm ihre Materialsammlung.

Kind totgeprügelt, als Vater, Freispruch; Kind geschlagen, als Vater, normal; Kind geküßt, als Vater, seltsam, aber noch normal; Kind vergewaltigt, als Vater, der anzeigenden Mutter wird wegen Verleumdung das Sorgerecht entzogen; Kind totgeprügelt, als Mutter, lebenslang.

Was ist mit Eigentumsdelikten, sagte Tom.

Steuerbetrug, Höhe eine Million: durch Nachzahlen erledigt. Geld von Bankkunden veruntreut, Schaden mehrere Millionen: Anklage, Verhandlung, aber keine Strafe; Schwarzarbeit als Unternehmer, Versicherungen und Steuern von Angestellten nicht gezahlt, Schaden in Millionenhöhe: Geldbuße. Joghurt im Supermarkt gestohlen, als Wiederholungstat, Schaden jeweils 0,78 Mark: Gefängnis;

Schwarzfahren, mehrfache Wiederholungstat, Schaden jeweils 1,80 Mark: Gefängnis.

Eva ging besorgt in die Verhandlung. Ihr war klar, daß Toms Juwelen nach Herrenbegriffen noch nicht großer Stil waren. Er würde nicht wie die Veruntreuer und Unterschlager, er würde wie ein Joghurtdieb behandelt werden.

Tom ging unbesorgt in die Verhandlung. Die Urteile beruhigten ihn. Er hatte eine seiner ledergewandeten, schlangengeschmückten Freundinnen als Anwältin und Ben als Zeugen benannt. Er bestritt nichts; die Ladung des Ankäufers der Münchschen Juwelen und die des Motorradhändlers erwiesen sich als überflüssig. Tom gab sogar mehr zu, als ihm vorgeworfen wurde, gab an, außer Juwelen auch allerlei Papierkram, einige Aktien, Grundbuchauszüge und vier bisher nicht benutzte Kreditkarten mitgenommen zu haben. Der Richter hätte ihn fast für einen reuevoll Geständigen gehalten, wäre da nicht die Anwältin gewesen, die all diese Gesetzesbrüche für Toms gutes Recht erklärte. Frau Münch im Zuschauerraum, die kaum merkbar gezögert und sich dann neben Eva gesetzt hatte, nickte ihr bedeutungsvoll zu. Er muß es hier lernen, Frau Lengeroth, wenn Sie es ihm nicht beibringen können, sagte sie. Äußerte Kritik an der Anwältin. Wunderte sich über Ben als Zeugen.

Ben sprach weder über die Juwelen der Frau Münch noch über die Kreditkarten des Herrn Münch. Er vermied die Größenordnung Joghurtdieb. Er sprach in der Größenordnung der Herren. Die gestohlenen Juwelen, von denen er sprach, wurden in Tonnen gewogen, nicht in Kilo oder in Gramm oder gar in Karat. Sie steckten in Kronen und hingen an Hälsen von Präsidentengattinnen, zierten die Krawatten und die Ohren von Filmstars, lagen in Safes von Banken und in Auslagen der teuersten Juweliere. Ben sprach von staatlich gefördertem Raub, begangen in seinem Kontinent, großenteils in seinem Heimatland. Er sprach zum Beispiel von dem westafrikanischen Gold, welches so reichlich nach Europa floß, daß die dankbaren Räuber das ausgeplünderte Land Goldküste tauften.

Verjährt, rief der Chor der Zeugen der Anklage, riefen

Kaufleute und Banker, riefen die Regierungssprecher der westlichen Welt, riefen Gewerkschafter und Oppositionsführer.

Er sprach von Angolas Diamanten, die Portugal geplündert hatte. Verjährt, rief der Chor der Zeugen der Anklage.

Er sprach von den Diamanten, welche die Besatzer aus seiner Heimaterde gruben, graben ließen von den eigentlichen Besitzern, den entrechteten, die mit einem Stück Brot und einer Flasche Bier abgespeist wurden, bei Protest mit einem rollenden Panzer und einem bellenden Maschinengewehr.

Der Zeugenchor schwieg. Der Richter blätterte in Gesetzestexten, besprach sich wispernd mit den Bankern, den Regierungssprechern, notierte, was ein Gewerkschafter sagte, hörte nachdenklich einen Oppositionsführer an. Auch im Saal erhob sich Gemurmel; es war ziemlich voll, außer Frau Münch und einigen von den Motorrad-Amazonen waren ungefähr dreißig Jugendliche erschienen, eine Schulklasse offenbar.

Tust du das mir zuliebe, Ben, dachte Eva, wozu läßt du dich benutzen, was hat dein ausgeraubter Kontinent mit Toms Diebstahl zu tun. Was hat Südafrika mit dem Diebstahl Ihres Sohnes zu tun, Frau Lengeroth, flüsterte Frau Münch befremdet und bereute schon fast, sich neben Eva gesetzt zu haben, vor allem, weil ihr die lauten kumpelhaften Motorradfrauen mißfielen, die mit Eva spöttische Bemerkungen über den Richter und seine Zeugen tauschten. Noch lauter war es in der Schüler-Ecke; zunächst geflüstert hatten die Kinder Auskunft von ihrem Lehrer haben wollen über Angolas geplünderte Diamanten und Südafrikas Bergwerke, die offensichtlich in ihren Bonsai-Büchern nicht vorgekommen waren. Da der Lehrer glaubte, sich die Antwort ersparen zu können, indem er tat, als höre er nichts, fragten sie lauter, riefen sogar.

Statt des Lehrers sprach nun der Richter, sagte, die vom Zeugen der Verteidigung genannten Diamantenminen seien rechtmäßig im Besitz der Firma de Beer und kleinerer weißsüdafrikanischer Eigentümer, welche rechtmäßig Schürfrechte erworben hätten, die Minenarbeiter seien hochbezahlt im Vergleich zum Landesdurchschnitt, und wenn es unter den Zeugen der Anklage auch Stimmen gebe, und dabei blickte er auf die Oppositionellen, welche die derzeitige Regierung oder, und dabei blickte er auf die Gewerkschafter, das generelle Lohnniveau für Schwarze mißbilligten, so bestehe doch keinerlei Zweifel an den Eigentumsverhältnissen.

Wer Schürfrechte auf diesem Land vergab, hatte uns zuvor dieses Land gestohlen, sagte Ben.

Verjährt, rief laut der Zeugenchor, nun wieder bekannten Boden unter den Füßen, riefen Regierungssprecher, Gewerkschafter und Banker.

Hatte zuvor die Völker dieses Landes mit Waffengewalt verdrängt, sagte Ben.

Verjährt, wiederholte der Zeugenchor, und ihre kräftigen Stimmen hallten durch den Saal wie ein Kanon.

Hatte, die sich wehrten, ermordet, vernichtet, ausgerottet, sagte Ben.

Verjährtverjährtverjährt, hallte der Zeugenkanon.

Herablassend blickte der Richter Toms Amazone an, fragte, begleitet von dem triumphierenden Kanon: Abgesehen von der Unglaubwürdigkeit Ihres Zeugen, Frau Anwalt, haben seine Aussagen nichts mit der zur Verhandlung stehenden Sache zu tun.

Woraufhin die Anwältin aus ihrer Lederjacke einen Stapel Papiere zog, dem Richter hinlegte und sagte: Ich glaube doch.

Es waren Papiere, die selbst auf die Entfernung hin Frau Münch erblassen ließen, die den Richter, nachdem er hineingeblickt hatte, aus seiner herablassenden Ruhe brachten, ihn nervös hin- und herrutschen ließen, sich flüsternd mit den Zeugen der Anklage besprechen und deren triumphierende Gesichter bedenklich, besorgt, konspirativ werden ließen, Papiere, die Tom beim Juwelenklau in der Hast mit in die Tasche geschoben hatte.

Es handelt sich um die Papiere, um derentwillen mein Mandant eingebrochen ist, sagte die Anwältin, eingebrochen sozusagen als Anwalt des öffentlichen Interesses, um zu demonstrieren, wie schlecht solche Dokumente gesichert sind, die Juwelen waren Beigabe, sozusagen die Spesen.

Eva blickte ratlos auf Tom, Tom blickte mit komplizenhaftem Stolz auf Eva.

Die Verhandlung war dann erstaunlich schnell zu Ende. Tom wurde, weil geständig und weil er die entwendeten Gegenstände zurückgegeben hatte, freigesprochen; die Kinder wurden so hastig aus dem Saal gedrängt, als wären sie aus Versehen in einem Striptease-Lokal statt in einem Gericht gelandet; Eva war starr vor Verblüffung; Frau Münch, die sich mit der Frage: Sie haben davon nichts gewußt? versicherte, daß die vor Verblüffung starre Eva nichts davon gewußt hatte, eilte zum Richtertisch und nahm die Papiere wieder an sich. Es kam heraus, daß in einem Land, wo spielende Kinder Geheimdienstunterlagen auf der Straße finden und wo eine Betriebsärztin im Büro ihres Patienten die gesammelten Bestechungsunterlagen des Betriebs aufliest, daß in einem solchen Land ein jugendlicher Einbrecher zusammen mit einigen Juwelen aus Versehen die Abrechnung von südafrikanischen Schmiergeldern mitgenommen hatte, welche über den Fruchthofdirektor abgewickelt wurden, der sie an Abgeordnete verschiedener Parteien weiterverteilte. Den Teil der Abrechnung, der nicht über die Bank gelaufen war.

Das hast du vorher nicht gewußt, und nun fühlst du dich im Recht, sagte Eva wütend, begeistert.

Der Zweck heiligt die Mittel, sagte Tom.

Das ist Herrenweisheit, sagte Eva, konnte aber ihre Begeisterung nicht verbergen.

Wenn man die Herren so leicht mit ihrer Weisheit schlagen kann, sagte die Amazone.

Eva bedauerte, daß Tom die Papiere zurückgegeben hatte; die Anwältin und die anderen Lederjackenamazonen lachten. Verrieten aber erst, als sie wieder in Evas Haus waren und die Fenster geschlossen hatten und weit und breit kein Richter und keine Frau Münch zu sehen waren, daß sie in nächtelanger Fleißarbeit kopierte Fälschungen zurückgegeben hatten und die Originale behalten.

Es waren genau die Papiere, wegen deren Nichtbesitz Evas junger Kollege degradiert worden war. Eva hatte jedoch das deutliche Gefühl, daß nun ihr Besitz weder ihn noch sie an die alten Stellen zurückbefördern würde. Es war jedoch nicht das, was sie zögern ließ. Es waren auch nicht die Schwierigkeiten, solche Kenntnisse als Redakteurin für Reise und Unterhaltung überhaupt ins Blatt zu bringen. Sie könnte schlicht ihre Reiseseiten mit dem füllen, was sie über Birexco und seine Tätigkeit auf den Schlachtfeldern dieser Welt wußte, und die Unterhaltungsseite mit der Liste, die Tom als Juwelenzugabe erbeutet hatte. Es war klar, daß dies ihre letzte Wochenendbeilage sein würde und daß nicht sicher wäre, ob sie nach einem solchen Abgang so schnell wieder einen Job finden würde, aber es war nicht einmal diese Aussicht, die sie zögern ließ. Es war das Wissen, daß es noch mehr Listen wie Toms geben mußte, die erklären würden, warum ihre politischen Gesprächspartner der letzten Wochen so viel und so viel mehr als sie selbst wußten, aber offenbar keine Folgen daraus ableiten wollten. Erklären würden, wer aus dem Glauben an Arbeitsplätze oder Wirtschaftsaufschwung schwieg und wer für sein Schweigen wie hoch bezahlt worden war. Die erklären würden, was »Sie wissen schon« bedeutete.

Kränkend war, daß Ben sie mißverstand, sie verzeihend wissen ließ, er habe Verständnis dafür, daß sie ihre berufliche Existenz nicht der Publikation von Tatsachen opfern wolle, die allerdings geeignet wären, seine und seiner Mitkämpfer Sache beträchtlich zu fördern. Ben verzieh ihr das mit einer Milde, die Eva fürchten machte, er werde nun alle ihm zur Verfügung stehende Zärtlichkeit einsetzen, um mit seiner Person auch für seine Sache zu werben, um ihr zugleich die Drohung einzustreicheln, sie würde sich, entzöge sie sich der Hilfe für die Sache, auch ihm als Person entziehen. Die Alarmsirenen klingelten, jedes Härchen war gesträubt in Erwartung der Zärtlichkeitsattacke.

Aber die kam nicht. Ben hatte offensichtlich nicht vor,

ihre Liebe einzusetzen, um Wohlverhalten von ihr zu erpressen. Er hatte nicht vor, ihre Gefühle sich nur durch ihr Eintreten für seine Sache beweisen zu lassen. Er hatte offensichtlich nicht vor, diese Worte so zu mißbrauchen, wie sie immer mißbraucht worden waren.

Nasrin trug neuerdings aufwendige Seidentücher um den Hals, meist mit französischen Herstellernamen, die in eine Ecke gewebt waren. Die Tücher warteten darauf, nach oben zu rutschen. Dr. Hermoz Ihawabi, in dessen Praxis sie inzwischen arbeitete, versuchte, ihr mit Lanvin und Cacharel seinen Wunsch schmackhaft zu machen, seine in Kopftücher gehüllten Patientinnen möchten in seiner Praxis nicht von einer Ärztin mit nacktem Haar begrüßt werden, geschweige denn die Ehemänner der Patientinnen, welche mitkamen, um zu kontrollieren, ob es wirklich ein seriöses Wesen weiblichen Geschlechts war, dem ihre Ehefrauen Intimes anvertrauten; nackte Haare sind nicht seriös. Ihawabi hatte nicht gesagt: Andernfalls kann ich Sie leider nicht weiter beschäftigen. Nichts dergleichen. Da waren nur immer neue, in geschmackvolles Geschenkpapier verpackte flache Schächtelchen, in denen weitere Tücher von Dior oder Patou lagen. Und da war ein Bescheid vom Ausländeramt, daß sie bleiben könne, solange sie als Moslem-Ärztin, als durch keine Deutsche ersetzbare Spezialistin für Moslem-Patientinnen, bei Dr. Ihawabi arbeitete.

In der Akazienstraße gab es zu viele gute Ratschläge.

Ben erwähnte, daß in seiner Heimat, ebenso wie in Nachbarländern, Frauen nach der Eheschließung fast immer große Tücher um den Kopf geschlungen trügen, rotockergelb oder auch in anderen bunten Farben, unter denen freilich die Haare das Recht hätten hervorzuquellen. Er sah dabei auf Eva und das rotockergelbe Tuch, das sie kronengleich um den Kopf gewunden hatte. Clara, eingedenk ihrer Erfahrungen bei dem Versuch, Prinzipien und Berufswunsch zu vereinen, sagte leichthin: Ist doch egal, ob du den Fetzen eine Handbreit weiter oben oder unten trägst. Und war schon dabei, versuchsweise einen eleganten Cacharel-Turban zu knoten. Lutz bot Nasrin eine Papierehe an, um ihr eine Entscheidung unabhängig vom Druck des

Ausländeramtes zu ermöglichen. Wirkt total glaubhaft, wo wir schon dieselbe Adresse haben, sagte er und fügte zufrieden lächelnd hinzu: Und wenn ich nach dem Examen arbeitslos bin, bist du unterhaltspflichtig.

Eva, unzufrieden mit solch privater Lösung, versprach statt dessen, ihre Partei zu bewegen, mit und für Nasrin einen Musterprozeß um Nasrins Asylrecht zu führen, um die Tatsache, daß Frausein eine politische Äußerung ist. Daß schwarze Tücher keine Folklore sind. Daß die Vertreibung eines halben Volkes aus dem öffentlichen Leben kein persönliches Schicksal ist. Daß die Ablehner dieses Asylantrags die Maßstäbe der Scheiterhaufenstapler anlegten. Die Maßstäbe der Zeit, wo die Beginen Berufsverbot erhielten und ihre Ärztin Anna nur noch Handlangerdienste machen durfte.

Wenn überhaupt, sagte Anna, eine Nachfolgerin, Generationen später. Wir mußten plötzlich Prüfungen vor studierten Doctores ablegen, es war völliger Zufall, ob eine durchkam oder nicht, die Doctores verstanden wenig von Heilkunde.

Worauf Dr. med. Nasrin zu bedenken gab, ein Medizinstudium sei für diesen Beruf ja wohl unerläßlich.

Anna schwieg, wußte nicht recht, wie sie Nasrin einordnen sollte. Es war still in dem Garten des Beginenhofes, stiller, als Eva ihn von früher in Erinnerung hatte, es ratterte kein Webstuhl, es surrte kein Spinnrad, keine Getreidemühle kreischte, es war so still, daß man heute eine kratzende Feder auf Pergament gehört hätte. Aber man hörte nur die Blätter des Apfelbaums rascheln und die Blätter in Annas Kräutergarten.

Das gilt heute als unwissenschaftlich, sagte Anna und zeigte auf die Pflanzen. Jahrhunderte medizinischer Empirie stecken dahinter. Wir benutzten nichts, was sich nicht tausendmal bewährt hat. Wir ließen uns ja auch nur bei Erfolg bezahlen. Das sollte man wieder einführen, was? Beim Erfolgshonorar zwinkerte sie Nasrin zu, die mit Interesse das Gärtchen betrachtete, Pflanzen und ihre Wirkung benannte und meist gleich die gängigen Markennamen dazu, unter denen sie in Pillen verarbeitet und vertrieben wurden.

Wieso benutzten, wieso ließen bezahlen, wieso Vergangenheit, fragte sie.

Weibliche Ärzte dürfen nur noch als Hebammen arbeiten, alles andere ist verboten, sagte Anna.

Natürlich nur bei religiösem Wohlverhalten? fragte Nasrin. Anna nickte. Andere qualifizierte Berufe? Kopfschütteln. Aber natürlich Dienerin, Landarbeiterin, Prostituierte? Nicken. Politische Rechte? Kopfschütteln. Sexuelle Rechte? Kopfschütteln, Kopfschütteln. Todesstrafe für sexuelle Abweichung wie treulos oder lesbisch? Nicken. Nach schwarzen Tüchern zum Frauenverpacken mußte Nasrin angesichts des langen, dunklen, wallenden Gewands und des engschließenden Kopftuchs nicht fragen.

Es ging so allmählich, daß wir den Augenblick verpaßt haben, uns zu wehren, sagte Anna. Über Generationen. Eine einzelne Frau hat im Laufe eines Lebens kaum bemerkt, daß ihr etwas genommen wurde, aber nach einigen Generationen war aus dem bißchen alles geworden.

Es ging so schnell, daß wir uns kaum wehren konnten, sagte Nasrin. Eben noch haben wir Schulter an Schulter gemeinsam gekämpft, eben noch gemeinsam die Früchte des Sieges ernten wollen, da waren sie uns schon genommen, alle.

Ich führe das Haus als Museum, seit unsere Beginengruppe sich aufgelöst hat, sagte Anna und schickte sich an, den Rundgang zu machen. Sie öffnete die Tür zu einem Raum, der auf den ersten Blick wie ein Sperrmüllager aussah, zerbrochene Holzlatten und Balken, Drähte, Fäden, dazwischen hing Gewebtes in Fetzen herab, Seidenfetzen, Leinenfetzen, alles mit Staub bedeckt. Das ist die Abteilung »Frauen lassen sich gegeneinander aufhetzen«, sagte Anna.

Eva erinnerte sich. An Liobas triumphierendes Gesicht, als die Meisterinnen den Beginen die Webstühle zerschlugen, um die lästige Konkurrenz loszuwerden, als durchgesetzt wurde, daß den Beginen das Weben, außer für den Eigenbedarf, verboten wurde.

Es war unsere Haupt-Einnahmequelle, wir verkauften Leinen und Seide in ganz Europa, sagte Anna und führte sie in den nächsten Raum, wo diese Einnahmen in schweren eisenbeschlagenen Truhen gesammelt wurden, wo von einem Pult aus Waren durch Europa dirigiert und Gelder verbucht und verwaltet wurden. Eva und Nasrin öffneten die inzwischen leeren Truhen, lasen alte Abrechnungen, Quittungen, Briefe, Dokumente über Bauvorhaben, Grundstückskäufe, Investitionen, Spenden an Klöster und Kirchen, Darlehen an andere Beginengruppen, an die Stadt.

Ihr wart ein wirtschaftlicher Machtfaktor, ihr habt dem Stadtrat Darlehen gegeben, was habt ihr euch an politischem Einfluß dafür eingehandelt? fragte Nasrin.

Dies ist die Abteilung »Unterschätzung der eigenen Macht«, sagte Anna als Antwort.

Die riesige hölzerne Wanne in dem Raum, in den sie nun geführt wurden, war so ausgetrocknet, daß die einzelnen Sparren auseinanderklafften, offensichtlich lange nicht mehr benutzt. Fünf, sechs Menschen hätten sich an Badetagen in der Wanne gedrängelt, berichtete Anna, andere schon gewartet, neues heißes Wasser herbeigeschleppt, das auf dem Ofen gebrodelt habe, der nun kalt in der Ecke stand und nicht mehr das Nebenzimmer mit heizen konnte, das damals Annas Praxis war.

Sie haben das Baden verboten, sie haben es für unsittlich erklärt, übermäßige Leibespflege ist unkeusch, und schon gar, wenn Männer und Frauen zusammen baden, sagte Anna, und nun wundern sie sich, wenn Wundbrand und Kindbettfieber sich ausbreiten, als ob Hygiene und Gesundheit nichts miteinander zu tun hätten! Aber ordentliche Medizin ist ja sowieso passé.

Wie heißt diese Abteilung, fragte Nasrin, und Anna knurrte zornig: »Fachkompetenz allein reicht nicht.«

Fachkompetenz, fuhr sie fort, ja die Herren Doctores, die uns vertrieben haben, die sind vom Fach. Zwar diagnostizieren sie anders als wir, sie fragen nicht nach Leberleiden oder Grippe, sie fragen nach natürlicher Krankheit oder Hexerei. Können sie heilen, oder geht die Krankheit von selbst vorbei, dann sind sie die großen Gelehrten und die Krankheit war natürlich. Können sie nicht heilen, war es Hexerei, und ein Opfer muß brennen, am besten die Ärztin aus der Nachbarschaft mit ihren verdächtigen Mitteln. Die Herren Doctores sind nichts als Aufpasser, Aufpasser, daß gebeichtet wird, denn Krankheit ist ja Strafe Gottes, Aufpasser, daß nicht etwa eine Therapie gegen Kirchenregeln verstößt, so wie Baden oder Heil-Onanie oder eine Diät, die sich mit Fastenregeln beißt, Aufpasser, daß nicht etwa Verhütungsmittel gebraucht werden oder abgetrieben wird, Aufpasser, welche Krankheit von welcher Hexe kommt. Sie sind die Zulieferer für Inquisition und Scheiterhaufen, die Herren Doctores. Und wenn einige von ihnen tatsächlich was vom Heilen verstehen, dann haben sie es aus alten griechischen, jüdischen oder arabischen Büchern oder von Hildegard, aber nicht aus den Büchern, die sie studieren müssen. Das wird Jahrzehnte, Jahrhunderte dauern, bis sich die Medizin von diesem Rückschlag erholt. Fachkompetenz ist nichts gegen Ideologie mit Scheiterhaufen.

Damit war sie schon im nächsten Raum, dem kleinen Kapellchen des Beginenhofes. Abteilung »Ideologie oder: der Haupt- und der Nebenwiderspruch«, sagte sie.

Das Kapellchen sah aus, wie Kapellchen eben so aussehen, außer daß keine Kerzen brannten und mehr Staub als sonst auf den Bänken lag. Eva ging ohne Interesse weiter, und Anna mußte schon im Hinausgehen erklären: Wir haben für Kirchenreform gekämpft, zusammen mit unseren Brüdern, weil wir dachten, eine reformierte Kirche würde uns in Ruhe und Freiheit lassen. Besonderen Frauenkampf hielten wir für unnötig.

Nasrin nickte, das kam ihr bekannt vor, und Nasrin war es, an die Anna sich im nächsten Raum wandte, in der Bibliothek, wo Pergament und Federn unbenutzt auf einem Pult verstaubten, wo auf teppichbedeckten Tischen kostbare Handschriften lagen. »Nicht aus der Geschichte lernen«, heißt diese Abteilung, und dabei sah sie Nasrin vorwurfsvoll an. Schreiben können, lesen können und nichts aus der Geschichte lernen.

Was ich gelernt habe, sagte Nasrin trotzig, ist, daß die Zeit der Herren zu Ende geht. Überall in ihrem Machtbereich sind schon Bastionen der Freiheit entstanden.

Für kurz vor dem Ende sind sie noch ganz schön munter und kampfeslustig, sagte Anna.

Wie ein tödlich verwundeter Löwe, ja, sagte Nasrin, und wie aufs Stichwort hörten sie röhrendes Gebrüll von fern, mehrstimmiges, eine ganze Herde. Der Lärm näherte sich, nahm Kurs auf den stillen Beginenhof. Die Herde, die nun röhrend einbrach, waren die Motorradfrauen mit den Lederjacken, die Anwältin voran, eine Schlange um den Hals gewunden, auf dem Rücksitz Clara.

Clara soll das Museum sehen, rief die Anwältin, und Anna ging voran, diesmal lohnte die Besuchergruppe, auch Eva schloß sich noch einmal an. Dies ist die Abteilung »Frauen lassen sich gegeneinander aufhetzen«, sagte Anna und öffnete die Tür, hinter der die zerschlagenen Webstühle verstaubten.

Währenddessen wand sich Nasrin einen Turban von Cacharel um den Kopf und ging in Ihawabis Praxis, um mit Rezepten für Verhütungsmittel, mit Aufklärung über Scheidungs- und Unterhaltsrecht, mit kopierten Auszügen aus Geschichtsbüchern und mit sonstigen subversiven Ratschlägen eine neue Bastion zu schaffen.

Sehr geehrter Herr Chefredakteur, statt des Auslands-Wetterberichts, ich plane eine Reise nach Kenia, fand ich voriges Wochenende in der Beilage dümmliche Behauptungen über den Ursprung der Menschheit, die mit der Erwähnung einiger (übrigens von Engländern) in Kenia gefundener Knochenreste schlecht belegt werden können, hochachtungsvoll.

Sehr geehrte Tageszeitung, auf der Gartenseite erwarte ich Ratschläge, wie ich jetzt meinen Vorgarten winterfest machen muß, Tulpenzwiebeln ausgraben oder nicht, Rosen abdecken oder nicht, und keine törichten Beschimpfungen von Bonsai-Züchtern, die zudem nicht stichhaltig begründet werden, mit freundlichen Grüßen.

Wie kommen Sie dazu, sagte eher erstaunt als vorwurfsvoll der Chefredakteur, uns auf der Reiseseite von stierbegleiteten Göttinnen und waffenlosen Königinnen zu berichten; unsere Leser wollen genaue Angaben über Vollpension und Entfernung zur nächsten Disko.

Du wirst dir Schwierigkeiten einhandeln, sagte mit seiner alten, etwas überheblichen Fürsorglichkeit Evas junger Kollege, wenn du in der Medizin-Ecke religionsfeindliche Äußerungen ausstößt, statt den Lesern zu erklären, wie sie ihren lästigen Fußpilz loswerden.

Das sind unnötige Konfrontationen, sagte Ben, wenn du deine Beilage mit einer historisch ungesicherten Version der Französischen Revolution oder mit Zuweisung von bekannten Dichtungen oder Kompositionen an unbekannte Autorinnen füllst, bevor du unsere Enthüllungen veröffentlicht hast.

Es wurde eng in Evas Haus. Die Amazonen schienen sich dauerhaft eingerichtet zu haben. In Daunenschlafsäcke eingerollt, schliefen sie in Toms oder Claras Zimmer oder auf den Fluren, manche sogar, ihre Abhärtung unter Beweis stellend, im winterlich kalten Garten unterm Zelt, immerhin fiel noch kein Schnee.

Während Nasrin mit einem Anwalt, den Evas Partei zu finanzieren beschlossen hatte, vor Gericht um ihr Asylrecht focht, trafen weitere Asylfälle in der Akazienstraße ein. Olympe de Gouges hatte sich, auf der Flucht vor den Jakobinern, im Wohnzimmer eingerichtet, hatte den Eßtisch dort mit Manuskripten, Zeitungen und Büchern belegt, es wurde ohnehin meist in der Küche gegessen. Als dann Ma Nthatisi ankam, vom Kampf erschöpft, mit zerzauster Löwenmähne, blieb nur noch Bens Zimmer, und Ben zog zu Eva.

Fast eine Idylle. Leben mit Ben, jede Bewegung, jeder Atemzug offen vor dem anderen. Geheimnisse nur gemeinsam. Schlafen mit Ben, Haut an Haut und Wärme an Wärme, Raserei mit Zärtlichkeit eingelullt und Zärtlichkeit zu Raserei entflammt. Arbeiten mit Ben, den Schreibtisch geteilt, die Bücher der Zukunft aufgeschlagen, seine Papiere sich unter ihre mischend und seine Gedanken sich in ihre. Träumen mit Ben. Nein, träumen nicht. Wo könnte ein Traum anders hinführen als in Bens befreites Land, Ben zurückgekehrt, als Lehrer vielleicht oder als Minister, zu seinen Freunden, seiner Mutter, seiner Frau.

Einkaufen mit Ben. Kochen mit Ben. Gespräche um den Küchentisch mit Ben. Fast ein Familienleben. Mit entsprechendem Familienstreit und entsprechender Parteinahme, deine Nthatisi hat, deine Athene will, bring deine Amazonen zur Ruhe.

Die Amazonen und Athene tauschten kleine spitze Bemerkungen, keine langen Diskussionen, wenig Gespräch eigentlich. Sie ist fraulich geworden, des Weibes wahre Bestimmung, flötete eine von den Lederfrauen ironisch, als sie Athene beim Abwaschen ertappte. Die Amazonen lebten hauptsächlich von Milch aus Tetrapak und Tartar aus Zellophan, hinterher flog die Verpackung in den Mülleimer, kein Kochen, kein Abwasch, keine häuslichen Tätigkeiten.

Auch sonst schien sich niemand zu häuslichen Tätigkeiten berufen zu fühlen, Olympe hatte mit Schreiben zu tun, Nthatisi wurde, wenn sie sich zu Koch- oder Putzarbeiten anschickte, von Ben gehindert, der ihre Löwenmähne nicht von Fettspritzern oder Abwaschwasser beschmutzt sehen wollte, der aber selbst fast nie Zeit zu solchen Tätigkeiten zu haben angab, immer seltener kochte Nasrin, und Tom und Clara, die bisher murrend, aber zuverlässig umschichtig mit den anderen Hausbewohnern das Nötige erledigt hatten, streikten nun, angesichts der anderen Verweigerer.

Während Eva sich mit der Organisation der Grundbedürfnisse herumschlug, sich vergeblich bemühte zu verhindern, daß die Hauptlast an ihr hängenblieb, schlugen sich Olympe und Nthatisi mit der Organisation des Kampfes herum.

Es war mein Irrtum, sagte Olympe, daß ich dachte, wir könnten gemeinsam mit den Jakobinern kämpfen, mit dem, was sie Revolution nannten. Eine Kollekte habe ich organisiert, die Frauen helfen der Revolution, sie spenden ihren Schmuck der Nationalversammlung. Lächerlich. Gold gab ich für Eisen. Nicht für Freiheit, nicht für Gleichheit, nicht für Schwesterlichkeit. Clara, Kind, könntest du uns einen Kaffee aufsetzen?

Clara, die bisher aufmerksam zugehört hatte, bekam nun einen abwesenden Blick, blätterte ein bißchen in Olympes Manuskripten und Entwürfen, die auf dem Tisch lagen, erhob sich dann und sagte bedauernd: Ich muß weg. Wobei weg bedeutete, daß sie sich nun mit einem Buch von Olympe in ihr Zimmer zurückzog. Eine halbe Stunde später wiederkam, nachdem sie sich mit einem vorsichtigen

Blick in die Küche, auf schmutzige Filter und Kannen vergewissert hatte, daß Olympe ihren Kaffee inzwischen selbst gekocht hatte.

Afrikanische Frauen sind nicht ohne Macht, sagte Nthatisi und hob den königlichen Kopf mit der Löwenmähne. Du sprichst für eine Zersplitterung der Kräfte, genau das war unser Fehler, genau so haben die Eroberer sich unseren Kontinent Stück für Stück einverleibt, warum haben wir uns nicht vereint. Hättet ihr nicht mitgekämpft, wie leicht wäre die Revolution verloren gewesen.

Diese Art von Revolution, sagte Olympe verächtlich, denk an San Domingo.

Das als freies Haiti aus der Revolution hervorging.

Weil sie ihren Extrakampf kämpften.

Nachdem sie mit der Revolution sich gegen England durchgesetzt hatten. Nachdem, betonte Nthatisi.

Nachdem waren wir schon hingerichtet, sagte Olympe.

Ben war bei solcher Art Auseinandersetzung auf Nthatisis Seite. Deine Olympe redet Unsinn, sagte er, in dieser Lage jetzt die Kräfte spalten zu wollen.

Denn die Lage war so, daß der Krieg in Bens Heimat zum Massaker eskaliert war. Daß ein Kind auf der Straße erschossen wurde, weil es der Schütze, wie er angab, für einen Hund gehalten hatte, und daß das für Recht erklärt wurde. Daß im fernen Deutschland Menschen die tägliche Todesrate mit Grauen mitzuzählen begannen. Daß Tausende an einem Tag verhaftet wurden, was selbst im Rahmen der Herrenjustiz ungewöhnlich war. Daß ein Verdächtigter erschossen wurde – er wirkte wenig proper, und der Schütze wollte sich nicht beim Verhaften Hände oder Uniform beschmutzen – und daß das für Recht erklärt wurde. Daß die täglichen Schlachten auf den Straßen nur deshalb nicht im fernen Deutschland täglich auf den Bildschirmen stattfanden, weil Berichte verboten waren, die meisten Berichterstatter schon ausgewiesen waren. Daß selbst ein Herrenbetrieb wie Birexco, Zweigstelle Südafrika, von der Regierung seine verhafteten Gewerkschafter zurückforderte.

Nasrin, in ihr nachrevolutionäres Kopftuch gehüllt, das

sie wegen Regen und Wind auf dem Heimweg von der Praxis anbehalten hatte, mischte sich auf Olympes Seite ein, und Eva, eben noch auf dieser Seite, stritt mit Nasrin wegen dieses Tuches. Streiten mit Ben. Fast ein Familienleben.

Leben mit Ben, in einem Raum, aus dem er unruhig fortstürmte zu Vorträgen, Versammlungen, Demonstrationen, um neue Verbündete zu gewinnen gegen den Amoklauf des verwundeten Löwen, kurz vor dem Ende. Schlafen mit Ben, wenn er nachts schreiend aus seinen Träumen hochfuhr, in denen sich die Gewehrsalven seiner Kindheit vermischten mit dem Blut, von dem er täglich in den Zeitungen las. Arbeiten mit Ben, die Bücher der Zukunft beiseite gelegt vor den Forderungen der Gegenwart, den Aufrufen, den Protestschreiben, den Beweissammlungen gegen die gekauften Förderer des Massakers. Keine Idylle. Hoffnung manchmal.

Sie wissen schon, sagte der Mann am Telefon, als er Eva zu sich bat. Das magische Wort. Das Sesam-öffne-dich. Der Schlüssel zu Blaubarts Kammer. Eva war auf beides vorbereitet, Schätze oder Blut. Und war entschlossen, den Schlüssel nicht fallen zu lassen, das magische Wort nicht zu vergessen.

Der Wind fegte die letzten Blätter durch die stillen Provinzstraßen der Hauptstadt, wo das Büro des Anrufers lag. Eine Frau kurvte einen Kinderwagen um die geparkten Autos. An Evas Auto hob ein Hund sein Bein. Ein alter Mann trug eine Einkaufstüte.

Diese Aufmärsche, diese Straßenkämpfe, sagte der Mann, der sie herbestellt hatte, die Lage wird schwieriger.

Eva nickte, machte ein eingeweihtes Gesicht, sagte: Aber ich, was kann ich jetzt tun; könnten nicht eher Sie als Wirtschaftsmacht...

Sie zog die Mappe mit ihren gesammelten Unterlagen hervor, die dicker geworden war, seit sie sie zum erstenmal auf diesen Tisch gelegt hatte, öffnete sie zögernd, versuchte, ihren eingeweihten Blick zu behalten, der über Zollpapiere, Warenbegleitscheine, Konstruktionszeichnungen und Listen von Bestechungsempfängern ging. Sie wußte nicht, was los war.

Ganz recht, sagte ihr Gesprächspartner, gerade in der jetzigen Lage dürfen diese Papiere auf keinen Fall an die Öffentlichkeit, jetzt, wo wir gezwungen sind, öffentlich den Ausnahmezustand, die Verhaftungen, das Blutbad zu verurteilen. Öffentlich. Die Öffentlichkeit denkt eben nicht in Wirtschaftskategorien. Sie wissen schon.

Und da war ein Umschlag in seiner Hand.

Sesam öffne dich. Blaubarts Kammer. Beides, Geld und Blut. Der Anruf hatte, wenn sie es recht bedachte, nichts anderes bedeuten können, trotzdem war Eva erstarrt vor Schreck. Sie hatte nicht wirklich erwartet, daß der Anruf das bedeuten würde. Sie bemühte sich angestrengt, den Schlüssel nicht fallen zu lassen und das Wort nicht zu vergessen. Sie bemühte sich, zunächst gar nicht zu reagieren; das war schon das Leichteste, schreckensstarr, wie sie war. Sie bemühte sich, ihr eingeweihtes Gesicht zu behalten und auf den Umschlag zu blicken, als hätte sie ihn erwartet.

Bevor die Pause lang wurde, mußte sie reagieren. Sie könnte zum Beispiel mit Pokermiene fragen: Wieviel, und könnte auf die Zahl hin das Doppelte verlangen. Wahrscheinlich würde das nicht gelingen. Die Pokermiene würde nicht glücken. Schon auf den Märkten in Kreta, wo sogar die Pauschalreise-Prospekte geraten hatten zu handeln, wo Ben schwatzend und gestikulierend beachtliche Nachlässe aushandelte, hatte Eva trotz aller Versuche immer den vollen Preis zahlen müssen. Sie könnte tun, was normal wäre, den Umschlag nehmen, zerreißen und mit großer Gebärde auf den Tisch werfen. Und dann? Keiner würde ihr glauben, ihr Gesprächspartner würde abstreiten, ihr je etwas geboten zu haben, und bei der Zeitung würde sie fliegen, bevor sie ihren Mappeninhalt dort hätte drukken lassen können; sicher gab es da einen Kanal.

Sie nahm den Umschlag, wog ihn in der Hand, sie hätte gern gewußt, wieviel sie und ihr Material wert waren, aber was sie vorhatte, ging nur bei geschlossenem Umschlag. Sie gab ihn ihrem Gesprächspartner zurück und sagte ruhig: Daran bin ich weniger interessiert; was mich interessieren würde, wäre ein Posten, ein einflußreicher, Politik, Sie wissen schon.

Das magische Wort.

Ihr Gesprächspartner sah sie erstaunt, aber freundlich an. Eva hatte den Test bestanden. Das Initiationsritual zur Herrenwelt.

Das liegt nicht bei uns, sagte er.

Sie sind nicht ohne Einfluß, sagte Eva. Zeigte auf den Umschlag, der jetzt auf dem Tisch lag, und sagte: Auch damit. Verkniff sich ein weiteres: Sie wissen schon.

Der nächste, der Eva zu sich bestellte, noch am Abend

desselben Tages, meldete sich mit demselben Codewort, und Eva beeilte sich, ein zweites Mal den kurzen Weg in die Hauptstadt zu fahren, ihr Auto in einer anderen baumbestandenen Provinzstraße zu parken und an der angegebenen Adresse zu klingeln. Die schöne stuckverzierte Villa schien eine Privatwohnung zu sein, ihr Gesprächspartner öffnete selbst, führte Eva in ein fast gemütlich eingerichtetes Zimmer mit viel Plüsch und Blumenvasen. Beim vorigen Mal, als sie diesen Gesprächspartner gesehen und ihm ihren Mappeninhalt dargelegt hatte, war sie in seinem Büro gewesen. Sie war aufgestiegen.

Zu Hause hatte sie geübt. Sie war am späten Vormittag nicht in die Redaktion zurückgefahren, sondern in die Akazienstraße, hatte Ben nicht vorgefunden, der von einer Vortragsreise noch nicht zurück war, hatte Nthatisi und Olympe berichtet. Die beiden hatten ein Überlebenstraining für Eva beschlossen, denn es war klar, daß sie aus dieser Herausforderung, der sie sich gestellt hatte, nur schwerstverwundet hervorgehen würde – oder als Siegerin.

Kein Pathos, riet Olympe, eingedenk ihrer Verteidigung vor den Jakobinern, die sich von ihren mit Stolz und Größe hingeschleuderten Wahrheiten nur bestätigt fühlten in der Auffassung, diese Frau müsse weg, und zwar schnell. Kein Pathos, setz dein Pokergesicht auf. Trau ihnen nicht, riet Ma Nthatisi, eingedenk ihrer Erfahrungen mit Verträgen, welche die Eroberer schon am nächsten Tag brachen, wenn es ihnen paßte. Trau ihnen nicht, was auch immer sie dir anbieten, setz dein Pokergesicht auf.

Das Wichtigste also war ein Pokergesicht, und das wurde nun geübt. Olympe gab die Karten aus, achtete darauf, daß Eva merkte, wie sie beim Ausgeben zwei Karten vertauschte, und registrierte zufrieden, daß Eva sich das Merken nicht anmerken ließ. Eva starrte in ihre Karten, Nthatisi und Olympe starrten auf Eva. Sie legten Karten ab, nahmen neue, Eva gelang es, die ausgetauschten Karten zu ergattern, die in der Tat Asse waren, und warf einen triumphierenden Blick auf Olympe.

Triumphieren darfst du nicht, sagte die.

Natürlich triumphieren, wie sollen sie sonst Respekt vor ihr haben, sagte Nthatisi.

Aber nicht mittendrin, wenn das Spiel noch nicht beendet ist.

Gerade mittendrin, um die Gegner einzuschüchtern.

Der billigste Trick, der zieht nicht.

Nur wenn man dem Triumph anmerkt, daß er ein Trick ist.

Triumphieren zum Schluß, wer zu früh triumphiert, hat am Schluß keine Karten mehr.

Ich hätte dich, sagte Athene, die den Streit hörte, in Kreta auf die Märkte schicken sollen zum Handeln, als einfache Anfangsübung.

Das hättest du, sagte Eva und machte ihr Pokergesicht. Unergründlich.

Sie hatte während des Streits verpaßt, daß Olympe erneut geschummelt hatte, merkte es erst jetzt, als diese ihre fünf Karten hinwarf und ausrief: Royal flush! Triumphierend. Eva warf wütend ihre zwei geschummelten Asse auf den Tisch, die nicht mithalten konnten.

Wütend ist schlecht, sagte Nthatisi, wenn Gemütsregung, dann Überlegenheit.

In der achten Runde gewann Eva endlich mal, in der dreizehnten war es ihr gelungen, durchgängig das von den Spielpartnerinnen gewünschte Gesicht zu zeigen. Unergründlich. Das behielt sie bei. Aber nun fanden die Amazonen, die die letzten Runden beobachtet hatten, Eva zu unbeweglich, nicht reaktionsschnell genug und fingen ihrerseits Übungen an, Reaktionstests, bei denen es darauf ankam, vor Angriffen zurückzuweichen, aber bei Finten gelassen stehenzubleiben. Fast wie Sportunterricht. Eva zog das Kartenspiel vor. Fühlte sich ohnehin zuversichtlich in Gedanken an ihre Reaktionen am Vormittag.

Vielleicht solltest du eine von uns als Bodygard mitnehmen, sagte eine Amazone.

Es wäre weiser, wenn ich sie begleitete, sagte Athene sofort.

Meine Assistentin wird –, sagte Eva am Telefon, aber der

Mann sagte: Ich werde auch allein sein. Denn Fragen wie die nach Evas Preis wollte er wohl lieber ohne Zeugen stellen.

Ich dachte an ein Ministerium für Befreiung, sagte Eva so selbstverständlich wie möglich, als ob sie einen Apfel oder ein Ei fordern würde.

Ihr Gegenüber sah sie mehr oder minder gleichgültig an und murmelte: Interessant.

Eva fragte sich, womit sie ihn mehr verblüfft hatte, mit dem Ministerium oder mit der Befreiung. Da er das Ministerium zuerst erwähnte, mußte es wohl die Befreiung gewesen sein.

Ein Ministerium also. Sie gehören, wenn ich mich nicht irre, nicht zu unserer Partei, Sie gehören, verzeihen Sie, zum Gegner. Beim letzten Wort lachte er leicht, um anzudeuten, dies sei nicht wörtlich zu nehmen.

Im Rahmen der kommenden Großen Koalition, sagte Eva. Eine neue Karte.

Ah, Sie sind informiert, sagte er. Ein As. Die folgenden Karten, König Dame Bube Zehn, hatte sie schon in der Hand. Wenn auch geschummelt.

Befreiung, sagte sie, ein Modewort, wer es nicht aufgreift, wird überholt. Frauen befreien sich. Befreiungsbewegungen. Freiheit für Südafrika. Theologie der Befreiung. Das Wort Herren verliert seinen guten Klang. Ich denke, wie es für geordnete Ungerechtigkeit ein Justizministerium gibt – man denke nur an Gattinmörder und Joghurtdieb –, für den gelenkten Sozialabbau ein Sozialministerium, für den Krieg ein Verteidigungsministerium und sogar ein Umweltministerium neuerdings, damit die zunehmende Chemie und Strahlung ordnungsgemäß verteilt werden kann, so schreit die Zeit nach einem Befreiungsminsterium.

König.

Ihr Gesprächspartner machte sich Notizen. Bedenken Sie, wir haben da bereits Stellen –, sagte er.

Gewiß, aber jetzt kommt es darauf an, die Kräfte zu konzentrieren. Die Kompetenzen sind bisher gestreut.

Man könnte dann auch die Methoden vereinheitlichen. Ich denke, dabei wäre viel von der Entwicklungshilfe zu lernen.

Sie registrierte, wie das Gesicht ihres Gesprächspartners, das bisher aufs Notizenmachen konzentriert war, nun einen angestrengt unbeteiligten Ausdruck bekam. Dame Bube. Hilfsprojekte finanzieren, sagte sie, die abhängig machen, Sie verstehen, im Namen der Befreiung. Etwa Nahrungsmittelspenden, langfristig. Marktpreise werden verdorben, Bauern müssen aufgeben, betroffenes Land wird auf Dauer vom Nahrungsmittelimport abhängig. Eine einzige Betonfabrik ersetzt Tausende von Ziegelbrennern und deren überkommene Bautechnik, Ergebnis: Abhängigkeit von Maschinenimport und Krediten über Jahrzehnte. Radioprogramme, Fernsehsender finanzieren, die in der Herrensprache senden, mehr brauche ich dazu nicht zu sagen. Ganz zu schweigen von so einem Wurf wie der Grünen Revolution, ein Geniestreich. Gerade in Südafrika sind diese Methoden jetzt angebracht, um möglichen Entwicklungen zuvorzukommen.

Wir testen diese Methoden bereits im Frauensektor, sagte ihr Gesprächspartner, ein größerer Personenkreis hat mit dem Mutterschaftsurlaub schon den Arbeitsplatz für immer geräumt, und wenn dann noch flankierende Maßnahmen hinzukommen, wir vermeiden zum Beispiel, diesem Personenkreis Arbeitslosengeld zu zahlen, indem wir den Nachweis von Versorgung der Kinder zur Voraussetzung machen.

Ich denke, das läßt sich systematisieren, sagte Eva, wenn wir die entsprechenden Ressorts zusammenfassen, ich hatte auch an die Förderung von ehrenamtlicher Arbeit von suspekten Personen gedacht, das bindet Kräfte.

Wahrscheinlich war das Wort suspekte Person der Anlaß, der ihren Gesprächspartner unvermittelt sagen ließ: Übrigens müßten Sie sich in dieser Position von Herrn Dlamini trennen.

Unmöglich, sagte Eva, ich erfahre von ihm sehr viel. Er vertraut mir.

Zehn. Royal Flush. Dabei war das letzte noch nicht mal gelogen.

Beim nächsten fälligen Gespräch mußte sie ihre Karten anders mischen, sich komplizierter ausdrücken, zu jedem Ja ein Aber fügen und zu jedem Nein ein Allerdings. Denn der nächste fällige Gesprächspartner war aus der Partei der Herren, die keine sein wollen. Aus der Partei des Fortschritts. Entsprechend wohnte dieser Gesprächspartner in einem Penthouse auf einem flußseits gelegenen sechsstöckigen Neubau. Aus der Stuckvilla war sie im Penthouse angemeldet worden, gleich anschließend.

Das Ja bezog sich darauf, daß dieser Gesprächspartner für Befreiung war, im Prinzip. Das Aber bezog sich darauf, daß er dabei aber keine Exportwirtschaft, keine Arbeitsplätze, keinen militärtechnisch wichtigen Chromimport gefährdet sehen wollte. Das Nein bezog sich darauf, daß er nichts gegen eine Veröffentlichung von Evas gesammeltem Material hatte, das Allerdings, daß er allerdings jenes Material ausgenommen wünschte, das sich auf Angehörige der eigenen Partei bezog. Das Ja bezog sich darauf, daß er das Mörderregime, die Verhaftungen, das Blutbad verurteilte, daß er Sanktionen und Boykott forderte, das Aber, daß er aber zu der Zeit, als seine Partei in der Regierungsverantwortung war, demselben Mörderregime samt seinen Verhaftungen und Blutbädern weder mit Sanktionen noch Boykott begegnet war.

Andererseits war dieses Gespräch leichter als das vorhergehende, weil Eva die Jas und die Abers, die Neins und die Allerdings aus der Arbeit in dieser Partei kannte. Ihrer Partei. Ihr As war diesmal, daß sie versicherte, bei einer zukünftigen, zunächst noch unerwarteten und auch unerwünschten Befreiung in Bens Heimat in der Lage zu sein, sogleich unter Berufung auf Bens Zuneigung Wirtschaftskontakte mit den Befreiten anzuknüpfen. Projekten der bewährten Art. Nahrungsmittelhilfe. Betonfabriken. Fernsehsender.

Als sie spät am Abend nach Hause kam, war sie Kandidatin für ein neuzuschaffendes Ministerium für Befreiung, hatte ihre Mappe mit den Unterlagen teils in der Stuckvilla, teils im Penthouse gelassen. Mit von Olympe und den Amazonen in guter Handwerkstradition hergestellten, wie Originale aussehenden Kopien.

Es war eine Fälschung, mit der sich Olympe ihren Job erschlichen hatte. Ihren Job als Fälscherin.

»Bibliotheksassistentin aushilfsweise gesucht«, sagte der Aushang am Schwarzen Brett des Geschichtswissenschaftlichen Instituts, wo Olympe gelegentlich Bücher über die Französische Revolution durchzublättern pflegte. Obwohl sie das »aushilfsweise« störte, bewarb sie sich. Sie legte ihrer Bewerbung einen Auszug aus einem der Bücher bei, das sie letzthin durchgeblättert hatte, mit folgendem Wortlaut: »Am 2. November richtete man den unglücklichen Olympe de Gouges wegen angeblich gegenrevolutionärer Schriften hin.« Sie unterstrich das »Den«, weil es sich bei dem Posten, um den sie sich bewarb, um eine Vertrauensstelle im Hinterzimmer der Bibliothek, zugänglich durch eine Geheimtür hinter den Regalen, handelte, die lieber einem als einer Olympe anvertraut worden wäre. In der Werkstatt der Fälscher. Unterbesetzt zur Zeit, da der Chef in vorzeitigen Ruhestand gegangen war. Seit Jahrhunderten ungestörtes Arbeiten gewohnt, hatte er lästig gefunden, daß mehr und mehr Studentinnen die Bibliothek überschwemmten, zwangsläufig auch in die Hinterzimmer gelangten, Bücher ausliehen, deren Überarbeitung er erst halb beendet hatte oder die er als Referenz dringend gebraucht hätte, Studentinnen, die gerade Geändertes wieder zurückkorrigierten, die planvolles Arbeiten unmöglich machten. Auch einige andere Mitarbeiter waren zur Zeit abwesend, weil sie an einem mehrwöchigen Seminar mit Wissenschaftlern und Regierungsbeamten aus West, Ost und den Blockfreien teilnahmen, um neue Methoden zu erarbeiten.

Olympe benutzte die bewährte Methode, kehrte sie um. In jüngeren Artikeln und Doktorarbeiten, auch in alten Quellen gab es reichlich Austauschmaterial. Sie befaßte sich mit Rückgängig-Machen. Manchmal einzelne Seiten austauschen, häufiger ganze Bücher wegwerfen und durch neue ersetzen, selten genügte ein einfaches Auswechseln der Namen.

Königin Thomyris einsetzen für den tapferen Massageten, der in Verteidigung seiner Heimat König Kyros den Großen besiegte und erschlug.

Königin N'Zinga einsetzen für den feindseligen Eingeborenen-Fürsten, der vierzig Jahre lang dem Eindringen der Portugiesen in Angola hartnäckig Widerstand leistete, und dabei auch »eine patriotische Afrikanerin« und »tapferen Widerstand« einsetzen für die entsprechenden Herrenbegriffe.

Die Nilquellen existieren lassen, bevor ein weißer Herr sie inspizierte. Benin eine Metropole von hoher Kultur, fortgeschrittener Baukunst und liberaler Gesetzgebung sein lassen, bevor die Eroberer kamen, und ihre Plünderung und Zerstörung Plünderung und Zerstörung nennen und nicht Missionierung oder Bringen von Kultur.

Karoline statt Friedrich-Wilhelm als Vornamen in die Zeitungsmeldung einsetzen, die berichtete, daß ein Jahr nach dem Marsch auf Versailles und ein Jahr vor Olympes Erklärung der Frauenrechte eine Person namens Herschel einen Kometen entdeckt hatte. Caroline statt Wilhelm-August und Dorothea statt Ludwig einsetzen in große Teile der Shakespeare-Übertragungen.

Judith Leyster schreiben unter von Experten dem Frans Hals zugeschriebene Bilder, und Camille Claudel unter Skulpturen von Rodin. Das Nibelungenlied einer Nonne aus Passau zuschreiben; die Yoruba-Kunst ganzen Generationen begabter nigerianischer Künstlerinnen und die schwarz-weißen und ockerfarbigen Stiere an den Wänden steinzeitlicher Höhlen in Lascaux und anderswo geschickten Frauenhänden. Die Jägerin von Barum aus dem steinzeitlichen Skelett machen, das mit Speer und einer Art Abhäutmesser in einem Grab gefunden und als Jäger eingeordnet worden war.

Es war eine einfache Archivtätigkeit, es kam nur darauf an, die jeweiligen Funde an den jeweils richtigen Stellen einzufügen. Ein bißchen dazufälschen, dann und wann; Platz für Vergnügen mußte sein. Handwerkliche Fähigkeiten waren erforderlich; retuschierte Bilder mußten zurückretuschiert werden, gefälschte Handschriften zum Original zurückgefälscht. Papier und Pergamente mußten beschafft werden, die einer Radiokarbonanalyse standhalten würden, und Tinten, die auch im komplizierten Labortest ihr zu junges Alter nicht preisgeben würden. Olympe war stolz darauf, daß viele ihrer zurückgefälschten Originale originaler aussahen als die ursprünglichen Fälschungen.

Es waren auch die für Eva gefälschten Kopien der Zollpapiere, Produktionsvermerke und Bestechungslisten von einwandfreier Qualität; dafür hatte nicht einmal antike Tinte oder antikes Papier beschafft werden müssen.

Die Frage war, was mit den Originalen anzufangen war. Durch die reiche Gegenleistung, die ihr dafür aus Politik und Wirtschaft geboten worden war, hielt Eva für bewiesen, daß die Originale nicht ursprünglich Fälschungen gewesen waren, angelegt als Falle für allzu findige Spurensucher. Da das Angebot bereits öffentlich verkündet war, Eva offiziell von beiden Parteien als Kandidatin für das dringend benötigte, neu zu schaffende Amt benannt war, und da daraufhin in beiden Parteien die jeweilige Basis, hauptsächlich vertreten durch die jeweilige Jugendorganisation, ihren Protest angemeldet hatte, hielt Eva für bewiesen, daß auch das Angebot keine Fälschung war. Der endgültige Beweis war, daß die beiden Männer, die aus vorheriger Observiertätigkeit Evas Haus gut kannten, nun innerhalb der Hecke standen und nach draußen guckten.

So überhörten die Männer, denn es lag ja nicht in ihrem Beobachtungsfeld, was im Haus gestritten wurde. Wer im Haus dafür war, die Originale nun schleunigst in Evas Zeitung zu drucken, und wer davon abriet aus Sorge, eine solche Veröffentlichung könne Eva das Ministerium für Befreiung kosten, mit dem möglicherweise mehr politische Wirkung zu erzielen war als mit der lange schon erstrebten Veröffentlichung.

Die Männer sahen dafür – und sie zückten ihre Fotoapparate und ihre Sprechfunkgeräte schon, als sie sie von weitem sahen – eine größere Menschenmenge am Ende der Straße auftauchen, junge Leute meist, zwei trugen ein Spruchband vorweg, dessen etwas schiefe und ausgelaufene Buchstaben zeigten, daß es hastig gemalt worden war. Es war noch nicht recht abzusehen, wie viele junge Leute mit wehenden Schals und dickgefütterten Parkas, manche mit Wollmützen, diesem Schild folgten, weil sie erst nach und nach hinter der Straßenkurve auftauchten. Wegen der Kurve sah man erst jetzt, daß auf der anderen Straßenseite noch ein Schild getragen wurde, dieses aus stabiler Pappe und ebenfalls mit Buchstaben bemalt, denen man Eile ansah. Auch auf dieser Seite folgten junge Frauen und Männer. Einzeln wäre keiner besonders auffällig gewesen, aber da es so viele waren, begannen hinter einigen Fenstern der Akazienstraße die Vorhänge sich so leicht zu bewegen, wie sie es tun, wenn innen jemand versucht, keinen merken zu lassen, daß sich die Vorhänge bewegen.

Hätte jemand hinter den Vorhängen einen Unterschied benennen müssen zwischen den in Gruppen Daherkommenden auf der rechten und der linken Straßenseite, so wäre allenfalls nennenswert gewesen, daß auf einer Seite die Schals eher handgestrickt und auf der anderen Seite eher aus Cashmere oder Seide waren, daß auf der einen Seite die Parkas und auf der anderen Seite die fellgefütterten Lederjacken überwogen, doch das keineswegs in einem Ausmaß, daß man von jeweils einheitlicher, von der anderen Seite deutlich unterschiedener Kleidung hätte sprechen können. Es war auch der Unterschied der beiden Inschriften nicht ins Auge fallend deutlich: »Wo bleibt die demokratische Abstimmung« hier, »Abstimmung ohne Demokratie«, mit Fragezeichen, dort.

In einem der Vorgärten räumte eine Frau, die gerade damit fertig geworden war, ihre Rosen gartenkundig gegen den kommenden Schnee zu schützen, Tannenzweige von einem Rosenbusch auf den anderen, vom anderen auf den einen, damit sie Zeit gewann, so lange hinter den Gruppen herzuschauen, bis sie wußte, ob ihre Vermutung stimmte, daß diese nämlich im Haus von Lengeroths verschwinden würden. Da kam, wahrhaftig, am Ende der Gruppe auch die dunkelhäutige Frau mit dem rot und ocker gemusterten Gewand und der Löwenmähne um die Schultern; man hätte meinen können, sie treibe die beiden Gruppen so vor sich her, wie sie damals die beiden Rinder vor sich hergetrieben hatte. Die Gruppen blieben vor Evas Haus stehen, und so mußte auch die Beobachterin im Vorgarten bleiben und weiter nutzlos schon verlegte Tannenabdeckung abräumen und neu hinlegen.

Da standen sie also, unter den unauffällig wachsamen Blicken der Frau, unter unauffällig wachsamen Blicken hinter kaum bewegten Gardinen hervor, unter den berufsmäßig unauffällig wachsamen Blicken der beiden Männer. Unter den Blicken der jeweils anderen Gruppe, neugierigen, unentschlossenen, sogar freundlichen Blicken.

Da die Gruppen nicht recht ins Gespräch miteinander kamen, blickten nun beide auf die einzige Fremde, Ma Nthatisi mit dem Löwenfell. Sie war nicht zufällig hier, sie arbeitete seit einiger Zeit als Dozentin in der politischen Weiterbildung, hielt Vorträge und Seminare zum Thema afrikanische Demokratie und war als Leiterin für Nachwuchs-Workshops bei beiden großen Parteien beliebt. Sie hatte Vorträge gehalten über traditionelles afrikanisches Demokratieverständnis, welches auf Konsens und nicht auf Abstimmung beruht – oder beruhte, da es von den erobernden Herren zerstört worden war. In den Jugendorganisationen beider Parteien hatte sie damit das Gefühl dafür geschärft, daß kleinere Gruppen nicht einfach untergebügelt, wie sie es nannten, werden dürfen. Sie hatte also, ohne es beabsichtigt zu haben, Eva diese Protestierer beschert. Denn bei dem Vorgang, gegen dessen mangelnde demokratische Abwicklung hier protestiert wurde, handelte es sich um Evas Ernennung zur Kandidatin für ein Ministeramt.

Die beiden Männer fotografierten und notierten eifrig im Schutze der Hecke. Sie notierten Unruhe und Lärm, nicht weil die Menschen randaliert oder Beschimpfungen skandiert hätten, sondern einfach, weil es so viele waren, daß aus normal geführten Unterhaltungen Lärm und aus normalen

Bewegungen Unruhe wurde. Da sie Notizen und Fotos später Eva geben würden, hatte diese noch nichts verpaßt. So laut es auf der Straße war, Eva selbst hatte noch nichts gehört, denn im Hause war es lauter, obwohl hier weit weniger Menschen versammelt waren. Hier wurde geschrien.

Mit Schreien versuchte Clara, da Argumente nichts halfen, Eva davon abzuhalten, ihre Kenntnisse über Birexco, über Waffenschiebungen und Bestechungen schon in der nächsten Wochenendbeilage zu publizieren. Claras Argument, auf das Eva nicht hörte, war, daß eine solche Veröffentlichung auf ihren Freund und Evas jungen Kollegen Jochen zurückfallen würde, der sich, wenn auch erfolglos, an dieser Geschichte schon versucht hatte. Nicht nur Eva würde fliegen. Auch Jochen.

Daß Eva fliegen würde, war auch Bens Argument. Er meinte nicht die Zeitung, sondern das Ministerium für Befreiung; so sehr er Eva noch Tage vorher zur Veröffentlichung gedrängt hatte, schätzte er jetzt die Möglichkeiten eines solchen Ministeriums höher ein als die Wirkung dieser Veröffentlichung. Nasrin war für Veröffentlichung und gegen ein Ministerium, das bisher ja nur als Versprechen existierte, von dem keiner wußte, ob es eingehalten werden würde.

Wir brauchen beides, sagte Eva.

Notfalls mit Putsch, riefen die Amazonen, und Athene zeigte aus dem Fenster und sagte: Da stehen deine Truppen schon.

Nun sahen alle die Menschenmenge. Eva rief einen der Männer herein zum Bericht. Der andere, auf sich allein gestellt, notierte doppelt schnell. Notierte Aufrührerisches; die schwarze Frau beispielsweise führte deutlich grundgesetzwidrige Reden, machte demokratische Verfahrensweisen lächerlich.

Konsens, notierte der Mann, fragten zweifelnd einige junge Leute, die nahe bei Nthatisi standen, es gibt selten Konsens, was machten eure Vorfahren, wenn es in einer wichtigen Frage keinen Konsens gab?

Dann konnte nichts entschieden werden, sagte Nthatisi,

aber da entschieden werden mußte, mußten wir uns einigen. Diskutieren, und wenn es Wochen dauerte. Meist dauerte es nur Stunden oder Tage. Auch das Zuhören, das Ernstnehmen widriger Meinung, das Einigen lernt sich.

Da diese jungen Leute nur eine Art von Demokratie kannten, wo innerhalb der jeweiligen Partei eine Mehrheit nach Holzfällerart ihre Ansicht durchstimmte, wo mit Tagesordnungstricks und Rednerlistenmanipulation eine entsprechende Mehrheit oft erst geschaffen wurde und wo schließlich, wie im vorliegenden Fall, die wichtigen Entscheidungen jeder allgemeinen Debatte entzogen wurden, eine Demokratie, wo es eher Zufall zu sein schien, welche Partei die richtunggebende Mehrheit um ein Mandat verfehlte und welche mit der fragwürdigen Legitimation von diesem einen Mandat oder auch zweien den anderen ihre Meinung aufdrücken konnte, und wo schließlich die wichtigsten Entscheidungen nicht in Parlamenten, sondern in Kungelkreisen und über Bestechungslisten fielen – da sie nur dies kannten, hörten die meisten mit Interesse zu. Nur zwei oder drei riefen höhnisch: Große Koalition, was!

Auf dieses Stichwort hin zuckte der Mann zusammen, sah sich hilfesuchend nach seinem Kollegen um, der noch im Haus war, notierte, fotografierte, hatte nicht genug Hände, um festzuhalten, daß zwei oder drei der Anwesenden offenbar schon wußten, was noch als strenges Geheimnis zu gelten hatte.

Endlich kam sein Kollege aus dem Haus, aber da kam auch Eva, und es kam Bewegung in die Menschenmenge, so daß die zwei oder drei verdächtigen Gesichter, noch nicht deutlich genug fotografiert, nun endgültig hinter anderen verschwanden. Eva war gekommen, um, schon ganz Ministerin, eine Art Ansprache ans Volk zu halten. Sie mischte in der Ansprache – auch das Ministerin – nach Bedarf etwas Wahrheit mit etwas Lüge. Sie bat, ihr bis zum Wochenende Zeit zu geben, bis dahin berechtigten Ärger zu zügeln, denn erst am Wochenende würde öffentlich gemacht werden können, für welche Verdienste sie mit dem hohen Amt belohnt worden sei.

Als dann wirklich ihr Material, teilweise in grafisch schön gestalteten Abbildungen der Originale, am Wochenende in der Zeitung erschien – der Chefredakteur war in einem kurzen Urlaub, und Eva hatte unbemerkt die ganze Beilage austauschen können –, hatte sie die Basis auf ihrer Seite. Nachträglich billigte diese wegen der sachlichen Berechtigung die undemokratische Entscheidung ihrer jeweiligen Spitze, um so mehr, als Evas Enthüllungen ja durchaus auch die jeweils eigene Partei betrafen und die Entscheidung der Spitze für Eva also offensichtlich von Selbstkritik getragen war. Natürlich hatte Eva jetzt die Spitze nicht mehr auf ihrer Seite. Aber die Spitze, die gerade eben gegen den Basisdruck Eva zur Kandidatin gemacht hatte, wagte nun nicht, gegen den Basisdruck Eva als Kandidatin abzusetzen.

Es trat nicht ein, was Eva als unvermeidlich in Kauf genommen hatte, daß sie nämlich bei der Zeitung fliegen würde. Wer aus dem Urlaub nicht wiederkam, und wessen Stelle vorübergehend unbesetzt blieb, war der Chefredakteur. Der Herausgeber verzieh offenbar nicht, daß dieser eine Veröffentlichung nicht hatte verhindern können, in der unter seiner Verantwortung sein eigener Name auf einer Bestechungsliste eines Regimes vorkam, zu dem man zwar gute Beziehungen hatte, das man aber zur Zeit öffentlich als Mörderregime anzuprangern genötigt war. Er brauchte keinen Chefredakteur, der nicht für Geheimhaltung sorgen konnte.

So mußte nun ohne Goethesche Zitate beschlossen werden, wie sie damit umgehen sollten, daß die Auflage über Nacht mehr als verdoppelt war. Daß sie von der Konkurrenztagespresse und auch von den Wochenblättern angegriffen wurden, die ihnen mißgönnten, erfolgreich veröffentlicht zu haben, was jeder von ihnen wußte und was jeder von ihnen aus Gründen nicht zu veröffentlichen wünschte. Wie sie »am Ball bleiben« sollten, wie der frühere Eckermann sich ausdrückte, der nun zwar, als wäre es sein Anrecht, den Vorsitz der Redaktionskonferenz übernommen hatte, der sich aber weigerte, kommissarisch an die Stelle seines ehemaligen Chefs zu treten, da er glaubte, aus Berufserfahrung zu wissen, daß Kommissare die betreute Stelle am Ende nie selbst übernehmen. Wie darüber berichtet werden sollte, daß nun fast alle Verantwortlichen bei Birexco vorübergehend von dieser Verantwortung entbunden waren und daß die Leitung des Betriebs kommissarisch eine Waffenexpertin, Ausländerin nach ihrem Namen Pallas Athene zu urteilen, und der Betriebsratsvorsitzende Hermann Henseler übernommen hatten. Ob ein täglicher Prozeßberichterstatter eingesetzt werden sollte. Ob eine Serie über Südafrika ins Blatt genommen werden sollte, und dabei sahen alle Muthoni an, die seit einigen Wochen in der Auslandsabteilung arbeitete, Schwerpunkt Afrika. Ob und wie Einzelporträts der Geldempfänger ins Blatt genommen werden sollten, und dabei sahen nun alle Jochen Mirbach an, und ihnen schien egal zu sein, daß er wegen eben eines solchen Porträts die Politikseite mit der Sportseite hatte vertauschen müssen.

Was auch immer vorgeschlagen wurde und wer auch immer dabei angesehen wurde, Eva war nicht darunter. Keinem war so recht klar, wie Eva nun einzuordnen war. Eva, die Unbotmäßige, die dafür bereits in die Wochenendbeilage verbannt worden war. Eva, von der jeder für außer Frage gehalten hatte, daß sie nun fliegen würde. Eva allerdings mit einer Erfolgsgeschichte. Eva, deren Name in Zusammenhang mit einem hohen Amt erwähnt wurde. Es war ein stummer Kreis von Verlegenheit um Eva. Fast wie eine Aura.

Stumme Verlegenheit herrschte auch in Evas Partei, wo Eva nicht gewagt hätte, sich sehen zu lassen, hätte sie sich nicht von der Zustimmung der Basis getragen gefühlt. Von den Inhabern höherer Positionen kam weniger Feindseligkeit, als Eva erwartet hätte, wahrscheinlich weil einige derjenigen, deren Namen sie in ihnen peinlichem Zusammenhang genannt hatte und die also mit Recht hätten feindselig sein können, bereits ihre jeweiligen höheren Positionen hatten verlassen müssen. Plätze wurden frei, Chancen für Neueinsteigerinnen wie Ma Nthatisi. Die Nachrücker waren Eva dankbar. Hielten es aber für klüger, dies nicht öffentlich zu zeigen.

Hermann, der weder verlegen noch gar feindselig, sondern unverhohlen begeistert war, ließ sich in der Partei nicht blicken, da seine erweiterten Aufgaben bei Birexco ihm nur wenig Zeit für anderes ließen. Da er selbst mit seinen Forschungen zu Evas Veröffentlichung gute Vorarbeit geleistet hatte, fielen ihm die Entscheidungen nicht schwer. Er wußte, welche Lastwagen mit Schießluken und Tarnanstrich vom Band liefen, er wußte, welche Panzer über das als harmlos eingestufte Spanien weiterrollten auf welche

Schlachtfelder, er wußte, welche Mitarbeiter des Hauses in welchen Ländern Militär- und Unterdrückungshilfe leisteten. Er wußte also, welche Produktionen zu stoppen, welche Exporte zurückzuhalten, welche Mitarbeiter von ihren Auslandsposten abzuberufen waren. Fragliche Fälle, galt Brasilien als harmlos, war Tarnanstrich allein auch ohne Schießluken verdächtig, was konnte ein Fachmann im Rechnungswesen an Beiträgen zur Unterdrückung leisten, besprach er mit seiner neueingestellten Waffenexpertin Athene. Athene entschied nach kretischen Maßstäben, daß nämlich Waffen nur in die Hände von Göttinnen gehören. So blieben nicht viele Aufträge übrig.

Möglicherweise hätte es einen Produktionseinbruch gegeben, wäre da nicht eine weitere Sachverständige eingestellt worden. Evas Mutter war aus ihrer Vergangenheit als Trümmerfrau geeignet als Fachberaterin dafür, wie man aus Hakenkreuzfahnen Kleider und aus Stahlhelmen Kochtöpfe macht. Ihre Phantasie war schier unbegrenzt, was die sinnvolle Verwendung von Stahlmänteln und hochwertiger Elektronik, von Motoren und Sprengstoff jeder Stärke anging. Teils als Prototypen, teils schon in Serie vom Band liefen bei Birexco neben den Lastwagen nunmehr Sprengsätze für Straßenbau, Yachten, Windrotoren für Kleinkraftwerke, kurzbeinige zur Montage auf Schiffen und in den Wind hochragende für feste Standorte, Feuerwerkskörper, Müllsortierer, die Chrom von Aluminium und Papier von Küchenabfall trennen, Biogasanlagen für Ein- und Mehrfamilienhäuser, letztere von einer Versuchsanlage in Evas Garten inspiriert. Mit Plastikschläuchen, auf Hausdächer zur Warmwasserbereitung zu montieren, wurde experimentiert.

Es gab diesen Vertrag mit Stadtrat und Landesregierung, nach dem Birexcos Umrüstung von den Vertragspartnern mit Grundstücksüberlassung und anderen Sachleistungen honoriert werden sollte. Statt daß Bestechungsgelder hinausgingen, kamen Subventionen herein. Hermann verbuchte zufrieden. Im Stadtrat, im Landesparlament kamen Beschlußvorlagen unvorgelegt zu den Akten, nach denen

Birexco hätte aufgefordert werden sollen, bereits erhaltene Vergünstigungen wegen Vertragsbruchs zurückzuerstatten. Ben und Nasrin warteten auf die erste Nachricht, wann in ihrer jeweiligen Heimat der Nachschub knapp werden würde.

Das Märchen vom guten Willen und von der bösen Welt. Es war einmal eine freundliche Regierung, die wünschte, daß überall auf der Welt Freundlichkeit herrschen möge. Weil sie friedlich war, wünschte sie auch Frieden überall auf der Welt, und weil sie vor allem anderen die Menschenrechte achtete, wünschte sie, überall auf der Welt sollten die Menschenrechte geachtet werden. Das günstige Geschick wollte, daß es sich um die Regierung eines großen und mächtigen Landes handelte, und so brauchte sie es nicht beim Wünschen zu belassen. Wo immer auf der Welt es nicht freundlich zuging, da konnte sie mit Handelsboykott oder mit Kreditsperrung die Menschen zwingen, sich freundlich zu verhalten, oder sie schickte den freundlich Gebliebenen Waffen und Geld, um sich gegen die Unfreundlichen zu wehren. Wo immer es nicht friedlich zuging, da konnte sie ihre Truppen aufmarschieren lassen und die Menschen in den Frieden zurückbomben, und wo immer die Menschenrechte nicht geachtet wurden, dahin schickte sie Gefängnisexperten und Folterspezialisten, um die Mißachter zu bestrafen. Und so kam es, daß die freundliche Regierung voll guten Willens allmählich die Welt, weil überall die Menschen so böse waren, mit Terror und Kriegen, mit Folter und Wirtschaftsdruck überziehen mußte. Und nur sie selbst und ihre Verbündeten lebten noch freundlich und in Frieden. Zu denen auch dieses gesegnete Land gehört. Willkommen.

Die Sprecherin trat vom Rednerinnenpult zurück, und die Fernsehkameras schwenkten von ihrem Kopf entweder auf das Emblem an der Wand hinter ihr, eine mit wenigen treffenden Strichen angedeutete Taube, deren kreisförmiger Bauch sich nach unten als Frauenzeichen fortsetzte, oder ins Publikum, in die riesige Halle mit Tausenden von Frauenköpfen, die das Märchen mit jener Art von Lachen angehört hatten, das nicht so recht aus dem Hals herauswill.

Der Schwenk ins Publikum gab das bessere Bild, zeigte Buntes und Bewegtes, zeigte zartgemusterte Seidensaris und rotockergelbe Kangas und braunblaue Batiksarongs und weiße Baumwollkleider mit roter Stickerei und rotgold geblümte Seidenkimonos und blaue Jeans und gestreifte Fioruccikleider und braungelbe Lamawollponchos und schwarze Spitzenmantillas, zeigte all das in fröhlicher Bewegung, zeigte Lachen, zeigte Beifallklatschen.

Weltfrauenkonferenz, Begrüßungsansprache Vertreterin Bundesrepublik, Schlußklappe, sagte der Tonmann in sein Mikrophon und hielt es vor die Kamera, um die angekündigte Klappe zu schlagen. Im Kopfhörer nahm er das Gemurmel im Saal wahr, nahm es aber nicht mehr auf.

Daß sie das darf, als offizielle Sprecherin der Regierung hier, murmelten einige erstaunt.

Daß du das darfst, als Regierungssprecherin, sagten einige, die neben der Rednerin auf der Bühne standen und warteten, bis die Reihe der Ansprachen an sie käme.

Ich bin Spezialistin für Satire, welche die Herren für Ernst nehmen, erklärte die Frau bekümmert. Ich bin hier ziemlich bekannt, weil ich eine längere Satire in Versen geschrieben habe, die von der Nibelungentreue. Sie seufzte, als sie fortfuhr: Natürlich wird das Ding ernstgenommen. Ich habe deswegen ja den Job bekommen. Nun schaute sie wieder in ihr Manuskript, seufzte noch mal, schüttelte den Kopf, sagte: Du kannst machen, was du willst, keine Übertreibung ist zu böse, keine Pointe zu absurd, sie machen Ernst draus. Sie sind so. Mit einem Blick auf die abgeschaltete Kamera fügte sie hinzu: Die Journalisten auch, die versuchen noch, mich glaubwürdiger zu machen, etwa indem sie die allzu verrückten Spitzen weglassen.

Die Frauen auf der Bühne hatten wieder dieses Lachen im Hals. Inzwischen stand die nächste am Pult, eine im Sari, und die im Kimono und Sarong, Kanga und Poncho warteten noch, um eine nach der anderen die Begrüßung zu erwidern und dem Gastgeberland zu danken. Kimonos, Saris, Kangas, Ponchos, Sarongs füllten nicht nur die Kongreßhalle, füllten auch die Rheinpromenade und die Straßen der

Stadt, die Eva plötzlich unvertraut heimelig vorkamen, besetzten Tische in Cafés und hatten sogar zum Sturm auf die sonst fest in der Hand der grauen Einheitsherren mit den Einheitsdiplomatenköfferchen befindlichen Hotelhallen angesetzt.

Nette Idee, uns in einer der Zentralen der Herrenmacht zu treffen, bei den Bonsais sind wir alle Tage, sagte eine im Kanga zu einer im Kimono, und beide räkelten sich wohlig in den Polstern der Interconti-Halle, bestellten neuen Tee und blickten zufrieden auf ziellos herumgetragene Diplomatenköfferchen, deren Träger keinen freien Platz mehr fanden.

Das Ministerium für Befreiung, zwar noch nicht offiziell installiert, aber schon mit der Organisation dieses internationalen Treffens betraut, hatte alle Hotelplätze der Stadt reserviert, schließlich handelte es sich um eine UNO-Konferenz, und das Gastgeberland wünschte vor der Staatengemeinschaft zu bestehen. Die zukünftige Ministerin hatte zusätzlich Hotelschiffe am Rheinufer ankern lassen und Studentenwohnheime umfunktioniert. Hatte außer der Kongreßhalle als weitere Gesprächsforen die umliegenden Kirchenschiffe und Sendesäle belegt. Schloß sich in allen problematischen Fragen mit der Regierungssprecherin kurz, die in ihrem früheren Beruf als Nonne schnelles Arbeiten und korrektes Organisieren gewohnt war; die hatte übrigens auch zur Inanspruchnahme der Kirchen geraten. Papiere, Berichte, Entwürfe, Forderungen, Beschlußvorlagen aus über hundert Staaten und von einigen Dutzend Befreiungsorganisationen waren gesammelt, sortiert, in zahlreiche Sprachen übersetzt, gedruckt und verteilt worden.

Interessanterweise schreiben Sie hier, sagte ein Reporter und schwenkte vor Eva und der ehemaligen Nonne ein Papier, von dem er ablas:

In Erwägung aller Umstände
in der festen Überzeugung und
in Anerkennung des guten Willens
unter Berücksichtigung der bösen Welt

in Fortsetzung der kritischen Entwicklung
angesichts der gegenwärtigen gefahrvollen Lage
zutiefst besorgt
unter Bevorzugung friedlicher Methoden
in Kenntnisnahme der wichtigen und wirksamen Rolle
der Herren bei der Gefährdung der Welt
im Wunsche nach und
in Erinnerung an Hoffnung
unter Bekräftigung aller Artikel dieses Abkommens
im Vertrauen in Bestätigung im Bewußtsein von Zukunft
angesichts des gesamten Obengenannten
beschließen die Herren und ihre Opfer, im folgenden die
Hohen Vertragspartner genannt,
versuchshalber und für eine vorübergehende Periode
die Kampfhandlungen einzustellen.

Klingt nach Athene, sagte Eva halblaut zu der ehemaligen Nonne.

Klingt nach meinem Stil, sagte die ehemalige Nonne halblaut zu Eva.

Was haben Sie damit für Probleme, fragten beide den Reporter.

Es ist sicher eine sehr tiefgehene Analyse, sagte dieser, aber denken Sie nicht, daß Sie das Ost-West-Problem zu wenig beachtet haben? Die Wachstumskrise der Frauenförderungspläne zu wenig einbezogen? Die Grundbedürfnisstrategie in der Matriarchatsforschung nicht ernst genug genommen?

Der Pressetermin, der nach der Begrüßung im großen Saal stattfand, war bisher lahm verlaufen. Die vielen von weither angereisten Reporterinnen und die wenigen Reporter interessierten sich am ersten Tag des Ereignisses weniger für Themen als für Praktisches wie billige Hotels, luxuriöse Hotels, billige Restaurants, gute Restaurants, Telefonanschlüsse, Telexzeiten, Schneidetermine, Sendetermine, Aufnahmetermine, Unterhaltungstermine, was gab es als Rahmenprogramm. Jetzt kam Bewegung auf, ein bißchen Heiterkeit, jetzt blieben einige stehen, die schon ihre Mappen mit den vorbereiteten Unterlagen zusammengepackt hatten und dabei waren, in ihr Hotel oder zu einer Rahmenveranstaltung zu gehen.

Ist Ihnen entgangen, fragte ein Reporter schon von der Tür her, daß diese Konferenz das Ende der von der UNO ausgerufenen Dekade der Frau markieren soll? Das Ende. Das ist kein Augenblick, mit neuen Forderungen zu kommen.

Die Reporterinnen im Raum, durch die Begrüßung auf Satire eingestimmt, lachten.

Ihre Forderungen sind total nebensächlich, meine Damen, rief ein anderer Reporter auch schon von der Tür her. Belanglos. Unzeitgemäß. Reden Sie über die Ökologiekrise. Die atomare Bedrohung. Die Gefahr der Weltvernichtung. Da gibt es nichts zu lachen, meine Damen.

Die Damen aber lachten immer noch.

Kaum überläßt man euch die Welt für ein paar tausend Jahre, schon kreischt ihr, der Untergang sei nahe, sagte Eva.

Ein paar tausend Jahre, rief eine junge Frau im Kanga, in wenigen hundert habt ihr unseren Kontinent hart an den Rand des Abgrunds gebracht.

Also geben Sie den Untergang zu, sagte der, der schon halb aus der Tür war, mehr wie eine Feststellung als eine Frage zu Eva.

Eine ältere Frau im Kanga erhob sich, Muthoni, von Evas Zeitung als Berichterstatterin geschickt und zur Feier des Anlasses feierlich gekleidet. Als ich geboren wurde, sagte sie, und noch als ich meine Tochter gebar, war unser Kontinent im Besitz der Herren. Das Alter meiner Tochter hat genügt, um zu erleben, daß fast mein ganzer Kontinent sich von den Herren befreit hat, daß die abgehackten Wurzeln unserer Völker wieder die ersten Triebe gezeigt haben. Nicht immer die schönsten, aber die ersten. Wer spricht hier von Untergang?

In wie vielen Verfassungen ist die Schwesterlichkeit inzwischen verankert, rief Olympe, die zwecks Materialsammlung für ihr Archiv gekommen war, und schwenkte ihr Manifest, das damals die Todesstrafe wert war; auch wenn die Wirklichkeit dem Papier hinterherhinkt, wer spricht hier von Untergang.

Die Herren sprechen von Untergang, ihre Welt geht unter, rief Nasrin, die als Kongreß-Ärztin anwesend war.

Das Goldene Zeitalter, das Bronzene, das Eiserne, sagte Athene, und weiter? Das aus Plastik? Aus Asche? Oder wieder aus Gold? Es ist an uns.

Was Sie tun, ist Singen im Dunkeln, meine Damen, sagte der Mann an der Tür. Reden Sie über das, was uns bedroht, singen Sie nicht.

Ohne mich als Pressesprecherin des Gastgeberlandes in den Vordergrund drängeln zu wollen, sagte die ehemalige Nonne und drängelte in den Vordergrund, möchte ich in dieser Debatte doch den Standpunkt meiner Regierung darstellen. Unseren Standpunkt zum Frieden in der Welt habe ich bereits heute morgen in meiner Begrüßungsansprache zum Ausdruck bringen können. Zur Ökologiekrise jetzt das Märchen vom guten Willen und vom bösen Zauber. Es war einmal eine Nation, die war auf der Welt als besonders sauber bekannt. Ihre Menschen liebten Weiß über alles und wuschen emsig und sorgfältig sich selbst, ihre Wäsche, ihre Kleider, ihre Häuser innen und außen, ihre Autos, ihre Straßen, ihre Fabriken. Sie schrubbten und schrubbten, bis ihre Haut blitzeblankweiß war und ihre Wäsche das strahlendste Weiß ihres Lebens zeigte. Aber da war eine böse Hexe, die auf die Emsigkeit und Reinlichkeit dieser Nation neidisch wurde. Aus Neid und Bosheit sprach sie einen Zauber aus: Je mehr diese Menschen waschen, desto schmutziger sollen sie werden, rief sie. Und von dem Tag an war diese unglückliche Nation mit Fluch geschlagen. Je mehr sie schrubbte, desto mehr verschmutzten ihre Seifenlaugen die Flüsse. Je mehr Weißmacher sie herstellte, desto mehr Dünnsäure mußte sie in ihre Meere kippen. Je mehr heißes Wasser sie für ihre Zuber und Bottiche kochte, desto mehr schmutziger Schwefel stieg aus ihren Kraftwerken, und als sie statt der schmutzigen Kohle das saubere Uran nahm, da genügte ein Spruch der bösen Hexe, und das saubere Uran gab schmutzige Strahlen von sich. So wurde der unglücklichen fleißigen Nation all ihr guter Wille ins Gegenteil verkehrt.

Keine Sperrfrist für diese Regierungserklärung, vergewisserten sich die Reporter an der Tür und verschwanden eilig. Die Reporterinnen lachten erst, als diese weg waren. Unfroh.

Sie lernen nichts, sagte eine im Kimono und sagte noch: Aber wo wir unter uns sind, sollten wir darüber reden, was unsere Leute von ihnen gelernt haben.

Herrendenken lernt sich leicht, für den, der eine Chance sieht, in ihre Fußstapfen zu treten, sagte eine im Sari.

Bei uns, sagte Muthoni, haben sie von den Herren gelernt, daß Landbesitzer männlichen Geschlechts sind, und haben dabei vergessen, daß es bei uns Frauen sind und waren, die Mais und Hirse anbauen, Hühner und Ziegen züchten. Nun exportieren sie von den Farmen der Herrennachahmer Kiwis und Blumen, können von den Einnahmen die Flugzeuge fürs Exportieren kaufen und wundern sich, warum unser Volk hungrig ist.

Nasrin stand auf, ihren Cacharel-Turban um den Kopf gewunden, wollte mehr sagen, sagte nur: Wir wissen doch, und setzte sich wieder.

Solange der Kampf dauerte, sagte Muthoni weiter, solange wir mit ihnen gemeinsam in Gefängnissen saßen, gemeinsam im Kugelhagel, gemeinsam ohne Land und ohne Rechte waren, gemeinsam Staub fraßen und uns schworen: Dies Land ist unseres, wer hätte da rechnen können, wer von den Rechtlosen rechtloser, wer von den Unterdrückten unterdrückter war.

Im Kampf verzeihen wir vieles, sagte die im Kanga, wir verzeihen, daß sie mit anderen Frauen leben, mit politischen Gefährtinnen, aber wie werden wir danach wieder zusammenleben.

Es war die junge Frau aus der Hütte mit dem Kind.

Wie geht es deinem Kind, fragte Eva, als sie abends zusammen vom Kongreßgebäude weggingen.

Es hat Hoffnung, sagte die Frau, die Waffen für die Herren bleiben aus, der Nachschub stockt.

Dann, sagte Eva und sprach aus, was sie schon oft gedacht hatte, und vermied dennoch, den Namen Ben zu benutzen, dann wird die Familie bald wieder zusammen sein.

Vielleicht will Ben bleiben, sagte die Frau. Als wüßte sie nicht, genau wie Eva es wußte, daß er das nicht wollte.

Sie waren in die Akazienstraße eingebogen, ein Kanga und ein Paar Jeans gingen dieselbe Strecke, die vor nicht allzu langer Zeit Kangas entlanggekommen waren, um Rinder zu bringen und Wasser zu holen. Gingen langsam und gemessen wie diese, langsamer, weil Eva die Schritte schwerer fielen. Es war wohl auch wieder eine Nachbarin da, die hinter ihnen hersah.

Wie geht es seiner Mutter, fragte Eva.

Sie macht eine Art Schule, sonntags, privat, sagte die Frau, als Gegengift zu den Herrenschulen. Ma Nthatisi, die Xhosa-Kriege, der Marsch der Frauen auf Pretoria, dergleichen. Ben schickt ihr die Bücher, ich weiß nicht, über welche Kanäle.

Wie geht es dir, fragte Eva nicht, die immer langsamer ging. Wie geht es dir, wurde sie auch von der jungen Frau nicht gefragt. Wie geht es deinen Kindern, fragte diese statt dessen. Und Eva antwortete Belangloses.

Dann schossen die Kinder aus dem Gartentor, auf einer der schweren Maschinen der Lederfrauen, bremsten kreischend, als sie Eva sahen, riefen: Er ist in der Kongreßhalle, wir fahren hin. Riefen, als sie röhrend wieder starteten: Sag bloß, bei dir hat er sich nicht angemeldet. Gaben Eva die Gelegenheit, nicht bis ins Haus mitgehen zu müssen. Eine Auflösung der Lage. Auch keine angenehme.

Franz war da mit Beobachterstatus, abgesandt von seiner Organisation, um vielleicht hier herauszufinden, was anderswo noch ungenügend herausgefunden war, warum nämlich all die guten Absichten der Organisation, die bekanntlich Frieden und Entwicklung im Namen führte, so oft auf widrige Weise von der Wirklichkeit in ihr Gegenteil verkehrt wurden. Ganz wie im Märchen vom guten Willen und der bösen Entwicklung. Er war auch da, ohne dies allerdings seiner Organisation mitgeteilt zu haben, um etwas über den guten Willen und die böse Entwicklung in bezug auf sich selbst und auf sein Verhältnis zu drei ihm nahestehenden Personen herauszufinden.

Der Saal der Kongreßhalle war schon abgeschlossen, und auch im weitläufigen Foyer waren nur noch wenige Menschen zu sehen, eine verspätete Reporterin suchte auf den Pressetischen nach Papieren, zwei Delegierte waren in den bequemen Sesseln eingeschlafen, der Verkäufer vom Kaffeestand säuberte seine Maschine. Franz stand da ziemlich allein.

Clara war die erste, die auf ihn zukam, langsam, mit abwartendem Blick, mit dem lauernden, wiegenden Gang, den sie John Wayne abgeguckt und auf hohen Hacken umchoreographiert hatte. Langsam zündete sie sich eine Zigarette an, nun eher Stil Mae West, gleich freß ich dich, Kleiner. Lange nicht gesehen, sagte sie dann zu dem Mann, dessen Begrüßungsfreundlichkeit im Gesicht langsam erlosch.

Lange nicht gesehen, sagte auch Tom, der das Motorrad geparkt hatte und auf die beiden zulief, er sagte es kumpelhaft, gutmütig, schlug sogar dem Mann auf die Schulter, der immerhin sein Vater war, auch wenn er ihn lange nicht gesehen hatte.

Willst du Mama wieder unter die Flügel kriechen, sagte Clara und sah zur Tür, durch die als letzte nun Eva kam. Eva hatte Begrüßungsfreundlichkeit aufgesetzt, dachte an ausgetauschte Briefe, dankte Franz für gehabte Mühe und beschafftes Material. Wollte vom Ergebnis der Recherchen berichten. Lachte plötzlich, packte Franz, drückte ihn, schüttelte ihn, murmelte Unverständliches zwischen Glucksern, die Lachen oder Schluchzen hätten sein können.

Sag bloß, die nimmt ihn wieder, sagte Clara, giftig.

Ihre Sache, sagte Tom, immer noch gutmütig.

Sie starrten beide auf dieses Paar, auf diese ihnen plötzlich fremde Mutter, die einem fremden Mann am Hals hing. Ben, gut, an den hatte man sich langsam gewöhnen können. Dieser hier kam zu plötzlich. Dieser hier hielt Sekunden nach seinem Auftauchen Eva gepackt und versuchte nun gar, sie in der Luft herumzuschwenken. Er schwenkte so weit, daß Clara und Tom Evas Gesicht sehen konnten. Es schluchzte nicht. Es lachte. Es lachte laut und unverschämt.

Jetzt kommt er wieder, rief sie endlich, wo die Gefahr

vorbei ist, wo keine Windel und kein Gebrüll mehr droht, wo die zu windelnden und brüllenden Wesen sich in anziehende Gesprächspartner verwandelt haben, mit denen man liberale Ansichten über Frieden und Entwicklung austauschen kann. Und dann pappte sie einen schmatzenden Kuß auf Franz' Mund.

Clara stieß einen anerkennenden Pfiff zwischen den Zähnen hervor. Tom trat von einem Fuß auf den anderen.

Da stand also diese Familie, da standen die Kinder, deren Eltern einst geschworen hatten, sie würden anders als alle anderen Kinder dieses Landes eine Mutter und einen Vater haben, da standen die Eltern, die einer vor Entrüstung aufkreischenden Welt den Frieden erklärt hatten, da standen sie, und zwischen ihnen wuchs kalt die Verlegenheit. Da stand Athene, die mit himmlischen Fanfaren ihre Friedenserklärung begleitet hatte, und plädierte für Gnade. Flucht sei kein Verbrechen.

Jetzt hatten, erinnyengleich, die Amazonen ihren Auftritt. Wer sagt hier, daß Flucht kein Verbrechen sei, riefen sie, auf Fahnenflucht steht Todesstrafe!

Bei uns gibt's keine Fahnen, sagte Athene.

Friedefreudeeierkuchen, riefen die Amazonen, die Kreterin spricht. Den können wir erlösen. Dem Männlichen gehört mein ganzes Wesen. Sonst noch was?

Athene reckte ihren Schild, ihren Speer. Der Python um ihren Hals zischte drohend.

Sie hat Orest freigesprochen, sie wird auch den freisprechen, sagte die Anwältin zu den anderen. Sie ist immer auf deren Seite.

Nun war Athene so ergrimmt, daß sie wirklich den Python losließ. Ihr werft mir vor, knurrte sie zornig, was ein griechischer Fälscher über mich verbreitet hat, ihr müßtet es wahrhaftig besser wissen.

Und der da, fragten die Amazonen und kraulten die Schlange am kühlglitschigen Bauch.

Der, sagte Athene, ist geflohen. Der war schwach. Der hat versagt. Bedauerlich ist das, aber kein Verbrechen. Den spreche ich, als unabhängige Göttin ohne Fadenzieher, frei.

Also konnte die Familie essen gehen. Sie wählten dazu, wegen des sentimentalen Augenblicks, einen Rheindampfer, der mit Ketten von bunten Glühlampen, mit einer Bordkapelle und mit süßlichem Rheinwein die entsprechende Stimmung unterstützte.

Außer der Familie waren Delegierte aller Hautfarben und aller Bekleidungsmoden an Bord, tranken Oppenheimer Krötenbrunnen, hakten sich ein, animiert von der Bordkapelle, wiegten sich in deren Rhythmus und versuchten, das Wort schunkeln auszusprechen. Eva dachte daran, mit einem zornigen Blick in die Runde, wie mühsam sie ein anspruchsvolles Rahmenprogramm organisiert hatte, Fanny gab ein großes Konzert in der neuerbauten Philharmonie, Anna machte eine historische Stadtführung, die ehemalige Nonne aus Passau hatte sich, obwohl inzwischen als Regierungssprecherin voll ausgelastet, zu einer Dichterinnen-Lesung überreden lassen, Nibelungenlied im Original und in Übersetzungen, Olympe hatte fürs Stadttheater ihr Stück gegen die Sklaverei inszeniert, sogar Ma Nthatisi hatte sich breitschlagen lassen, etwas beizusteuern, und begleitete mit soziologisch-historischen Anmerkungen einen Abend mit traditioneller afrikanischer Musik und Tanz, der in der Oper stattfand. Und was taten die Frauen aus aller Welt, statt hinzugehen? Sie saßen auf einem Rheindampfer und schunkelten.

Dort, allerdings, saß ja auch Eva. Trank auch Oppenheimer Krötenbrunnen. Schunkelte nicht, merkte aber, daß Franz den Liedern der Bordkapelle mit einer Art Heimweh zuhörte. Es wäre ein Abend der falschen Gefühle geworden, hätte nicht Clara inmitten des süßen Weines und der süßen Musik einen Streit angefangen, um Franz ihre Gefühle der Enttäuschung, des Verlassenseins, der Erbitterung vorzuhalten. Ihre echten Gefühle.

Franz hatte dies eher von Eva erwartet, hatte von ihr Gefühle der Enttäuschung, des Verlassenseins, der Erbitterung befürchtet. Aber Eva war zu sehr mit Ben beschäftigt, um für Franz etwas anderes zu fühlen als kumpelhafte Verbundenheit. Trotzdem war sie zufrieden zu hören, daß Clara ihn beschimpfte, dann es war offensichtlich, daß da endlich Gefühle an der richtigen Adresse abgeladen wurden; sie erkannte den Haß wieder, der sonst manchmal in Abwesenheit des Enttäuschers ihr selbst entgegengeschlagen war. Tom war ohne Erbitterung, war neugierig, wollte von Franz Berichte über dessen Leben haben, möglichst mit Abenteuern, möglichst mit Triumphen über Löwen, Urwaldbrände und bewaffnete Herren. Fand nach einigem Zuhören, daß Ben Spannenderes zu bieten hatte. Eva berichtete vom Erfolg der Recherchen, von Birexco, vom Ministerium für Befreiung. Berichtete von Ben. Berichtete nicht von Bens Frau.

Du willst nicht wirklich bleiben, vergewisserte sie sich, als sie wieder anlegten und vom Schiff gingen, und fügte hastig tröstend hinzu: Wir sehen uns noch bei der Konferenz.

Der Platz, an dem das Schiff anlegte, war trotz der späten Stunde noch fest in der Hand von Saris und Kimonos, Kangas und Ponchos. Die Delegierten, die ausstiegen, mischten sich unter die, die bereits den Platz füllten, aufgeregt redend und streitend, in Grüppchen am Rande, dichter geklumpt in der Mitte des Platzes. Eva arbeitete sich nahe ans Zentrum des Geschehens vor, in die enggedrängte Frauenmasse, die um einen Steinkopf auf einer Steinsäule herum stritten, rangelten, lachten, den Kopf vom Sockel rissen, sich um ihn balgten, ihn zu zerschlagen drohten, bis ihn einige an sich gebracht hatten, die ihn wieder auf den Sockel zu stellen versuchten. Man konnte nicht gut sehen im Licht der Straßenlampen, und aus dem wirren Streit war zunächst nur zu entnehmen, daß einige die Säule samt Kopf als eine Art Symbol aufstellen wollten und andere dies zu verhindern wünschten.

Den Herren ein Denkmal setzen, rief eine wütend und zerrte an dem Kopf, den andere gerade auf die Säule gehievt hatten.

Jedenfalls haben sie ihn nicht aus dem Pantheon gestohlen, dort wird er taktvoll verschwiegen, sagte eine Stimme neben Eva. Brünhild.

Siegfried, fragte Eva, Hagen?

Schlimmer, sagte Brünhild, erkennst du ihn nicht?

Er hat die Herrenideologie so perfekt verkörpert, daß sich sogar die anderen Herren vor ihm grausten, als sie ihre eigene Fratze in ihm erkannten, erklärte eine im Sari, eine von denen, die das Bild aufstellen wollten. Kein Grund für Dankbarkeit?

Satire wird immer mißverstanden, rief eine Stimme warnend von weitem. Die Regierungssprecherin.

Er hat, sagte ernsthaft eine Stimme in der Mitte des Gedrängels, jedenfalls auch Weiße als die Untermenschen behandelt, als die wir sonst von ihnen behandelt wurden, behandelt werden; ein Menschenfresser ohne Apartheid. Die junge Frau im Kanga. Am Arm von Ben. An ihrer Beschreibung erkannte Eva endlich den Kopf, bemerkte nun auch den in Stein gemeißelten unverwechselbaren Bart auf der Oberlippe.

Aber ein Denkmal, rief Ben, trotz aller Satire, welche Beleidigung der Opfer.

Überall stehen die Unterdrücker auf ihren Sockeln, erklärte wieder die im Sari, die eben gesprochen hatte, setzt den dazu, damit klar wird, wie beleidigend die anderen sind.

Aber nun mehrten sich die Stimmen, die dann lieber die anderen auch von ihren Sockeln gerissen und durch andere Statuen ersetzt hätten, die für ein besseres Symbol hielten, die Zwingburg der Vernunft, wie eine in Jeans sich ausrückte, ebenso einzureißen wie die falschen Statuen, und dabei zeigte die in Jeans auf den massigen Bau, dessen Türme über dem Platz zackig in den Himmel ragten.

Kennt jedenfalls die relevante deutsche Literatur, sagte Brünhild, ein paar Zeilen weiter hätte sie einen konstruktiven Vorschlag gefunden, nämlich *die inneren Räume zu einem Stall für Pferde zu verwenden.*

Bravo, riefen einige Stimmen, und Eva erkannte die Amazonen, die schon den Vorschlag in die Tat umsetzen wollten und ihre Motorräder Richtung Dom rollten. Das war nun wieder einigen zu schnell, die das schöne Haus für bessere Zwecke hätten nutzen wollen. Etwa als Tempel der Vernunft, statt Zwingburg. Athene widersprach, in Erinnerung an unangenehme Erfahrungen aus Paris, wies auf den Widerspruch der Begriffe Vernunft und Tempel hin.

Ein bißchen Religion wäre nicht schlecht, sagte maulend eine im Poncho.

Was für den Bauch, mit Kerzen und so, forderte eine in Jeans.

Bleibt bei den Ahnen, sagte Ma Nthatisi, keine Tempel, keine Riten, nichts Monumentales. Ahninnen zur Auswahl. Und schon hörte man Hämmer auf Meißel klingen, Meißel auf Stein wuchten, das Handwerkszeug war schnell beschafft worden, schon waren mit Geschick und Sachverstand Delegierte dabei, Denkmäler umzuhämmern. Straßen umzubenennen. Ein bauhistorisch bemerkenswertes Gebäude für die praktischen Zwecke eines Amazonen-Motorradparks herzurichten. Kleine wiedererkennbare Zeichen in dieser Stadt zu hinterlassen.

Eva kam auf dem Ausgrabungsfeld an, als von der anderen Seite eine größere Gruppe Menschen herbeikam. Ebenso erstaunt, wie Eva sie musterte, ihre goldbraune Haut, ihre exotischen Gewänder, musterten diese Eva; einige murmelten Begrüßungsworte. Sie schauten über das ausgedehnte Gelände, in dem Gräben ausgehoben waren, flache Hügel markiert, Steine, die aus der Erde ragten, mit Tafeln beschriftet, wo hier und dort Fundstücke in großen Mengen gesammelt waren, wo man Ruinenteile aus der abgetragenen Erde ragen sah, wo Menschen gruben, sortierten, Stücke trugen, verglichen, ausmaßen, zeichneten und notierten. Über das Gelände kam eine Person auf die Gruppe zu, sagte, sie sei bei der Ausgrabung beschäftigt und werde die Führung übernehmen.

Es ist erstaunlich, sagte die Führerin – oder der Führer, die Stimme hatte mittlere Lage und war nicht leicht einem Geschlecht zuzuordnen –, es ist erstaunlich, wie diese frühe Zivilisation in manchen technischen Errungenschaften fortgeschritten war, ich würde glatt sagen, uns überlegen war, ohne deshalb auch nur merkliche Spuren von Kultur hervorgebracht zu haben.

Sie winkte die Gruppe zu einer der Fundstücksammlungen, bizarre Gegenstände allesamt. Sie zeigte auf einen, der einem großen Schrank ähnlich sah, aus dunkelfleckigem Metall. Er hatte auch eine Tür wie ein Schrank, die mit einer Unzahl dünner rostiger Drähte umsponnen war, wie ein Drahtpullover, den eine Person gestrickt hat, die nicht stricken kann. Die Tür ließ sich gerade einen Spalt öffnen, mühsam konnte man sie in den verbogenen Angeln bewegen, und es erschien eine neue Tür, wieder mit Drahtpullover, dazwischen einzelne Plättchen, eine Unzahl winziger Plättchen in einem Wust von Draht.

Mit diesen unbeholfenen Geräten, sagte die Führerin, haben sie fast alle anfallende Arbeit erledigt. Oder ich muß anders sagen: Diese Geräte haben für sie die Arbeit erledigt.

Die Gruppe lachte. Dann konnten die Geräte wohl gehen, greifen und denken, sagte jemand.

Die Führerin zog einige der winzigen Plättchen aus dem Schrank und zeigte sie herum. Sie trugen eine Art Inschrift, merkwürdige Zeichen in Metall geritzt.

Es scheint, sagte sie, daß auf diesen Plättchen notiert war, was die Maschinen tun sollten. Es ist jedoch eine sehr komplizierte Schrift, die wir noch nicht entziffert haben. Es ist eine andere Schrift als die übliche, die sie sonst benutzten.

Zur Verdeutlichung hielt sie das winzige Plättchen neben eine gewaltige übermenschengroße Blechplatte, rostig und zerbeult, auf der teilweise noch eine blau-weiße Farbschicht erkennbar war. Man konnte einen Pfeil erkennen, weiß auf blau, und in der Tat einzelne Buchstaben.

Solche Platten hatten sie an ihren Treffpunkten, erklärte die Führerin. An bestimmten Tagen haben sie sich alle in große bewegliche Geräte gesetzt und haben sich damit zu diesen blauweißen Tafeln begeben, bis die Wege um die Tafeln vollgestopft waren mit diesen Bewegungsgeräten, so voll, daß sich schließlich kein Gerät mehr bewegen konnte. So verbrachten sie den Tag, und abends ließen sie sich von den Geräten wieder nach Hause tragen. Und sie zeigte hinüber zu einem entfernten Haufen von verkohltem Gummi, Blech und Eisen, Rädern, Röhren, Stangen.

Sie war schon gewohnt, bei ihrer Erklärung auf Widerspruch zu stoßen. Niemals glaubten die Gruppen, die sie führte, daß Menschen ganze Tage in beweglichen Geräten verbracht hätten. Jedesmal gab es Gelächter oder Einspruch oder beides. Dabei war das nur der Anfang. Auch der Zeitvertreib, der mit den Gefäßen zu tun hatte, klang ziemlich unglaubwürdig. Sie führte die Gruppe jetzt zu der Sammlung der Gefäße, die unter einem weiten Zeltdach aufgereiht standen. Verschiedene Glasflaschen, schlank oder bauchig, glatt oder gerillt, und dann Plastikbehälter, Dosen, Eimer, Flaschen aus Plastik, manche ausgebleicht, manche noch mit Farbresten, auf einigen konnte man sogar noch vereinzelte Zeichen oder Buchstaben erkennen.

Ihre Gefäße waren sehr primitiv, schmucklos, sagte die

Führerin. Sie sehen, das am meisten verwendete Material war Plastik, daher sprechen wir von der Plastikperiode. All diese Gefäße – und sie wußte schon, daß gleich wieder Gelächter oder Einspruch kommen würde – dienten der Aufbewahrung von Gift. Das Gift aus den Glasgefäßen tranken sie, es war eine Art Potenzwettbewerb, wer am meisten Gift vertragen konnte. Das Gift aus den Plastikgefäßen schütteten sie in die Flüsse oder auf die Erde, um zu sehen, wieviel diese aushalten würde. Andere Menschen versuchten dann, die Gifte wieder einzusammeln, zu neutralisieren.

Die Gruppe lachte, schüttelte Köpfe, reichte sich die Plastikteile hin und zurück. Während sie die Plastikteile musterten, musterte Eva die Gruppe. Sie überlegte, welches Männer und welches Frauen waren; hohe Stimmen, tiefe Stimmen, laute, leise, singende, schnarrende waren nicht ohne weiteres jeweils einer Art von Gewand zuzuordnen, bodenlang oder kurz, einfarbig oder reich gemustert, mit Gürtel umschlungen oder gerade fallend, in Falten gelegt oder gebauscht. Auch alle Arten von Haartracht, hochgesteckt, geflochten, glatt herabfallend, kurze Strähnen oder mit Bändern umwundene Locken, ließen sich nicht definitiv einem Geschlecht zuordnen, allenfalls die drei oder vier Bärte.

Jemand aus der Gruppe fragte: Diese Gifte, zum Zeitvertreib?

Vielleicht spielte auch eine Rolle, sagte die Führerin, daß die Gifte in den Plastikgefäßen eine große Bleichfähigkeit hatten, und diese Epoche liebte Weiß über alles. Es sind sogar Texte gefunden worden, aus denen hervorgeht, daß sie weiße Menschen für besser als andere hielten.

Schneeweiße Menschen? fragte kichernd eine jugendliche Person.

Menschen besser oder schlechter als Menschen, was soll da menschlich sein, sagte eine ältere Person.

Sie werden von klein auf dazu trainiert, sagte die Führerin; sicher waren auch die Menschen des Plastikums im Prinzip menschlich, aber das wurde ihnen sorgfältig aberzogen. Schon die Kinder wurden in Gruppen unterteilt, eine Gruppe wurde dazu erzogen, sich sanft, demütig, eben wie Opfer zu verhalten, während für die andere Gruppe Härte, Herrschaft, sogar, und sie zögerte ein wenig, das Wort auszusprechen, Brutalität das Erziehungsziel waren.

Und wer bestimmte die Gruppen, fragte fassungslos die ältere Person.

Soweit wir wissen, gab es für jeweils eine Altersgruppe sehr früh, kurz nach der Geburt, eine Verlosung. Feierlich, mit einer religiösen Zeremonie verbunden. Es wurden dabei Namen verlost, und die Namen symbolisierten Zugehörigkeit zur Gruppe. Wer einen Namen aus der Opfergruppe zugeteilt bekam, der hatte Pech, der wurde nun aufs Leiden und Dulden hin erzogen, wer einen Namen der Tätergruppe bekam – nun ja, vielleicht sollte man es nicht Glück nennen, auf die Rolle der Barberei festgelegt zu werden.

Sie winkte die Besucher weiter zu einer neuen Sammlung von Plastikbehältern, würfelartigen, mit abgerundeten Ekken, vorn wie ein Fenster offen. Sie sagte: Einen solchen Behälter mußte jeder zu Hause haben. Durch das Fenster hier erschienen – wir wissen noch nicht, wie – lebende Bilder, die alle Arten von Tabus zeigten. Vielmehr, damals waren es eben keine Tabus. Eva bemerkte, daß das Gesicht der Führerin sich, wie nach einer großen Anstrengung oder nach zuviel Sonne, gerötet hatte.

Einige Jugendliche näherten sich als erste den Gehäusen, mit glänzenden Augen ergriffen sie die Plastikteile, begafften sie von allen Seiten, flüsterten sich Worte zu, die ihre Augen glänzender machten und ihre braunen Gesichter rot. Eine energische Person trat auf sie zu, riß ihnen die Gegenstände aus den Händen und sagte zornig zu der Führerin: Das geht zu weit! Was erlauben Sie sich! Wie können Sie in Gegenwart von Minderjährigen über ein Tabu reden!

Die Führerin war erschrocken, stammelte etwas von historischer Dokumentation, und ob man die Gruppe nicht vorgewarnt habe.

Natürlich hat man das, sagte begütigend eine Person mit Bart und legte wie zum Schutz ihre Arme um die Jugendlichen, es wird ja nicht jeder hier auf das Gelände gelassen.

Galt denn – das – in dieser Ära als Tugend, fragte nun schüchtern jemand aus der Besuchergruppe, zeigte dabei vage auf die Gehäuse und scheute sich, das obszöne Wort auszusprechen.

Ganz sicher galt Gewalt als Tugend, sagte die Führerin, und sie sprach das Wort Gewalt mit gezwungener Sachlichkeit aus. Wurde aber wieder rot dabei. Sprach hastig weiter: Sie hatten die Liebe zum Tabu erklärt; sich öffentlich lieben war streng verboten; sich öffentlich schlagen nicht. Es gab sogar Lehranstalten für Gewalt. Wenn jemand sich einmal qualifiziert hatte, konnte er dort einen Platz erhalten, mit staatlichem Stipendium, und wurde dort trainiert; er durfte die Lehranstalt nur für eine bestimmte Zeit nicht verlassen.

Sie merkte am Getuschel, an den irritierten Blicken, daß mal wieder nicht geglaubt wurde. Bot also Beweise an: Kunstgegenstände. Die häufigste Abbildung in der Kunst dieser Epoche, sagte sie, sind gefolterte Menschen, ich könnte Ihnen eine ganze Sammlung zeigen, wenn –. Sie beendete den letzten Satz mit wenn und sah auf die energische Person, die immer noch das Gehäuse festhielt, das sie den Jugendlichen entrissen hatte. Die fühlte sich angesprochen, sagte: Meinetwegen, wenn jemand die Verantwortung für die Jugendlichen übernimmt, und dazu nickte nun die Person mit Bart.

Die Gruppe mußte eine Weile gehen, mußte über ein größeres Ruinenfeld klettern. Die energische Person kletterte neben Eva über Mauerreste und Erdhaufen, wollte ihre Entrüstung loswerden, sprach von leichtsinnig und verantwortungslos, das tarne sich wissenschaftlich und sei doch nichts als die Lust an der Gewalt. Sie sprach das Wort Gewalt mit Entschlossenheit aus. Eva antwortete nicht, wollte der Führerin zuhören, die vor ihr über Steinbrocken und Erdhaufen kletterte und der Gruppe erklärte, daß im Plastikum mehr als die Hälfte aller vorhandenen Schätze für Gewalt ausgegeben worden sei, für Geräte, mit denen man Menschen foltern und umbringen konnte, für die lebenden Bilder, die Gewalt zeigten, für Schriftdokumente über Gewalt, für Forschung und Wissenschaft, um bessere Tötungsgeräte zu erfinden. Das alles habe damals als Kultur gegolten.

Als Kultur hatte auch die Sammlung der Statuen und Bilder gegolten, bei denen sie nun angekommen waren. Sie ähnelten sich alle, es handelte sich immer um einen blutigen Menschen mit Folterwunden, an Balken genagelt, mit aufgerissener Stirn. Es war eine unüberschaubare Menge davon, alle Maße von fingernagelklein bis überlebensgroß, aus halbverrottetem Holz, besser erhaltene aus Stein, aus Eisen, winzige aus Gold und Silber, aus Plastik, aus Elfenbein, einige fast völlig zerschlissene Gemälde. Obwohl nur die wenigsten gut erhalten waren, konnte man deutlich die Ähnlichkeit erkennen. Die Jugendlichen schoben sich mal wieder nach vorn, wenn auch diesmal mit scheuen Blicken auf die energische Person, sogen gierig den Anblick der Wunden, des Blutes, der zerfetzten Haut, des gequälten Gesichtes auf.

Wir haben diese Folterbilder überall gefunden, erklärte die Führerin, in vielen Häusern, vor allem den größeren und prächtigeren, auch offen auf der Straße. Die Menschen damals müssen den Anblick des Gefolterten genossen haben.

Die Erwachsenen schienen den Anblick eher peinlich zu finden, mehrere waren errötet, alle waren froh, als die Führerin weiterging, zum Fluß hinunter. Sie mußten gewaltigere Ruinenreste überklettern, Mauerbrocken von enormer Dicke, schwarzzackige Steinornamente, Fragmente von überlebensgroßen Figuren, das mußte ein Mammutbau gewesen sein. Auch in diesem Zustand war Eva die Gegend, der Fluß vertraut.

Den Fluß entlang waren Fundstücke aller Art aufgestellt, mit kleinen Täfelchen numeriert und beschriftet. Es war eine große Sammlung, man konnte sie bis zur Biegung des Flusses sehen, womöglich ging sie dahinter weiter. Es waren fast alles Metallgeräte, die das Alter schwärzlich-dunkel und rostig gemacht hatte, und sie waren, wie die Führerin erklärte, für verschiedene Arten des Umbringens bestimmt. Kleine spitze Geräte waren da, zu denen sie sagte: Für vereinzeltes Umbringen von Hand. Größere, mit einer Art schmalem Rohr: Für mehrere Morde, aus Distanz. Ebenfalls mit Rohr, aber etwas ungefüger: Bis zu vierhundert Morde pro Minute. Von jeder Sorte gab es gleich mehrere Exemplare, manche ganz gut erhalten, von anderen nur Bruchstücke.

Die Gruppe wurde unruhig, löste ihr Unbehagen in Kichern und Lachen, erst recht, als nun zum nächsten verrosteten Rohr mit Zubehör die absurde Zahl von tausendfünfhundert Morden pro Minute genannt wurde.

Diese Metallmengen, Armreifen für ganze Generationen, sagte eine Person aus der Gruppe und ließ die reichverzierten Metallringe an ihren Armen klappern.

Töpfe, schlugen nun andere vor, Glocken und Gongs, Pflugscharen, Öfen, und manche waren schon dabei, an den verrosteten Teilen zu brechen, als wollten sie die vorgeschlagenen Verwendungsmöglichkeiten recht bald in die Tat umsetzen.

Das Ungeheuer, vor dem sie nun standen, hätte allein ein ganzes Dorf mit Armreifen oder Pflugscharen versorgen können, eine Art liegender Schrank aus Metall mit auf Rädern gezogenen metallenen Bändern an den Seiten, und auch wieder ein Rohr dabei, ein noch größeres, das aber für eine kleinere Anzahl Morde gut war als das vorherige Objekt. Die Gruppe hatte sich nun eingelacht, machte Witze über Verhältnisrechnung und über die Seriosität von Archäologen, und brach vollends in ungläubiges Gelächter aus, als vor einem immensen Rohr, vorn zugespitzt, von der Größe mehrerer Menschen, die Führerin behauptete: Bis zu zehn Millionen Morde auf einen Schlag.

Unlogisch, sagte triumphierend eine Person mit rötlichem Haar, wieso hätte denn dann diese Epoche dauern können, wieso hätten sie sich nicht alle sofort gegenseitig umgebracht!

Sie hatten einen Codex des Umbringens, erklärte die Führerin. Wir haben genug Dokumente entziffert, um das sicher zu wissen. Jeweils bestimmte Gruppen wurden für Gewalt und Mord freigegeben, mal Menschen, die auf bestimmte Weise einen bestimmten Gott anbeteten, mal Menschen, die gebären konnten, mal Menschen, die in bestimmten Gegenden wohnten, etwa benachbart, oder dann wieder weit weg, mal Menschen, deren Haut nicht so gebleicht war. Diese Gruppen wechselten, und die anderen waren jeweils tabu, so daß es generell eine Chance zum Überleben gab.

Eine ganze Epoche soll so gelebt haben, fragte zweifelnd eine Person aus der Gruppe.

War das vielleicht nur eine kleine Enklave hier, eine Ansammlung von Verrückten, fragte eine zweite.

Das hier war eine große Stadt, eine sehr große, sagte die Führerin. An ihrem Namen kann man schon erkennen, wie die Menschen damals dachten.

Wie hieß sie denn, erfragte Eva, was sie wußte.

Zur Zeit, als ihre Einwohner Opfer und Unterdrückte waren, haben die Herren sie Kolonie genannt. Den Namen hat sie beibehalten, stolz darauf, wie es scheint. Colonia. Die Führerin lächelte nun, suchte in den Taschen ihres bauschigen Gewands, sagte weiter: Und die Herren, die Verfolger, die Umbringer mußten immer einen Strick um den Hals tragen, zum Zeichen, daß vielleicht bald die Reihe an ihnen sein könnte.

Nun hatte sie gefunden, was sie suchte, zog ein langes Lederstück aus einer Tasche, wenige Zentimeter schmal und über einen Meter lang. Sie zeigte dieses schon stark angegriffene, ausgerissene Lederstück herum, erklärte, es müsse viele Sorten Stricke gegeben haben, aus Seide, aus Baumwolle, farbige, sogar gemusterte, aber Objekte aus diesen Materialien seien so gut wie gar nicht erhalten.

Woher die Bedeutung des Strickes um den Hals bekannt sei, wollte Eva nun wissen.

Die Führerin war ein bißchen verlegen, gab schließlich zu: Diese Erklärung habe ich mir selbst zurechtgelegt, weil es sonst gar nichts gäbe, was mir an dieser Epoche sympathisch wäre.

Vielleicht hatten die Einlader nicht damit gerechnet, daß die Frauen auch nach der Konferenz bleiben würden. Daß Straßen und Rheindampfer nach wie vor in ihrer Hand waren. Unklar war, wo sie wohnten, da sie nicht alle in der Akazienstraße unterkommen konnten und da die Hotelhallen inzwischen wieder an graue Herren mit Köfferchen vergeben wurden, schließlich mußten die Hoteliers ans Geschäft denken. Und dann?

Franz, freilich, war wieder abgefahren. Vielleicht wäre er geblieben, wenn Clara ihn nicht verscheucht hätte; Eva war nicht besonders häßlich zu ihm gewesen. Ben, wiederum, war geblieben, war nur eine Stadt weiter gezogen; natürlich brauchte auch ein freies und gleichberechtigtes Südafrika einen Botschafter oder eine Botschafterin, und so wurde es also Ben. Zog mit seiner Familie in die vom Vorgänger übernommene Villa, von der er die sie umgebenden Schutzmauern und Stacheldrahtverhaue entfernen ließ. Brünhild bewarb sich um den Posten der Frauenbeauftragten der Stadt Köln. Und dann?

Ein Mädchen mit Zöpfen umd Umschlagtuch studierte Philosophie, nahm amüsiert zur Kenntnis, daß ihr Professor ihr gelegentlich Komplimente ins Ohr flüsterte, hoffte, dies könne beim Rigorosum nützlich sein. Clara half den Amazonen, einen neuerworbenen Pferdestall im Zentrum Kölns motorradgerecht umzubauen. Bewarb sich um einen Studienplatz für die Zeit nach der Lehre, Architektur mit Schwerpunkt Stadtplanung. Nasrin rief eine Exilregierung aus, basierend auf den Menschenrechten und den Rechten der Frau und Bürgerin. Von Bens Botschaft und vom Ministerium für Befreiung wurde diese Regierung offiziell anerkannt. Und dann?

Birexcos Rotoren erwiesen sich als unausgereift und störanfällig, der Betrieb schlingerte hart am Rande der Pleite. Hermann hatte schon Überstunden abbauen und Zulagen kürzen müssen. Das Ministerium für Befreiung hatte einen eingeschränkten Etat und wenig Kompetenzen. Fanny gründete einen Chor, spezialisiert auf Singen im Dunkeln. Und dann?

Und dann, sagte Eva, fragt dann, was dann ist. Jetzt ist erst mal jetzt.

Bitte umblättern:

Die Frau in der Gesellschaft

Band 3784

Band 3779

Band 3757

Monika Maron
Flugasche
Roman
Band 3784

Johanna Moosdorf
Die Freundinnen
Roman
Band 4712

Jahrhundertträume
Roman
Band 4739

Kristel Neidhart
Scherbenlachen
Eine Liebesgeschichte
Band 3791

Vier Wände gaukeln mir Heimat vor
Erinnerungen
Band 4729

Herrad Schenk
Die Unkündbarkeit der Verheißung
Roman
Band 3798

Marlene Stenten
Puppe Else
Band 3752

Jutta Strippel
Kreide trocknet die Haut aus
Roman
Band 3733

Monika Tantzscher (Hg.)
Die süße Frau
Erzählungen aus der Sowjetunion
Band 3779

Miriam Tlali
Geteilte Welt
Roman aus Südafrika
Band 4710

Sybil Wagener
Das kleinere Unglück
Roman
Band 3748

Charlotte Wolff
Augenblicke verändern uns mehr als die Zeit
Autobiographie
Band 3778

Flickwerk
Roman
Band 4705

Hedi Wyss
Flügel im Kopf
Roman
Band 3719

Keine Hand frei
Roman
Band 3732

Waśa Solomú Xantháki
Die Hochzeit
Novelle
Band 3793

Yvette Z'Graggen
Zeit der Liebe, Zeit des Zorns
Band 3757

Fischer Taschenbuch Verlag

fi 20/1c